Háblenme de Funes

Humberto Costantini

Háblenme de Funes

EDITORIAL NUEVA IMAGEN

Primera edición en México, 1980

Portada: *Alberto Diez*

©1980, Editorial Nueva Imagen, S.A.
Sacramento 109, México 12, D.F.
Apartado Postal 600, México 1, D.F.

Impreso en México
ISBN 968-429-255-4

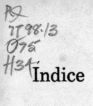

Índice

Háblenme de Funes

Bandeo

La llegada

Nota del editor

La buena recepción que tuvo la publicación de *De dioses, hombreci-tos y policías*, la novela de Costantini que recibió el Premio Casa de las Américas, nos decidió a publicar este libro.

Originalmente, estos textos fueron publicados en dos volúmenes separados: *Háblenme de Funes* (Buenos Aires, 1970), y *Bandeo* (Buenos Aires, 1975). Hemos seleccionado estos dos libros de la obra de Costantini, por ser de los más solicitados últimamente por los lectores, y coincidir el autor en su propio interés en ellos.

Aparecen reunidos en un solo volumen, dada cierta afinidad en todos los relatos, que se prestaba a aparecer ahora en forma unificada.

Cierta afinidad temática, además de la estricta unidad ambiental de todos los relatos, justifican la publicación de ambos libros en este solo volumen.

Por los mismos motivos se incluye también en él su reciente cuento inédito *La llegada*.

Háblenme de Funes
(relato con voces)

A Sara

Juan Paladino
(PIANO)

Para qué quiere saber de Funes, señor, una historia pasada, nada se va a ganar con ventilarla, hay un prontuario, hay mucha gente que prefiere olvidar, al fin de cuenta un lío de milonga, no sé qué puede interesarle de él, vino, tocó en mi orquesta, tuvo una muerte bárbara, lo llamaban el músico, qué más puedo decir, que estoy pagando mi vieja ingenuidad o estupidez, nunca lo iba a tomar de haber sabido, le digo estupidez, señor, adónde ha visto un músico, un segundo violín, del que nadie conoce prácticamente nada, apenas Kraimer que me dice de tomarle una prueba, todo por qué, porque hay un tipo, un tal don Pedro, que le ha hablado de Funes a un vecino o pariente del rusito, y ahí se acababan los antecedentes, vea si le estoy mintiendo, y yo de sonso, con no más que dos días, y el primer viernes de la temporada allí esperando, que le acepto, que sí, que me lo mande, vaya pensando si no es mala suerte, doce años de penar, de andar por ahi, tocando solo en algún bar, alguna boite, haciendo changas en alguna orquestita, y siempre aquí la idea de volver a formar mi vieja orquesta, la recuerda, la vieja orquesta de Juan Paladino, que tuvo su momento allá en El Nacional y en Radio Splendid, cómo que no, Héctor Soria, Demarchi en bandoneón, cuatro violines, ha visto cómo la recuerda, le iba diciendo de esos

11

doce años, con el gusto al fracaso, sin encontrar variante, y sin un peso, y solo, y con mis años, borrándose mi nombre del ambiente, póngase en mi lugar, y allí de golpe, aquel contrato en el Palermo Palace, y para todo el año, uno llega a pensar, la providencia, Dios que le echa una cuarta, el batacazo; ya ni sé cómo vino, un dueño nuevo, se acordaba de mí, del Nacional, tal vez, vaya a saberlo, creyó que yo tenía mi orquesta todavía, y yo, claro, acepté, dije que sí, le contesté como si la tuviera, quién se acordaba de esos doce años; ya puede suponer, firmé el contrato, piense, cómo no iba a firmarlo, apenas me quedaba una semana y empecé a buscar gente, no era fácil, vaya a dar con sus músicos después de doce años, Juan Paladino y su fulera fama, cuántos no se lo han dicho: yetatore, ahora diga que usted no lo sabía, pero qué iba a encontrar, Demarchi el único, dejó su puesto para venirse aquí, un amigo de ley, y tan buen músico, es cierto que después él también vino a entrar por la variante, ya le van a contar, no me pregunte, pero de aquello tuvo la culpa Funes, o yo pensando bien, yo que de pavo, lo tomé así nomás, con la primera prueba, sin preguntarle nada, sin saber nada de él, no sé, fue algo muy raro ahora que pienso, no sé qué me pasó por la cabeza.

Osiris Demarchi
(PRIMER BANDONEÓN)

Como cortado el viejo, abatatado, qué antecedentes le iba a preguntar si parecía con miedo, ya no digo después que tocó Funes, pero antes, ni bien Funes habló, si es de contarlo, escuche, se lo cuento, fue la noche de un miércoles, temprano, ahí se andaba tratando de ensayar, la única vez yo creo que ensayamos, antes de presentar la nueva orquesta, y eso más bien por conformarlo al viejo, usted ya sabe, así son esas cosas, músicos que yo le había juntado por ahí, a qué perder el tiempo, gente baqueteada, dos bandoneones más, Kraimer primer violín, el viejo

Valenzuela en contrabajo, Juan Paladino al piano, y el cantor; ya se habrá dado cuenta, faltaba por lo menos un segundo violín, y la presentación encima que era el viernes, en fin como le digo, ahí nos estábamos, viendo qué iría a salir de todo eso, tratando de aclarar, poniendo un poco de orden, dando segundas voces, marcando las entradas, la verdad: jorobando, yo haciendo que a la gente no le diera por irse, le mantuviera su respeto al viejo, usted sabe la fama que le han hecho; se me hace que lo veo aquella noche, las partituras sobre las rodillas, y un cachito de lápiz, corrigiendo, yo macaneando un poco con el fuelle, los otros aburridos, preguntando la hora a cada rato, sufriendo malamente aquel ensayo, que a todo el mundo parecía de sobra, y para más, ese salón vacío del Palermo, casi en la oscuridad, y el escenario igual, frío, en penumbra, con la luz amarilla y moribunda de una sola bombita en un costado, el viejo siempre con su cara de esgunfio, más parecía un velorio aquello que otra cosa; y en un momento de esos llegó Funes, el viejo ahí encorvado sobre sus partituras ni lo miró venir, yo sí lo vi, lo campanié de entrada, venía por el medio de ese salón vacío, el violín enfundado bajo el brazo, la mano en el bolsillo, lo vimos caminar, irse acercando, con ese tranco lento, desgarbado y canyengue que después se iba a hacer tan conocido, tan de Funes llegando, su porra renegrida, y ese aire de artista de otro tiempo, flaco, alto, todo trajeado en negro, buena pinta, se acercó al director, el viejo allí peleando en sus arreglos, saludó en general y dijo así: yo soy Funes el músico, así dijo.

JULITO DÍAZ
(CANTOR)

Claro que ahora está muerto y uno piensa, el pobre tipo qué iba a suponer, digo cuando llegó esa noche, tanta pinta, que en ese mismo sitio iba a morir después al poco tiempo, así que uno se calla ahora, por respeto, pero esa

13

vez le juro era una risa, señor, llamarse "el músico", un tipo
al que ninguno conocía, decirse así nomas "Funes el músico", nada menos que frente a Paladino, frente al mismo
Demarchi, o Valenzuela, o a mí sin ir más lejos, profesio-
nales, gente con su nombre, pero hágame el favor, "Funes
el músico", por eso yo de atrás le dije aquello, una cosita
suave por ser recién llegado, no sé si hablé de murgas, de
kermeses, o de la banda lisa en la colimba, bajito, para
que el Funes ese me escuchara, se me bajara un poco del
caballo, se le fueran los aires, me comprende, pero qué, ni
se mosquió el fulano, ahí quedó quieto, esperándolo al
viejo, contemplándolo con sus ojos oscuros, pestañudos, o
a lo mejor mirando como a través de él, haciendo tiempo,
el viejo sin pensar, atolondrado, sólo alcanzó a decir "me
habían hablado", que Kraimer le había hablado, y allí
nomás sin preguntar ni nada, sin saberle ningún antece-
dente, no va y le dice "bueno suba, vamos a hacer alguna
cosa", con una voz muy baja, desteñida, y dejando en el
piso los arreglos, sin tomarse el trabajo de semblantearlo
al menos, se arrimó al piano el viejo y empezó a darle al
tema "Mala Junta".

KRAIMER
(PRIMER VIOLÍN)

No, era la introducción de "Íntimas", como para olvidarme
que era "Íntimas", si aquella noche, la noche en que murió, que lo mataron, fue la última cosa que tocó, parece un
cuento, no me equivoco no, seguro que era "Íntimas",
naipe muy manoseado para el viejo, algo como el saludo
de su vieja orquesta; si lo estoy viendo a Paladino, suave,
como rozando apenas los primeros arpegios, Demarchi que
se afana en hacernos llegar las partituras, yo que acomodo
sobre el atril de Funes las dos partes de segundo violín,
que le hago una guiñada como para alentarlo, y él que
ladea la cabeza y me sonríe, pero estándose quieto, la
mano en el bolsillo, no sé si distraído o escuchando los

14

arreglos del viejo, era el solo de piano con el apoyo en ritmo de los fuelles, trate de imaginar, Funes allí escuchando sin moverse, el viejo que no sabe qué hacer, tal vez tragando bronca pero nada, nosotros que tomamos la cosa medio en broma, y la pieza que sigue, trate de imaginar, de verlo a Funes quieto y como lejos, cuando ahí está Demarchi que termina su estribillo en los bajos, yo que me prendo a la primera voz bien lisa y fuerte, y el cantor acercándose, en fin, recién allí y a las cansadas, Funes deja pensar que va hacer algo, lento, como indeciso desenfunda el violín, le encuentra el tono, y se arrima al atril para leer, fijesé que me acuerdo de estos detalles sonsos, que era la parte de Julito Díaz, que el viejo le hizo no con la cabeza, y que el cantor se fue medio amoscado.

Juan Paladino
(PIANO)

Tal cual se lo contaron, ese tonto no hacer nada de Funes me tenía en un hilo, me irritaba, pero también, no sé, aquella estampa, ese quedarse allí, quieto, esperando, de alguna forma, pienso, me ganaba, no lo quise llamar, gritarle un vamos, sencillamente lo esperé, eso es todo, recién después, al rato, cuando quiso, sacó el violín y se largó a tocar, al principio leyendo, un buen sonido el hombre, un ritmo justo, ninguna cosa que decir de Funes, pensé que bueno, sí, que ya estaba ahí la orquesta, ahora tenía al hombre que faltaba, casi contento me afirmé a escuchar, muy bien las cuerdas, justo el contrabajo, Kraimer arriba la primera voz, Funes siguiendo abajo una tercera, y así debían seguir los dos, una manera vieja de reforzar las cuerdas, algo más bien sencillo, pero en eso, cuando todo iba así, como por tubo, no va y se corta el Funes ese, solo, de golpe y casi como en chiste, con una fantasmal segunda voz, una cosa vibrante, juguetona, apoyada en armónicos, inquieta, para colmo tan nueva, tan salida del aire, tan totalmente loca, inesperada, que al pobre Kraimer casi se le va el arco de las manos; y ésa fue la llegada de Funes al Palermo, así nomás llegó, todos lo vieron, después, bueno después pasaron cosas, pero mucho después, ya le dije señor, no gana nada, por qué insiste en saber.

Kraimer
(PRIMER VIOLÍN)

Déjeme hablar, un río, un viento luminoso, una centella que incendiaba la noche del Palermo, déjeme hablar, un cielo que era a un tiempo la calle, una mujer, la muerte, un tango, trenes, Buenos Aires, que era toda la noche y era Funes, déjeme hablar, y una segunda voz, y un lujo, y el amor, y nosotros, y los fuelles obedientes siguiendo aquel envite, y una manera de jugar, y un algo dando vueltas, rozándonos, buscándonos, saltando por encima, y era risa, y era también silbido, y era, y era...

José Valenzuela
(CONTRABAJO)

No me haga hablar, un asco, y a eso por aquí le dicen música, vea señor, yo quiero serle franco, no me interesa para nada el tango, le digo más, vine a parar aquí, por mi vieja amistad con Paladino, qué le voy a contar lo de ese Funes, payada, disparate, nada serio, yo qué tengo que ver, pregunte a otro, el tiempo que hace que largué la música, filósofo le han dicho, qué filósofo, lo dicen por decir, por mi manera ladina de juzgar, por mi malicia, porque desprecio al público y no creo ni en amor, ni en la música ni en nada, quiere saber, trabajo de ordenanza en Hacienda, sí, claro, es cierto que toqué en el Colón, y eso qué tiene, yo entonces era joven y creía, bueno, creía en fin algunas cosas, vea mejor no hablemos de eso, quiere, ahora vengo, llego siempre a la hora, leo lo que está aquí, gano unos pesos y chau, me voy, no tengo casi nada que ver con esta orquesta; por supuesto me acuerdo de esa noche, una sonsera, un tipo que inventaba, qué viento, ni espiral, ni centelleo, pura chapucería ya le dije, lo único su aire, medio extraño, como si no estuviera allí, como si fuera, no sé, un espectador, uno de abajo, como si aquella cosa le pasara por él, bueno algo de eso, un tipo raro Funes, los muchachos, qué le puedo decir, se divertían.

OSIRIS DEMARCHI

(PRIMER BANDONEÓN)

Y sí señor, un tipo raro Funes, esa noche, se entiende, después tuvo conmigo trato, sueños, confesiones, y lo llegué a querer, supo contarme de su amor, de una casa con un patio, de una muchacha, de un jazmín, de cosas que al hombre lo conducen hasta el hombre, y entonces no fue raro, fue un muchacho, un hombre enamorado simplemente, al que la muerte le había dado plazo y pronto iba a morir de mala muerte, pero esa noche allí, verlo inventando, verlo enredar al viejo con su endiablada forma de tocar, y después al final seguir un rato, solo, como jugando, a ritmo lento, hasta dejar después como si nada, era para extrañarse, se lo juro, había que verlo al viejo aquella noche, su tonito irritado cuando dijo "eso no estaba ahí", y Funes como en babia "no, no estaba", y nada más, el viejo enfurruñado, tal vez sin animarse a reprenderlo, cosa muy rara el viejo, tan de no perdonar, de pegar gritos, y a Funes tolerarle, como copado el viejo por su música.

JUAN PALADINO

(PIANO)

No sé, no dije nada aquella noche, no supe qué decir, tan raro todo, Funes, aquella música, la orquesta que se metió a seguirle las locuras, yo que también entré en algún momento, tan no saber cómo encarar aquello, ingenuidad tal vez, flojera a lo mejor, pero también, es cierto, esa otra cosa, ahora quiero entenderme, ese contrato, cumplir ese contrato, usted no tiene idea, doce años, no tiene idea no, salir de pobre, y de pronto que no, que no es la guita, que es el nombre, el orgullo de aparecer de nuevo con mi orquesta, Juan Paladino con su gran orquesta, en los afiches, vio, nacer de nuevo, ahora quiero entender, tal vez por eso, por esa angurria de llegar al viernes, dejé pasar, quise pasar por alto, no, no crea que me dejé envolver, esa noche le admito, pero luego, cuando noche tras noche, en aquel juego fueron entrando todos, cuando noche tras noche se me iba la orquesta de las manos, y lo seguían a Funes, y con vergüenza me crecía una fama que no era mía, yo me fui quedando, me callé, no hice nada, pasé por un estúpido, usted me dice que perdí autoridad, sí puede ser, no es tan sencilla de entender la cosa, fue culpa mía, y qué, no se lo dije, ingenuidad tal vez, flojera a lo mejor, qué voy a hacerle, mi nombre se prendió al violín de Funes y la muerte de Funes lo perdió, lo borró del afiche y del recuerdo, lo sacó de la fama y para siempre.

KRAIMER
(PRIMER VIOLÍN)

Fuimos entrando, un juego, una aventura, un salir al encuentro de la magia junto al violín de Funes, imitándolo, imitándole el modo, dando chance, desafiando a los otros, inventándonos, haciendo voces nuevas, contracantos, conversando en la música, juntándonos en alguna cadencia, haciendo un chiste, provocándolo al viejo, compadreando, obligando a inventar, a estar en eso, a meterse en la fiebre de la música, si cada tango era la noche misma, si era el Palermo, la ciudad, las cosas que sólo el vino a veces las pronuncia, si era estar entre copas y volando, si era estar en un sueño y Buenos Aires.

Funes nunca entendió lo que era aquello, le parecía que todo andaba bien, que Paladino dirigía la orquesta, y que él tocaba allí como cualquiera, nunca pensó lo que tragaba el viejo, nosotros sí pero qué se iba a hacerle, la cosa andaba bien, tuvimos suerte, renació del olvido Paladino, tuvo renombre y éxito, y la gente llenaba la milonga del Palermo, tal vez no fuera sólo por la orquesta, pienso que había algo en Funes, algo extraño, pregúntele mejor a las mujeres.

José Valenzuela
(CONTRABAJO)

La gente es tan cretina, usted no sabe, me puede creer señor, ese conjunto, esa manga de locos tuvo éxito, más de tres meses hizo en el Palermo y así como lo oye, tuvo éxito, quién lo puede explicar, hay que pensarlo, el público era idiota o ignorante, ni cuenta se daría de aquel disloque, qué otra cosa si no, farolerías, pura invención barata, payada de boliche, no me lo va a decir a mí, si era una pena, verlo a Juan acatando mansamente su papel de pianista, incapaz de hacer nada por corregir a aquellos frangollones, sin voluntad, siguiendo el rumbo extraño que tomaban las cosas, y sufriendo, y yo también sufriendo, lo absurdo, inexplicable de este éxito en el que Juan no había tomado parte, medio feo, no es cierto, y lo que es más, sintiendo, estoy seguro que sintiendo, la alegría mezquina de ese éxito, que no era el suyo, que era de ese Funes, es duro de admitir, para la gente, bueno para la gente del Palermo, Juan empezó a crecer Juan Paladino, se lo atendía, se le decía maestro, volvió su nombre, grande, en los afiches, Juan Paladino con su gran orquesta, qué bruta que es la gente, qué iba a entender, señor, lo que escuchaba, si creyó a lo mejor que eran arreglos, cosas del director, genialidades, ése es el lindo público, ahora entiende, vale algo tocar para la gente, ve, por eso, por cosas como esa, yo rajé de la música, le estoy hablando en serio de la música, porque esto es otra cosa.

19

KRAIMER
(PRIMER VIOLÍN)

Como tres meses yo toqué con Funes, a quien decían el músico, nos juntaba el violín y la amistad, fue mi hermano mayor, fue a veces un maestro, no sólo en el violín, en ese modo tan simplemente Funes de pasar por la vida, yo soy Funes el músico y la vida como obediente lo venía a buscar, y el amor se le daba, y era bueno verlo crecer violín tan sin esfuerzo, sonriendo, dejándose llevar, atorranteando, su modo aquel, su música, y todas las barreras se le abrían, y yo Kraimer, el rusito, pecoso, veinte años, nunca con mucha suerte entre las minas, aplicado estudiante de violín, conocedor de escuelas y de libros, cómo no iba a admirar al mago Funes, a la magia de ser Funes el músico, si había que verlo como lo veíamos, había que estar allí para saberlo, tan Funes, tan sorpresa, tan él siempre; algunas veces yo lo iba a buscar, vivía en un bulín, por Villa Urquiza, mateábamos, mirábamos crecer la tarde de domingo, se charlaba, más bien yo le charlaba, ya le dije, era como un maestro, nadie sabe de qué manera me golpeó su muerte, esa mancha en el piso del Palermo, sueño con ella a veces y la veo hacerse enorme y roja y tengo miedo, mejor no ponga eso, más bien diga algo así, que él siguió siendo el mismo, que tenía un diablo en el violín y una locura, y un silencio amistad, y su sonrisa, y un matear en las tardes de domingo, y una manera Funes de pasar por la vida, eso nomás, y que yo fui su amigo.

JULITO DÍAZ
(CANTOR)

Sí, siguió siendo el mismo, y eso qué, amargo, echao patrás, piyado, siempre el mismo, el ruso Kraimer se le acopló de entrada, Funes era su Dios, era una risa, si lo solía mentar Funes el músico, lo iba a buscar a su bulín a veces, hablaba de él con un respeto sonso, había que oírlo al ruso defendiéndolo, cuando yo decía de él una sonsera, un chiste, en fin, una verdad sin vueltas, negándome que fuera echao patrás, hablándome de genio, fijesé, si al final, digo yo no era pa tanto, cómo dice, ni piense, qué iba a tener con él, un segundo violín al fin de cuentas, un segundón, un músico cualuncue, cuál atracción me iba a robar, quién dijo, si el público de aquí siempre conmigo, siempre con el cantor, o usted qué cree, aquí como me ve me han ofrecido una actuación por radio, me ha llamado un maestro que no puedo nombrar, otra que Paladino, ni lo piense, qué me podía sacar el flaco ese, qué me podía robar, con qué, de dónde, las únicas las minas, quién, las locas, los yiros del Palermo, medio emberretinadas con el flaco, claro, cosas de putas, no sé qué le verían, la porra a lo mejor, je je, la pinta, vaya a saber qué cosa le encontraban, la música le han dicho, no, qué música, qué sabrán esas yeguas lo que es música.

Osiris Demarchi
(PRIMER BANDONEÓN)

La verdad es que sí señor, son tantos años que conozco el ambiente, he visto algunos casos parecidos, puedo contar, pero a usted por lo visto le interesa lo de Funes nomás, bueno, le digo, pasaba lo que suele pasar, ya se imagina, las mujeres de aquí y Funes el músico, ha visto a mí también se me escapó Funes el músico, el rusito tal vez, bueno, decía que las minas de aquí lo idolatraban, le parece que es mucho esa palabra, creamé, no exagero, había que verlas como yo las vi, mirándolo embobadas, llamándolo, sonriéndole, acariciándolo al pasar, chau Funes, y él, señor, un paciente yigoló, un consentido, un fioca, que se ayuntara en serio con alguna no lo creo, fatos sí, por supuesto, con más de una tal vez, y bueno fuera, con la ternura que le demostraban, la Rosario ya ve sin ir más lejos, esa que fue la hembra del cantor, claro, el que usted conoce, una morocha alta, ojos tremendos, de pelambre imponente, ya ve

21

cómo la ubica, no es de pasar por alto, usted lo ha dicho, bueno, con la Rosario, pero más bien con todas, con ninguna, un yigoló, Gardel, no sé si me comprende, quiero decir, a mí no se me escapan las cosas, y esto lo vi también, no se celaban, es la pura verdad; un acuerdo me dice, no un acuerdo pero algo así, mejor lo protegían, como si fuera de ellas, quiero decir de todas, y lo regaloneaban, lo cuidaban, como si lo supieran parte de la noche, del humo del salón, de la milonga, de la música pegándose a sus cuerpos, es muy difícil de explicar, señor, he visto casos.

MARY

Por qué me hacen preguntas, no sé nada, no quiero saber nada, qué le dijo Rosario, ah, es tan cierto, era para nosotras la alegría, vio las mañanas, ciertas mañanas de verano cuando al salir del baile o qué sé yo, una se acuerda que fue piba, dice, vamos al Rosedal, y va, pasea, se olvida de la noche, mira cielos, toca así con la mano una corteza, mastica una ramita, se come el sol, los pájaros, un carro, vuelve a sentirse amanecida, tierna, bueno, algo así, Funes el músico, su música envolviendo como un perfume, piense en el Rosedal, en la glicina que hay en el Rosedal en primavera, ahora piense en su música, su música meciéndonos, besándonos, creciéndonos adentro como un hijo, su música latiéndonos, llamándonos, diciéndonos que sí, que ésa es la noche, que ésa es la noche nuestra del Palermo, con malevos, y otarios, y nosotras, y espejitos, y luces, y perfumes que a veces son recuerdos, y chinche, y amasijo, y cana y miedo, y que Dios está allí, y está en el aire, la música de Funes lo decía, que Dios estaba allí también, en la milonga, y en el violín, y en el salón vacío, y en la calle al salir, y en el gusto infantil de una ramita, todo aquello su música, no, cómo celos, quién que no fuera una infeliz podía tenerle celos, no le dije, era nuestro, era de todas, era la noche nuestra del Palermo, quiere más, con Rosario, rogábamos a Dios que no se fuera.

Rosario

Era de aquí, aquí recién nació Funes el músico, quién era antes, quién lo conocía, había tocado, había vivido, dónde, si aquí nació le digo, de nosotras, si aquí le dimos nombre, lo parimos, quién puede averiguar lo que era antes, un don nadie seguro, un pobre diablo, pero vino y tocó, vino y fue nuestro, fue Funes nuestro con violín, con sangre, fue Funes con la noche oliendo a tango, Funes nuestro con sangre y para siempre, de dónde iba a dejarnos, quién hubiera podido arrancarlo de aquí, de nuestro vientre, si iba a ser siempre aquí Funes el músico, si iba a ser para siempre del Palermo de no haberse buscado su desgracia, pero él se la buscó, salió a encontrarla, salió a volver a ser Funes el guacho, salió a querer morir y terminarse, ya le van a contar, todo se sabe.

Kraimer
(PRIMER VIOLÍN)

Se lo dije, lo solía encontrar en su bulín, la casa de don Pedro, un italiano grande, buenazo, confianzudo, convidador y alegre, nos quería don Pedro, subía hasta la pieza, nos charlaba, recordaba a Caruso, sabía "La Traviata" de memoria, nos llevaba a comer con la familia, nos llamaba los músicos, a Funes lo adoraba, era su crédito, lo mostraba a parientes y a vecinos como algo de él, como algo de la casa, su inquilino, su músico, su orgullo; Funes, de agradecido, bajaba en ocasiones su violín, y era una fiesta, si me parece verlo, tan contento, tocando arias de ópera, viejas cosas de Italia, canzonetas, don Pedro y su mujer se enternecían, se derretían mirándolo, aplaudían, seguían pidiendo más, invitaban a todos los vecinos, le juro que era lindo, en aquel patio, el jaulón con canarios, las macetas, bajo el jazmín del pais, junto a la diosma, los pibes apretándose en la puerta, tan para ser feliz en serio aquello, tan otra cosa que la ojerosa noche del Palermo, nunca lo vi tan bien plantado a Funes como en aquellas tardes de domingo, y una tarde de aquellas vino Lidia.

Don Pedro

Lidia, señor, dieciséis años, una frescura de muchacha, mi sobrina, vino a pasar las fiestas con nosotros, rubia, linda, ojos como de cielo, si ayer nomás jugaba a las visitas, y ahí la tenía ahora, una cintura, un cuerpo, mi hermana cuando joven nos decíamos, pero qué, una paloma, un sueño, Lidia, supe que iba a venir, llegó un domingo, le hicimos una fiesta, fue para no olvidar, hubo comida, baile, vinieron los parientes, se acercaron vecinos, y como era domingo vino Funes, se imagina, tocó para nosotros, para Lidia, tocó, nos envolvió en su música, nos alegró, nos puso tristes, nos encendió recuerdos, era Funes el músico poniendo alas, campanas, sueños, maravilla, vino de primavera en este patio, acunando al amor, llamando a Lidia, diciendo Lidia amor con su violín de fiesta, esa primera vez que la vio a Lidia, esa primera vez que Lidia y Funes se encontraron aquel domingo en este mismo patio, lo demás ya lo sabe, Lidia y Funes, y de pronto el amor, de pronto el gusto del amor alegrando la casa, era tan lindo verlos, tardes y tardes que pasaron aquí, la música, el jazmín, Funes y Lidia, y el amor madurando en este patio; yo le hacía bromas, claro, lo llamaba sobrino, nos reíamos, si iba en serio la cosa, si ellos nunca trataron de ocultar, tan luego Lidia, el amor le asomaba en la mirada, estábamos contentos todos, claro, mi mujer, Lidia, Funes, yo que veía quererse a dos que yo quería, pensándolos unidos para siempre, pensándolos unidos y en mi casa, con el violín, con Lidia, la alegría de tenerlos aquí, de verlos juntos, qué tardes esas tardes, cuánto gorrión en el violín de Funes, qué primavera nueva en este patio, mírelo bien ahora, no le parece oscuro, mudo, frío, la época tal vez, o el abandono, de a ratos me parece que llorara.

Osiris Demarchi
(PRIMER BANDONEÓN)

Ya he dicho, he visto casos, pero en fin, veo que le contaron, claro, como usted dice, la cosa, lo de las minas digo, no podía durar toda la vida, pero piense, esas mujeres del Palermo, consintiéndolo, dándole todo lo que ellas podían dar, dándose todas, y de repente, Funes que cambia, que se les mezquina, que no es el mismo, y buen, cosas que pasan y qué se le va a hacer, enamorado me dijeron, metido hasta el cuadril, muy bien por Funes, me alegré mucho, en serio, y se lo dije, qué quiere, soy así, tengo dos pibes, la gente, porque uno toca en el Palermo, porque uno anda en la noche, pero uno está de vuelta, la milonga es un grupo, ya se sabe, farras, copas, mujeres, qué le queda, para mí la milonga es el trabajo, le digo más, el pan de mis dos pibes, vengo, toco y me voy, la vida es eso, por eso digo yo, le dije a Funes, que estaba bien, que bueno, que me ponía contento, que una mujer es una bendición, las cosas que se dicen, él tan alegre, viera, me dio la mano, se me entregó, lo que nunca, me habló de sus asuntos, de esa muchacha Lidia, de su amor, de don Pedro, si era un pibe, si era un adolescente enamorado, Funes el músico, la locura, la fiebre del Palermo, Funes el del violín, Funes el diablo, le digo, había que oírlo, era un muchacho; las minas, las mujeres de aquí, claro, las ofendió su amor, se resistieron, para ellas fue una trampa, una traición, no se lo perdonaron, él qué iba a hacer, las dejó solas, las dejó murmurar, decirle cosas sucias, yo las conozco, usted no sabe lo que son, celosas, malas, les quitaban su lindo yigoló, su consentido, la rabia las ganó, las ganó el odio, y un despecho feroz, sucio, asesino, así como le digo, en poco tiempo, su ternura con él se hizo un cuchillo.

Rosario

Un ingrato, señor, un malparido, qué le faltaba aquí, qué

no le dimos, irnos a hacer el daño que nos hizo, mezqui-
nando sus ojos, mezquinándose, todo por quién, una
mosquita muerta, una arrastrada, alguien trajo al Palermo
la noticia, pero ya se sabía, usted qué piensa, verlo cambiado a Funes, verlo ido, con apuro al salir, indiferente,
campaneando de a ratos el teléfono, quién no iba a adivinar dónde rumbeaba, metido hasta los pelos, enconchado,
qué yuyo le habrá dado esa guachita, esa tanita viva, esa
cualquiera, la turrita de allí, la Lidia esa, si hasta el nombre
vinimos a saberle, y él, abombado, como en la luna, ausente, hablándole a la guacha por teléfono, mentándola delante
de nosotras, de nosotras tan luego y despreciándonos, si
era más que una ofensa, si hasta era refregarnos su Lidia,
basuriarnos, ya las iba a pagar, Funes el pavo, el maricón,
el turro, cambiándonos, por ésa.

El patio

Quédese donde está, junto a esa diosma, así, en la noche
chiquita del jazmín, espere, ellas saben volver, regresan
siempre, suelen ser algo tímidas las voces, a ratos se dilu-
yen pero vuelven, es cosa de esperar, quédese quieto allí,
no se impaciente, en noches como éstas casi siempre se
escuchan, sobre todo si hay luna como ahora, sobre todo
si es tarde y todo el barrio duerme, oyó, parece el viento,
parece un aletear entre las hojas, escuche bien, son ellas,
son las voces que vuelven, escuche, escuche ya, *tu música
mi amor, pequeña Lidia, en tus brazos amor florece Lidia,
dame tu amor, amor, dame tus ojos, yo estaba solo, qué
era el mundo antes, nací en tu amor, amor no tengas miedo, tu piel amor, tus manos, pueden vernos, dejame que
te diga, ya es muy tarde, dejame que te abrace, amor me
muero*, oyó, parece el viento, y una brisa violín mueve las
hojas, un violín entresueño, que dice en sueño amor y que
se aleja, ya se alejó, qué ha de escuchar ahora, si soy el
patio solo y en silencio.
. . . .

Pero a veces también algo que vuelve, algo que vuelve siempre, pesadilla, aletear de murciélago, me ducle, duele el temblor que llega, duele el grito que despierta los pájaros del miedo, por favor no se vaya, escucha, pasos, pasos en la vereda, no hay un alma en la calle, sólo un terror de pasos desalados que buscan esa puerta, que dejan otros pasos atrás, y algo jadea, Lidia que ya va a entrar, Lidia que quiere dejar atrás algo terrible y mudo, aquellos pasos de impaciencia y sombra, Lidia y la sombra, Lidia, un *no, por favor*, Lidia y un grito, y una mano de sombra que silencia, que busca silenciar el ronco grito, *que no grites, te digo*, voz y sombra, pasos de felpa y sombra en la vereda, Lidia sin grito ya, Lidia que cae, que se derrumba, allí, junto a esa puerta.

La sombra

Qué ha de saber de mí, para qué el nombre, se supone que no voy a contar, yo soy quien soy, deje nomás la sombra, si tengo historia, claro que tengo historia, y brava y fea, hubo gayola y muerte, pero eso es otro asunto, fue hace tiempo, nada que ver con Lidia, Lidia es como una flor, digo que era como una flor, hablamos pocas veces, no me pregunte dónde, hablamos, confórmese con eso, pudo ser en su barrio, o en la calle, o en el boliche donde iba a hablar de noche por teléfono, no me pregunte, sepa, la quería, y un tipo como yo quiere y se juega, el otro, quién, un violinista, un frilo, si de un revés de zurda lo acababa, pero la quise hablar, quise primero, decirle que venía pensando en ella, que mi bulín, mi vida, mi coraje, la estaban esperando, que lo dejara al cajetilla ese, que yo no era de aguantarme su desprecio, que tuviera cuidado, que se viniera ya, que fuera mía, eso quería decir, juro que eso, pero ella qué, me vio, me tuvo miedo, corrió como una sonsa, y yo mandándola parar, diciendo Lidia, yendo tras ella por esa calle oscura, tratándola de hablar, luego insultándola porque no me escuchaba, ella corría, cuando llegué a la puerta la alcancé, quise que me mirara, que me oyera, que se supiera mía entre mis brazos, ella gritó, yo no podía dejarla, apenas le tapé la boca, apenas le mandé no gritar, si no hice fuerza, si no hice más que sujetarla a Lidia, cuando se me aflojó, volteó los ojos, se me cayó en el hombro y se me iba, entonces la dejé, solté el abrazo, la vi junto al umbral y como un miedo me apresuró los pasos calle arriba. Ése soy yo, ya sabe, un muerto, nadie, ponga sombra nomás, sombra entre sombras, a veces vuelvo sombra hasta esa esquina.

KRAIMER
(PRIMER VIOLÍN)

La vi una sola vez, era muy dulce, tenía una mirada diáfana, increíble, una manera de mirarlo a Funes, de decirle te quiero sin decirlo, cómo es amor, cómo es la cara del amor, cómo es su gesto, señor, Lidia era eso, un palpitar de amor, era el amor, un vuelo, una campana, un canto de alegría en aquel patio, mire, señor, hay muertes que dan rabia, que hacen dar ganas de sopapiarlo a Dios, ella tan vida, tan prodigio de amor, tan hembra y niña, morirse así, usted no se imagina, y para colmo medio turbio todo, nunca se supo bien, parece que corría, había ido al almacén a hablar con Funes, de noche, tarde, alguien la oyó gritar, parece que algún tipo la quiso, qué sé yo, como digo, nunca se va a saber, la calle como boca de lobo, sin un alma, y ella corriendo hasta la puerta, dicen que disparando de alguien, cayó junto al umbral, síncope dijo el médico, quién sabe.

JUAN PALADINO
(PIANO)

Ya ve la mala suerte, es seguidora, qué va a pelear, qué va a ponerse en contra, si era cantado, digo, estaba escrito, si el destino era así, si seguí el mismo, yetatore le han dicho, y bueno yetatore, qué providencia dije, orquesta, dónde, ya no tengo orquesta, no quiero pensar más, no me levanto de ésta, el éxito, qué es eso, quién lo podía decir, quién hubiera podido conocerle los rumbos al destino, orejearle sus naipes escondidios, Juan Paladino con su gran orquesta, Juan Paladino de nuevo en las revistas, Juan Paladino en casas grabadoras, y yo creyendo o no creyendo, pero viendo crecer mi nombre, viendo crecer mi fama sin justicia, dejando hacer, callando, yéndome a baraja, dudaba a lo mejor, no, no dudaba, más bien quería dudar, pero sabía, y usted también sabía, quién iba a empujar todo sino Funes, no me diga que no, Funes con su violín, su disparate, su música lujosa y prepotente, decían que eran arreglos, así decían, usted lo puede creer, si es de morirse, era Funes nomás, no sólo su violín, tal vez su estampa, su no sé qué fatal con las mujeres, su acaudillar miradas, voluntades, diga que no, atrévase a negarlo, si cuando empezó aquello, quiero decir su metejón, su Lidia, cuando a las locas esas las amuró el encono, nadie me va a negar que echamos malas, que empezamos a echarlas por lo menos, se acabaron los sueños como dicen, la gente aplaudía menos, daba menos, no llegaba a entregarse, nos seguía tal vez por la costumbre, pero ya era otra cosa, el tipo de la casa grabadora no volvió por aquí, casualidad, casualidad tal vez, pero la orquesta ya no fue la misma, había algo en el ambiente que ceñía, que apagaba, que enfriaba, yo no sé, tal vez las minas, tal vez ésa que llaman la Rosario, no, no estoy loco, la vi, les vi las caras, les vi el odio, las ganas de hacer mal, el gesto sucio, tal vez las minas, digo, sin embargo, ahí recién empezaba mi fracaso, fue mucho peor después, vaya, averigüe.

JOSÉ VALENZUELA
(CONTRABAJO)

Fue mucho peor después, bobo el que dijo, tal vez la

muerte pueda arreglar todo, esa mujer, la ajena, la ladrona, no estaba más, ya no lo robaría, no más llamados por teléfono, ni ojos con tarde y patio provocándolas, ni apuros al salir, ni indiferencias, fue entonces que alguien dijo, yo lo dije, ahora tal vez de nuevo como antes. Funes entero de alma en el Palermo, las mujeres sin odios otra vez con Funes, y por lo tanto el éxito, eso que llaman éxito, el aplauso, las burradas eternas de la gente, lo que era buena estrella, guita fácil, el renombre barato de la orquesta, la subida final de Paladino, el éxito, le digo, de nuevo con nosotros; eso creí, bárbaramente eso pensé y lo dije, pero está dicho, qué ha de poder el hombre con el que desde arriba da los naipes, como le cuento, fue mucho peor después, todo empezó de una manera sonsa, quién podía suponer, de una noticia, de esa noticia que nos trajo Kraimer, iba a arrancar al tiempo un fato policial, una tragedia, me acuerdo empezó así: un sábado a la noche falta Funes, mejor dicho, tarda en llegar, no viene, no ha avisado, Kraimer dice que siente un no sé qué fulero, va a llamar al boliche, lo esperamos, vuelve hecho un muerto, blanco como un papel, transfigurado, apenas puede hablar, casi en secreto dice murió Lidia, se quiere ir para allá, no lo dejamos, claro, había que hacer el sábado a la noche, ya con bastante gente en el salón, y decidimos no contar nada a nadie, sobre todo a las minas, ni una palabra, nada, uno no sabe cómo lo han de tomar, qué escándalo tal vez podrán hacer, hay tanta gente, se imagina, un sábado, así que nada, mus, disimulamos, y se empieza a tocar, lo estoy viendo a Demarchi, que arranca, fuerte, solo, sin esperar al piano, una milonga.

OSIRIS DEMARCHI
(PRIMER BANDONEÓN)

Oigo tu voz
engarzada en los acordes de una lírica guitarra
Esa milonga era, de indignación, de rabia, para ahogar al

dolor, para aturdirme pechándolo al dolor, con esa voz caliente de milonga.

sos milonga de otros tiempos
yo te vi crecer

dos días apenas me había hablado de ella, su metejón, su Lidia y ese modo tan pibe de nombrarla, y yo que lo palmié, le regalé un futuro,

prendida a las polleras
de un bailongo guapo y rompedor
como jamás ha de volver

y ahora tocando, mintiéndole al dolor, viendo algún tirifilo haciendo cortes, dándole más pulenta a la milonga, rigoriándolo a Kraimer con el fuelle, no se fuera a vender, tenía una cara, y para más, señor, disimulando, tapando el hecho para que las mujeres no supieran, no lo supieran esa noche al menos, un cuidado de no mentar la muerte, de hablar como si tal, de hacerles creer que se esperaba a Funes, de tocar bien, metiéndose en la música, golpeando; pero igual lo supieron, cómo, vaya a saberlo cómo, se enteraron, al ratito nomás y era patente, hablaban entre ellas, se juntaban, alguna se rió, en una pausa de la orquesta se me pusieron cerca y las oí, tuve unas ganas de, más bien me callo, una dijo mejor, otra dijo qué tanta cara de velorio, otra hizo voz de vieja y dijo pobrecito y ay quién lo va a llamar, si era una cosa, me daba bronca y asco se lo juro, la Rosario miró al rusito Kraimer y escupió, tenía una cara extraña, daba miedo.

KRAIMER
(PRIMER VIOLÍN)

Corrí, claro, corrí a casa de Funes esa noche, al terminar la noche, vi el patio, los vecinos, don Pedro en un rincón y como loco, nadie podía entender, se daban nombres, se quería recordar alguna cosa, un gesto, una palabra, un signo de su mal, una molestia, algo que pudiera dar rumbos, no hubo caso, la policía se llevó el cadáver, dicen que hubo batidas, que detuvieron a algunos del boliche, no hallaron pruebas, tuvieron que soltarlos, además no hubo golpe, no hubo herida, la policía aclaró, se descartaba el crimen, que fue síncope, un susto, ya puede imaginar lo que era eso, esa muerte brutal, allí, de pronto, esa visita absurda de la muerte, cómo, por qué, quién era Lidia, cuándo alcanzó a gritar, quién la había oído, cómo es que nunca había contado nada, tal vez por no alarmarlo a Funes uno piensa, tal vez para cuidarlo, tal vez para evitarle una desgracia, quién lo puede saber, si a lo mejor hasta eso de la sombra fueron habladurías, y no había nadie atrás, y estaba sola, y allí murió su muerte, aquella muerte que a la entrada del patio la esperaba; Funes como de mármol, como el hielo, lo abracé, dije algo, uno no sabe francamente qué hacer, ya ni me acuerdo, sé que lloré abrazándolo, que me quedé con él, que me dormí de a ratos, que de a ratos escuchaba llorar, Funes no hablaba, creo que no lloró en toda la noche, ni cuando la llevó la policía, ni cuando al otro día la enterraron, quiso quedarse solo, no volvió hasta su casa, sé que anduvo las horas y las horas caminando.

OSIRIS DEMARCHI
(PRIMER BANDONEÓN)

Después de aquello, del velorio digo, Funes no vino más, no dio noticias, ni el mismo Kraimer pudo, según parece, obligarlo a volver, se habló de suplantarlo, pero el viejo parecía alelado, en otro mundo, no atinaba a ordenar, a dirigirnos, a buscar un suplente por lo menos, parecía más viejo, qué sé yo, más cansado, así que un poco yo tomé las riendas; pensaba siempre en Funes, qué no hubiera hecho para volverlo a ver en el Palermo, pero no apareció, los días pasaban, el conjunto tenía que seguir, eso es sabido, y el viejo Paladino hecho un fracaso, como le digo no acertaba a nada; me moví en el ambiente y conseguí un violín, un tipo del oficio que tocó en el Pigall y el Chantecler, bastante bueno el hombre, y ahí seguimos, tocando, buscando repertorio, haciendo extras, las cosas, parecía, querían mejorar, no digo el éxito de antes, pero al menos se siguió la actuación, el no apamparse por las dificultades, el trabajo.

Julito Díaz
(CANTOR)

Las minas, ya se lo puede suponer, tan tranquilas, olvidadas de Funes, del violín, de sus mañas, de su galán barato y pura espuma, escúcheme señor, no se me vaya...

Osiris Demarchi
(PRIMER BANDONEÓN)

Parecían al menos tan tranquilas.

Kraimer
(PRIMER VIOLÍN)

A Funes lo busqué, quería encontrarlo, charlar largo con él, o no, a lo mejor no charlar tanto, estar con él, saberlo, convencerlo que volviera al Palermo; era bastante bravo dar con Funes, supe que andaba de boliche en boliche, que casi nunca volvía a su bulín, que escabiaba a morir, que estaba enfermo; una vez lo encontré, tenía una curda, le parecía oír voces, decía que él la iría a buscar, que estaban listos los que pensaban que la iba a dejar ir así nomás a Lidia; alguien me dijo que en ocasiones se llevaba el violín, que lo vieron tocando en los boliches, y hasta en la calle, cerca del paredón de Chacarita; don Pedro me contó que estuvo preso, y que volvió marcado, sucio, hecho un ciruja, dijo después que nadie supo de él por algún tiempo, que se lo dio por muerto, qué se yo, la última vez me lo llevé a mi casa, le hablé, le di unas gotas, se durmió de un tirón como dos días.

LAS VOCES

Quería llegar, venía por el dolor, por la locura, por la noche envinada y su violín, usted qué quiere, vuelva, que se vuelva el intruso, que se vaya el preguntón, el infeliz, no hay nadie, aquí se llega sólo destruyéndose, aquí sólo se gana derrotándose, me duele un paredón, se me agazapa la noche y noche y noche sobre el vientre, ay su violín, ay ese vino niebla me corría, venía andando a los tumbos, adonde había dejado el último boliche, el último violín, anda desanda y dice un nombre, Lidia, qué vocación de muerte, qué mirada, con trino y luna sobre el calabozo, con Lidia y luna sobre golpeadura, no lo dejen llegar, viene con aires de saberse la calle, sáquenle ese violín, échenle un perro, díganle de una diosma, miéntanle de un jazmín en algún patio, viene con moretón y hambre de Lidia, viene nocturno y con olor a vómito, le digo que venía apurando su música coimera, corrompiendo las leyes de la noche, pidiendo por favor, golpeando puertas, cada vez más hundido y pobre tipo, cada vez más boliche y más tiniebla, y usted qué quiere, usted no tiene nada que hacer aquí, vuélvase atrás, no mire, no pregunte, si usted lo sabe bien, Lidia era nuestra.

JULITO DÍAZ
(CANTOR)

No se lo dije, un grupo, apenas un tiempito sin actuar, y chau, quién se acordó de Funes, hay tantos de ésos, meten alguna bulla, las minas al principio se encandilan, hay que dejarlas, vio, después se olvidan; la Rosario me entró a mirar de nuevo, yo viéndola venir muy sin apuro, total, ya iba a caer, no le parece, para más, la atracción, el punto fuerte de la noche, otra vez era yo, Julito Díaz, no es por decir, por algo me pusieron la foto en el afiche, Juan Paladino quién, tiempo pasado, historia, cosa del recuerdo, el pobre se fue yendo cuesta abajo, la verdad quién entraba por verlo a Paladino, no vio el cartel, allí a la entrada, grande, Juan Paladino con Julito Díaz, lo mismo en los afiches, Julito Díaz, grande, y con la foto, quiero decir, las cosas retomaron su rumbo natural, la gente me pedía a mí las piezas, a mí me pedía el bis, los de la orquesta fueron entrando al fin, se dieron cuenta de lo que era un cantor, las minas tan tranquilas, ya le digo, ni el recuerdo de Funes, si no fuera por eso que pasó yo le aseguro...

OSIRIS DEMARCHI
(PRIMER BANDONEÓN)

Parecían al menos tan tranquilas; un viernes por la noche volvió Funes.

KRAIMER
(PRIMER VIOLÍN)

Volvió Funes el músico, señor, había que verlo, flaco, pálido, como creciéndole la noche adentro, un no sé qué en los ojos que asustaba, pero traía su violín, corrí a encontrarlo, lo palmié, le hice un chiste, estaba fresco, venía para tocar, él mismo dijo que venía a quedarse, usted no se imagina mi alegría.

JUAN PALADINO
(PIANO)

Volvió Funes, tranqueando desganado como antes, volvió Funes y con él mi desgracia.

José Valenzuela
(CONTRABAJO)

Volvió Funes ya ve como si nada, ya ve que eso de andar
por ahí en curda, de irse al muere, de no dejarse ver en el
Palermo, de amagar amasijo, eran sonseras, cosas de aquel
momento, nada serio, ya ve que volvió el hombre, se lo fue
a saludar, tanto por fórmula se dijo lo de siempre, que
estaba bien, qué suerte, cotorreos, Funes el prófugo, el
resucitado se acercó a Paladino, Juan tan chocho con él, ni
por las tapas le mencionó su ausencia, no fue y le dijo de los
tres violines, que era lo que él quería desde el vamos, que
ahora iba a andar mucho mejor la orquesta, vea la manera
sonsa de entregarse; Kraimer, claro, apurado le dijo que
tocara esa noche, le habló del repertorio, le presentó al
suplente; Funes sin asombrarse dijo que sí, que estaba
bien, que a eso venía, y así como antes, con su airecito de
aceptar las cosas, tan venido del cielo, como antes, tan sin
huellas, se fue hasta el escenario.

Osiris Demarchi
(PRIMER BANDONEÓN)

Pero había algo en el ambiente, algo en el aire humoso
del Palermo, algo en las caras, o en las voces de algunas,
secreteando, o volviéndose falsas, temblonas, mascaritas,
algo como electricidad, o miedo, o nervio a lo mejor, no
le puedo explicar, algo jodido; hablé poco con Funes y me
quedé mirando a las mujeres, como antes se juntaron,
como antes hubo risas, porquerías, pero algo más, no sé,
las risas más nerviosas, más duras, histéricas, me entiende, ahora me acuerdo de esas risas y me recorre un frío
por la espalda.

36

KRAIMER
(PRIMER VIOLÍN)

Funes tocó esa noche como nunca, como nunca jugaba su violín entre el rezongo grave de los fuelles, al principio era el viejo el que elegía los temas, después no, venían solos, no sé, sencillamente se acataban, Funes iba tejiendo voces, filigranas, nos convidaba a fantasear con él, nos esperaba para empezar de nuevo con su hermosa diablura, nos buscaba, nos dejaba llegar, nos envolvía, nos arrastraba al centro de su magia; qué noche en el Palermo aquella noche, qué locura y qué aplausos, cuando al final nació, no sé de dónde la introducción de "Íntimas", el viejo me pareció que lagrimeaba.

JUAN PALADINO
(PIANO)

Hágase cargo, "Íntimas" de golpe, así cuando ninguno lo esperaba, tiempo del Nacional, mi orquesta grande, la buena época aquella, mi juventud, un nombre de mujer que no hace al caso, aquella cena con Gardel, la fama, y ahora de pronto ahí, en el Palermo, con Funes otra vez, con ese pibe Kraimer, con Demarchi, con esa orquesta donde se iba jugando mi esperanza, claro que lagrimié, tal vez por "Íntimas"; me levanté, dejamos el lugar a la jazz, todavía entre los aplausos de la gente, me acuerdo que pensé, al caminar así entre tanto público, que iba dejando atrás mi mala suerte, que no sentía el esgunfio ni el cansancio, que estaba por creerme francamente feliz, quién me lo iba a decir, era la última noche que tocaba.

OSIRIS DEMARCHI
(PRIMER BANDONEÓN)

Íbamos hasta el bar, y aquello feo en el aire, aquella cosa

cada vez más cerca, casi encima, señor, casi tocándonos; Funes y Kraimer iban adelante, creo que conversaban, pienso que ni de lejos sospecharon nunca que aquello estaba allí, firme, esperando, yo estaba ahí al ladito y lo vi todo, no tengo otra palabra, fue terrible.

Rosario

Funes tuvo la culpa, a provocar se vino, a despecharnos, a no aguantarme hembra y frente a frente.

Mary

Yo fui a verlo pasar, no fui a decirle nada, si ni siquiera me le puse adelante, apenas verlo, apenas estar allí cuando pasaba, nada más que llevarme un poquito de Funes en los ojos, por qué nos hizo eso.

Osiris Demarchi
(PRIMER BANDONEÓN)

La Rosario y las otras nos salieron al paso, nadie podía saber si a provocar o a verle a Lidia muerta en las ojeras, pero había mucha gente y no se abrían, puro mirarlo a Funes, buscándole los ojos y buscándolo.

Kraimer
(PRIMER VIOLÍN)

No dejaban pasar, tal vez la gente que empujaba de atrás, se amontonaban, la Rosario, puede casualidad, quedó de golpe frente a Funes, lo miraba, tenía un modo jodido de reírse y lo miraba, alguna dijo viudo y pobrecito, y se rieron todas sin moverse.

Rosario

Funes me manotió.

Demarchi

Funes apenas se quiso abrir camino con la mano.

Mary

Le pegó a la Rosario, lo vi con estos ojos, cómo pudo.

Kraimer

Estiró un poco el brazo para que lo dejaran.

Rosario

Me empujó como un bulto, me insultó, era lo último que me podía hacer a mí, Funes el guacho, me le fui con las uñas, lo putié, tan luego a la Rosario.

Demarchi

Lo atacaron, señor, todas, gritaban, hubo un furioso remolinear de gente, nadie sabía muy bien lo que pasaba, algunos de asustados, entraron al golpear por defenderse, se rompieron botellas, ese ruido feroz de las botellas en las mesas haciéndose cuchillos, hay que haberlo escuchado alguna vez para tenerle miedo.

Kraimer

Alguien cortó la luz, y el ruido de los vidrios, y los gritos y los golpes, y algún cuerpo cayendo.

DEMARCHI

Sí, y además, por sobre todo, el miedoso gritar de las mujeres, ése como un aullido, como un coro de aullidos en el salón oscuro.

KRAIMER

Lo demás ya lo sabe bastante bien, por lo que veo leyó los diarios, sí, así como le han dicho, cuando volvió la luz, Funes allí en el suelo ensangrentado.

DEMARCHI

Tajeado hasta los huesos, hecho un pingajo, nunca vi nada igual, lo destrozaron.

JUAN PALADINO
(PIANO)

Ésa es toda la historia, señor, ya se lo dije, fue la última noche en el Palermo, no sé para qué se habla de estas cosas, un hecho policial, una desgracia, mejor no manosear, después de tanto tiempo anda el prontuario abierto y en veremos, gente citada, líos, viejos fatos que asoman, asuntos de malandras, ponga nomás que Funes, que ese Funes, vino, tocó en mi orquesta, que alguna vez me hizo verdear el alma, me mostró un cielo enorme y con afiches, y otra vez se nos fue, ponga que ése era Funes, así nomás señor, y esta otra cosa: que lo solían llamar Funes, el músico.

Amarillo sol, amarillo pétalo,
amarillo flamante,
amarillo poema

La casi inexistente señorita Amneris, envuelta por lo menos dos veces en un larguísimo, recamado y hermético batón color rosa vejez, toda cubierta de ruleros, lociones humectantes, cremas grasas, ungüentos placentarios, pañuelitos, chales, hebillas, moños, jugos de tomate, masajes faciales, yoghurt, limones, yemas de huevo y ajustados e inútiles corpiños, se dispone a subir a la azotea. Para lo cual da una vuelta más a su batón, meticulosamente se calza unos largos y entalcados guantes color preservativo, oculta cabeza, cuello y hombros en una enorme toalla color verde ciprés, y toda arrebujada, apretujada, temerosa del vértigo, del sol, de las corrientes de aire, del ruido, del resfrío, de la alergia, del cáncer, del polvo y de las moscas, sube, sube, primero un piececito y después otro, sube cuidadosamente, temerosamente, pudorosamente, con aire de biscuit, los diecinueve peldaños de la escalera. De su preservada y entalcada mano cuelgan exhaustas y llorosas, un par de blancas, desesperanzadas y solitarias sábanas que la señorita Amneris va a tender a la azotea. Chic, chic, chic, la señorita Amneris ha estornudado tres veces a pesar de la preservativa y afelpada carpa verde, y con un pañuelito-sello de correo, se golpea una, dos, tres veces la punta de su invisible nariz traicioneramente vejada por el sol de las dos y media de la tarde.

●

Dos azoteas más allá, los dieciséis años largos, masturbadores y tristísimos de Jorge Edipo, el único hijo de la linda señora Amadori y del gordo y feo doctor Amadori, hacen absolutamente nada apoyados en el gris hollín resquebrajado de una pared medianera por donde una enorme y rapidísima hormiga culo-blanco dibuja sin cesar raíces cuadradas, tangentes, triángulos escalenos, anchas caderas de mujer, teoremas de Pitágoras, números primos entre sí, senos voluptuosos y enormes, πr^2, logaritmos y alguno que otro conjunto espantosamente obsceno. El hijo único de los Amadori apoya su blanca y pecaminosa mano en su blanca y pecaminosa frente para pensar que Matemáticas 3er. curso es el gran obstáculo que separa a los hombres de la felicidad, y también para no ver, para taparse los ojos y no ver, ¡ay Señor no las pongas delante de sus ojos! las hermosas, delicadas, transparentes e impúdicas prendas interiores de la linda señora Amadori que el viento de las dos y media de la tarde mueve, y mueve blandamente, y cuyas sombras desnudas, silenciosas y reptantes se acercan, y se acercan, y se acercan casi hasta rozarle los pantalones.

●

Del otro lado de la medianera-pizarrón-dormitorio, el neurótico dueño de cierto camioncito destartalado, quejumbroso, tabacal y neurótico, llamado Víctor pero conocido mejor por Vito Nervio, ha decidido estropear concienzudamente la tarde del domingo componiendo todo lo descompuesto, pintando todo lo despintado y limpiando toda la mugre acumulada desde la creación del mundo. Razones por las cuales barre, rasquetea, martilla, serrucha, atornilla, insulta gravemente a Dios, da patadas contra cajones de latas, tose, fuma, escupe, arrastra escaleras, expulsa perros y chicos, al tiempo que, minuciosamente, incesantemente, sostiene la única, blasfemante, neurótica, aullante y gesticulante pelea con su mujer y con su suegra, comenzada hace exactamente quince años, dos meses y veintiún días; pelea que los tres han alimentado desde

44

entonces, minuto a minuto, sin permitirse claudicaciones con unción verdaderamente religiosa.

La flaca, neurótica, gritona y arrugada mujer, y la vieja, flaca, neurótica y arrugada suegra del neurótico dueño del neurótico camioncito, desde las umbrosas, húmedas y neuróticas profundidades de la casa, friegan, pulen, golpean cacerolas, abren canillas, rompen vidrios, arrastran chancletas, expulsan perros y chicos, al tiempo que sostienen la única, blasfemante, sacrosanta e ininterrumpida pelea con Vito Nervio.

•

Repantigado en una silla baja, los pantalones arremangados hasta la rodilla y chupando lentamente, glotonamente un mate grande como una teta de madre, César Buffanti, el poderoso, musculoso, aceitado y tranquilo dueño del más poderoso, enorme, invulnerable, aceitado y tranquilo camión-transatlántico que jamás se haya visto, goza de su inefable, melancólico y succionante goce, tibiamente sumergido en el tibio vientre materno de la tarde. El sol le hace maternales caricias en la espalda ancha como un portón y dibuja morosamente sus poderosos músculos, acentuados por la blanca y ajustada faja de su camiseta. Sus ojitos azules y somnolientos miran la rosada punta de su dedo gordo del pie, y permanecen mirándola cuando su alta, delgada, morena, tostada, hermosa e indiferente mujer sube majestuosa por la escalera en malla de dos piezas y con una lona para tenderse al sol. Permanecen mirándola porque César Buffanti ha vuelto de su último, larguísimo viaje con un apuro injustificado y un presentimiento horrible. Oscuro, torturante, inconfesado y absurdo presentimiento que lo ha hecho mostrarse enfurruñado, triste, solitario y esquivo desde que llegó y que ahora lo obliga a contemplar silenciosamente la punta del dedo gordo del pie, mientras sus narices y el mundo se llenan de un excitante, terrible y peligroso perfume a bronceador, y su mujer se calza los anteojos negros, despliega la lona en la azotea, y con movimientos justos, lentos, felinos, tiende sobre ella su hermoso cuerpo, sabiamente besado por el hermoso, traicionero y amante sol de las dos y media de la tarde.

●

La reina absoluta de la nueva ola, toda blujíns, pecas, mechones, ritmo y voz electrizante, corre, micrófono en mano, por entre una platea que aúlla de entusiasmo y grita su nombre hasta desgañitarse.

La sofisticada, sensual, turbadora, sugestiva y mortífera intérprete, en la penumbra del sofisticado salón, deja apenas oír su susurrante, nocturna voz, y ondula elegantemente su elegante cuerpo ceñido por un elegante, plateado, exótico e irresistible vestido de noche.

Al final del segundo acto, la famosísima actriz grita su terrible maldición sobre la familia del conde, y queda sola, el brazo en alto y el gesto iracundo, mientras cae el telón en medio de los prolongados aplausos de la aristocrática platea y de las siete aristocráticas filas de palcos.

Mundana, de pasado tormentoso, teñida de rubio y sospechosamente igual a la señora del departamento dieciocho, cruza elegantemente las piernas, fuma, y, mirando hacia la lejanía, dice al hombre que está a su lado: "Edgard, debo decirte adiós."

Con el oído sobre la radio a transistores, los ojos absolutamente perdidos en las nubes, y la boca alambrada de prótesis dental papando moscas, Estela, olvidado por completo el motivo por el cual su madre la mandó a la azotea, balancea bobamente su cuerpo al compás de una dulce, boba, adormilada música y hace absolutamente nada bajo el alucinado, enternecido, adormilado y fantástico sol de las dos y media de la tarde.

●

En la única, moderna casa de departamentos de la manzana, apoyadas en la baranda del balcón del departamento del tercer piso al fondo, o sea el departamento dieciocho, y mirando displicentemente, mundanalmente y ojerosamente un aburrido paisaje de chapas oxidadas, ropa tendida, chimeneas, hombres en camiseta, gatos dormilones, antenas de televisión, alquitrán, gorriones y cachivaches, están la señora y la chica del departamento dieciocho, madre e hija, llamadas la Señora y la Chica del departamento dieciocho. Las dos son rubias, lindas, elegantes, llamativas y misteriosas. Las dos salen de noche, fuman importados, reciben sospechosas visitas, y llegan alternadamente en Peugeots, Cadillacs, Torinos o Impalas, lo que da motivo a copiosos comentarios de toda la vecindad; copiosos, cuchicheantes, escandalizados y envidiosos comentarios con los cuales se podría formar una regular biblioteca de sexología, toxicomanía, comercios infames, misas negras y espantosas degeneraciones.

Ambas sacerdotisas de la infamia y del vicio hace un ratito que se han levantado, se han bañado, se han cepillado el cabello, se han vestido con dos llamativas soleras, una amarilla y lisa (la Chica del departamento dieciocho) y otra blanca con grandes lunares verdes (la Señora del departamento dieciocho) y fuman, los brazos apoyados en la baranda, descubriendo parte de sus blancos, odiados, comentados, envidiados y seguramente pecadores senos, y recibiendo la sospechosa, furtiva, lúbrica, lujosa e importada visita del rijoso sol de las dos y media de la tarde.

●

Con la gorra hasta las orejas, el saco y el chaleco fieramente abotonados, y la negra bufanda de lana bien ajustada al cuello, el viejo don Ramón pasea su orgullosa, españolísima, jubilada y deshidratada soledad por los cuatro metros escasos del techo de su pieza, en el cual se halla hidalgamente expatriado por propia voluntad desde hace dos semanas, junto con su afrenta y su sed de venganza, ello debido a una violenta discusión con otros hijosdalgo

del banco de la plaza, que comenzó con los platos volado-
res y terminó con el cabrón de Millán de Astray con la
cabronísima Madre Iglesia Católica, motivo por el cual
ha optado por un riguroso ostracismo. Ofendido, iracundo,
campeador y maldiciente ostracismo, al que ninguno de
esos malnacidos, cabrones, desagradecidos, hijos de puta,
se le ocurre interrumpir viniéndolo a buscar y pidiéndole
disculpas como corresponde, de modo que don Ramón
González, con hidalgo continente, recorre por 1527ª vez,
sin mirar a nadie, el alquitranado, empedregado, desierto
e inaccesible techo de su casa, rabiosamente recalentado
por el malparido, hereje, musulmán y despótico sol de las
dos y media de la tarde.

●

Totalmente más allá del bien y del mal, del calor, de las
moscas, de los geranios, de las camisas y los pantalones
tendidos que lo salpican de a ratos, de los vecinos que
oscuramente existen en otras azoteas, de los hermanos
mayores y de los hermanos menores, del sexo propio y del
sexo contrario, de papá municipal y de mamá gorda, Tito
Crescini, sentado en el suelo, espera impaciente la hora
del ensayo. Su nacarada, achatada y emperillada guitarra
eléctrica espera también impaciente dentro de su funda,
por allí abajo cerca de una puerta, mientras sus largos
cabellos se mueven con hermafrodita e impaciente gracia
mecidos por el viento y por el ritmo de una melenuda,
eléctrica, apasionada y hermafrodita canción que su
mocasín agujereado acompaña con precisos golpecitos
sobre los mosaicos rojos de la azotea. Junto a él, su pequeña, nítida, melenuda, impaciente, solitaria e incomprendida
sombra sigue inteligentemente la melodía en los bajos y
se va haciendo sucesivamente mujer, varón, o nada, según
los tonos, los acordes y la posición de la cabeza de Jimmy
Crescini, apasionada y disciplinada primera guitarra del
apasionado y disciplinado conjunto "The Red Tigers".
  Y eran exactamente las dos y media de la tarde.

48

Y eran exactamente las dos y media de la tarde de un tibio, ronroneante, luminoso, oloroso, multicolor y mágico domingo de octubre cuando todos ellos: la señorita Amneris metida en su umbroso y verde caparazón; el pálido Jorge Edipo junto a su Matemáticas 3er. curso y sus pecados; el anguloso, pinchudo, tosedor y blasfemante Vito Nervio con su mujer y su suegra, una en cada bronquio; el poderoso, rosado, lampiño y enfurruñado César Buffanti con su enfurruñamiento chupando de su enorme mate materno; y su mujer, ¡ay, su mujer!; Estela maldiciendo trágicamente a la familia del conde acompañada de su olvido, su prótesis dental y sus transistores; don Ramón exiliado y atrincherado en la casamata-castillo feudal-monasterio de su ostracismo; la Señora del departamento dieciocho y la Chica del departamento dieciocho bostezando ante un casi desconocido objeto llamado sol; y el distante Jimmy Crescini (de "The Red Tigers") al lado de su cambiante sombra; todos ellos por distintos y misteriosos motivos habían subido, habían trepado, habían arrastrado sillas, tristezas, pecados, chancletas, sueños, radios a transistores, peleas, celos, ojeras o bostezos; como gusanitos se habían asomado a azoteas, techos, balcones y paredes; y todos ellos burbujeaban, fermentaban, chisporroteaban, y conocían la existencia de la muerte, y entibiaban sus cuerpos bajo el equitativo sol de las dos y media de la tarde.

Y ninguno de ellos conversaba, ni saludaba, ni sonreía, ni pedía prestada una cebolla, ni maldecía fraternalmente al gobierno, ni intentaba saber del reuma, o la nostalgia o los parientes del otro, ni tenía con el otro un solo minúsculo gesto de amistad, ni intentaba que el otro lo mirara, o le sonriera o lo compadeciera, simplemente porque habían perdido la costumbre de hacerlo desde hacía mucho tiempo, y además porque: la familia Amadori había roto con la familia de Estela desde hacía cinco años a raíz de un oscuro lío de sartenes y planchas no devueltas. Jorge Edipo y Tito Crescini estaban peleados desde la escuela primaria sólo porque Jorge Edipo, para aclarar malos entendidos, le había gritado maricón cuando Tito Crescini, su compañero de banco, pasaba con sus libros de piano bajo el brazo. La familia Buffanti no se hablaba con la señorita Amneris porque la señorita Amneris, durante una fría noche de julio, los había denunciado a la Sociedad Protectora de Animales a causa de un cachorro abandonado en la azotea. César Buffanti, aunque más bien tímido y de no meterse con nadie, no se saludaba con Vito Nervio por culpa del camioncito neurótico el cual por tres veces consecutivas le había sacado un poquito de pintura a su transatlántico. Vito Nervio había tenido líos, discusiones, amagos de sacar armas, feroces amenazas, berrinches, citas policiales, pleitos municipales y careos con todo el mundo, y por lo tanto no se hablaba con nadie. Y don Ramón González, puesto que era jubilado, solo, español y necesitaba ferozmente hablar de cualquier cosa con la gente, se cuidaba mucho de hacerlo porque su hijodalgo y españolísimo orgullo no se lo permitía.

•

Y todos ellos eran pues solitarios, y todos ellos soportaban, o maldecían, o temían, o sufrían, o simplemente ignoraban sus orgullosas, desesperanzadas, o adolescentes, o desconfiadas, o aburridas soledades, y todos ellos arrastraban penosamente sus soledades bajo el indiferente sol de las dos y media de la tarde. Y ninguno intentaba, ni sabía, ni podía romper la viscosa, insensible, espesa cáscara de soledad que los envolvía, y todos dejaban que sus soledades se tostaran, se secaran y se endurecieran bajo el sol de las dos y media de la tarde. La señorita Amneris, su preservada, humectada, temerosa y soledosa soledad. Jorge Edipo, su perturbada, pecadora, inconfesada, manual y

50

edípica soledad. Vito Nervio, su neurótica, pleiteada, tabacal y desavenida soledad. César Buffanti, su aniñada, disgustada, tímida, y, ¡ay! presumiblemente cornuda soledad. Linda Buffanti, su linda, bronceada, desnuda, felina, indiferente y, ¡ay! presumiblemente cornificadora soledad. Estelita, su adolescente, distraída, voladora, quinceañera, dental y metálica soledad. Don Ramón, su arrogante, española, hijodalga, paupérrima y necesitada soledad. La Señora y la Chica del departamento dieciocho, sus divorciadas, mundanas, aburridas, enwhiscadas y prostituidas soledades. Jimmy Crescini, su separada, homosexuada, nacarada, lampiña y melenuda soledad.

●

Y por encima de sus soledades estaba el sol que resplandecía en un maravilloso cielo de octubre, que agitaba y removía su cuerpo incandescente a varios millones de grados allá en el espacio, a ciento cincuenta millones de kilómetros de la señorita Amneris, y que había creado a la señorita Amneris, y que era el mismo, resplandeciente, hirviente y fecundante sol que había iluminado los hombros de un oscuro esclavo que hendía la tierra con el arado en una olvidada aldea de Sumeria, y que había descompuesto los cuerpos de los soldados muertos en Maratón, y que había hecho aparecer visiones en los ojos enrojecidos y legañosos de un harapiento, gesticulante y ululante profeta a orillas del Mar Muerto, y que había mostrado los colores del mundo a un desconocido muchacho jonio para que los recordara para siempre y los perpetuara en hexámetros, y que había visto el ajetreado desembarco de pueblos conquistadores, y el gesto preciso de un azorado, inquieto y desnutrido mono marchador al quitarse las pulgas, y el transportar incesante de enormes piedras en la construcción de la pirámide de Cheops, y las rastrilladas infinitas de errantes tribus de pampas en la pampa infinita, y el tumultuoso nacimiento de las montañas y de los mares, y el hacinamiento de los cadáveres durante la peste, y la palabra libertad en la boca de muchos hombres, y el ascenso lento, cauteloso, arrebujado y melindroso de una señorita por los diecinueve peldaños de una escalera, y el meditativo, pecaminoso y solitario no hacer absolutamente nada de alguien junto a una pared medianera, y el trajinar, el pasearse, el matear, el tenderse, el aburrirse, el escuchar radio o el marcar el ritmo con el pie de hombres y mujeres trepados a las azoteas de una misma manzana apretada y perdida entre millares de manzanas apretadas y perdidas de una enorme ciudad a orillas de un gran río, un domingo de octubre a las dos y media de la tarde.

●

Y soportando el peso de sus soledades estaba la tierra, húmeda, olorosa, surcada de raíces, de gusanos, de insectos, de huesos carcomidos, y latas y maderas podridas, e irreconocibles molduras de yeso, y orín y protozoarios; la tierra existiendo y respirando, acariciada por las patas de pequeños crustáceos, pululante de sombras, de babas, de gramillas, de antenas y de garfios, debajo de las casas habitadas por hombres, penetrada de muerte y de vida; la tierra hembra aceptando y respondiendo a las innumerables caricias del sol durante millones de años, conocedora de lo perecedero de la vida y de las transformaciones infinitas de la muerte, conociendo la huella del venado y la huella del tigre, conociendo el sabor de la lluvia después de la sequía, y la herida del fuego, y el desfloramiento gozoso del arado, y el paso prepotente, o sigiloso, o cansado de hombres venidos desde lejos, y el galope prolongado por días y días de los rebaños salvajes, y el galope febril surcado de alaridos, y el amarillear paulatino de la hierba debajo de un enorme cuerpo inmóvil, y la penetración brutal de los cimientos; permaneciendo tierra, y hembra, y madre y nutridora de hombres, aun entre huesos y latas oxidadas, y cascotes, y herramientas perdidas y papeles, bajo una vasta masa de concreto, y de arena, y de cal, y de ladrillos de una enorme ciudad a orillas de un gran río, en una de cuyas manzanas, la señorita Amneris y Jorge Edipo y Vito Nervio y una docena de seres tan insignificantes y absurdos como ellos habían trepado a sus azoteas un luminoso domingo de octubre a las dos y media de la tarde.

•

Y la señorita Amneris tenía miedo del miedo, y Jorge Edipo agredía y torturaba a Jorge Edipo, y Vito Nervio se aburría estrepitosamente, y la Señora y la Chica del departamento dieciocho se aburrían silenciosamente, y César Buffanti tenía los ojos empucherados y tristísimos, y Estelita tenía los ojos arrobados y ausentes, y Linda tenía los ojos ocultos por vidrios oscuros, y don Ramón tenía los ojos de piedra y las manos crucificadas en la espalda. Y sus miedos, sus aburrimientos, sus confusiones, sus ojos bajos, sus ojos ausentes, sus ojos cerrados y crueles, sus ojos de piedra, y sus manos crucificadas en la espalda, los aseguraban con cuatro clavos en los extremos de sus soledades, como meticulosamente, aplicadamente, temerosamente los habían asegurado durante años y años las paredes-océanos-desiertos-murallas-témpanos de sus casas. De sus aisladas, emparedadas, incomunicadas casas en las cuales algunos de ellos habían nacido, y habían jugado cuando chicos, y habían llamado a otros de azotea a azotea y de techo a techo al remontar barriletes, o al reclamar pelotas caídas, o al mostrar con las manos en alto famosísimos, diabólicos y apabullantes inventos, y sobre las cuales una fina, incesante, silenciosa lluvia de soledad había ido cayendo después durante años y años hasta hacerles olvidar los barriletes, y las pelotas, y los inventos, y el sonido de sus nombres y sus sobrenombres gritados de azotea a azotea, y que ahora mansamente seguía cayendo sobre aquel puñado de tristes, absurdos, ridículos hombrecitos y los cubría, y los cubriría tal vez para siempre, bajo el imperturbable sol de las dos y media de la tarde.

•

53

Y aquí termina la primera parte de esta historia que, como ustedes habrán visto, es más bien descriptiva, y sigue la segunda.

●

La cual comienza no precisamente en el sitio donde un triste, pobre, mezquino, absurdo y neurótico pedazo de humanidad consumía aburridamente su cuota de tiempo bajo el sol de la tarde, sino exactamente tres cuadras más allá, hacia el fondo de un emparrado y entoldado patio, cuando una pequeña, limpia, tersa, perfecta y movediza cabecita miró, primero con un ojo y después con el otro, el espacio desusadamente ancho entre la puerta y el piso de la jaula. Espacio al que la cuña providencial de un bebedero había convertido de pronto en una cosa tentadora, prodigiosa e increíble, traducible como movimiento gozoso de las alas, o aventura, o simplemente amor. Por lo que un palpitante, ahusado y emplumado cuerpo, no menos limpio, terso, perfecto y movedizo que la cabecita, decidió dar un par de impacientes, temerosos, alegres y audaces saltitos, y se aproximó a eso traducible como libertad, o aventura, o amor, torció rápidamente y graciosamente la cabeza hacia un lado y después hacia otro para mirar bien con los dos ojos, dio otro saltito más para atravesar la puerta, otro saltito más, un corto, asustado y maravilloso vuelo, y el color amarillo pétalo del canario apareció balanceándose ligeramente en una rama colgante de la parra mecida por el viento. Desde allí miró el mundo y se asombró del extraño y maravilloso aspecto que tenían la pared amarilla, y el toldo, y la puerta, y la canilla goteante, y la parra y las baldosas contempladas durante años y años. Y observó su comedero, y su bebedero, y su sitio de dormir, y alguna pluma suya llamándolo desde el piso de la jaula, y tuvo un temeroso amago de volver a su tibio, seguro, acogedor encierro. Pero desde allá arriba, un alucinante color azul, una caricia de vertiginoso y oloroso viento, y un excitante entrecruzarse de cantos, arrullos, silbidos y chillidos lejanos lo reclamaron con incontenible fuerza, y el canario abandonó la rama, la cual hizo un pequeño, imperceptible movimiento de llamada o de despedida, y por un claro del parral salió del patio, y voló bajo el acariciante azul, por entre el acariciante, embriagante, oloroso y vertiginoso azul, por entre el viento, y los lejanos llamados, y la tibieza vivificante del emplumado, gozoso, y vivificante sol de las dos y media de la tarde.

●

Voló el amarillo pétalo, amarillo sol, amarillo flamante, amarillo poema, voló por entre el viento, y el sol, y los llamados, voló sobre la libertad y el goce, y la locura, voló sobre cables, y postes y paredes, y techos, y campanarios, y ventanas y lámparas de mercurio, y antenas de televisión, y chimeneas, y sombras de edificios altísimos, y gritos de muchachos, y gritos de vendedores, y el ruido de un avión, voló sobre bocinas y susurros de hojas, voló por entre ramas, gorriones, dorados aguaciles, tendales de ropa, y miedo, y exultante alegría, voló por entre autos y palomas, y minúsculas jaulas, y laureles enormes, y chapas oxidadas, y palmeras, y vidrios, voló por encima de tierra y por encima de agua, voló sobre adoquines, y alquitrán, y montañas, y estepas, y bosques, y praderas, y ríos, voló sobre enceguecedoras paredes encaladas, y sobre interminables desiertos de mosaicos rojos, voló sobre hombres, y mujeres, y perros, y desconocidos pájaros, voló sobre gallineros, y jardines, y casas sin terminar, y lomos de gatos, y ojos acechantes de gatos, y larguísimas veredas, y hollín, y sobresaltos, y olores, y música de radio, voló y voló, hasta que fatigado, atosigado de tanto viento, y sol, y llamados lejanos, y verdes, y amarillos, y rojos, y sustos, y emociones, después de recorrer tres infinitas, riquísimas, multicolores, misteriosas e inexploradas cuadras, se detuvo y se posó sobre la parte más alta de un tanque de agua, a los pies del cual una dudosa figura, recostada contra la pared, daba golpecitos en el suelo con su mocasín agujereado, junto a una inteligente, nítida, melenuda, cambiante y acompañante sombra.

●

Pero Jimmy Crescini y la hermafrodita sombra de Jimmy Crescini que a las dos y media de la tarde estaban tocando una arrobadora pieza de su repertorio (Jimmy Crescini: guitarra eléctrica, sombra: bajo) en un humoso, irrespirable sótano a las tres de la mañana, entre barbitas, ojeras, ácido lisérgico y otra media docena de jimmys crescinis, naturalmente no estaban para ver el amarillo pétalo, ni el reverbero sutilísimo de su plumaje levemente volcado a un costado del pecho por el viento, ni mucho menos para oír el inesperado, límpido, exuberante gorjeo que de pronto nació en lo alto del tanque de agua de los Crescini y que llegó serpenteando en el aire al obsesivo, matemático, melancólico y pecaminoso oído de Jorge Edipo. El cual dejó de inmediato los triángulos isósceles, las tangentes y las sombreadas entrepiernas indiferentemente abandonadas en la algebraica y pecaminosa medianera, y levantó los ojos, y giró los ojos en torno en busca del intempestivo gorjeo. Y cuando al fin vio allá en lo alto del tanque de agua la prodigiosa figurita amarilla contra el cielo azul, hinchando gloriosamente el cuello, corrió hacia el otro extremo de la azotea, trepó rápidamente a un cajón, asomó medio cuerpo por la pared y dijo con voz baja, expectante, confidencial, emocionada y sigilosa: "Tito, allá arriba, mirá", saltando de un golpe y con toda naturalidad por sobre cinco años de estúpido, obcecado, inerte y aburrido silencio.

●

Y como la palabra Tito, y el tono de la voz diciendo Tito, venían mezclados a un fabuloso y olvidado mundo de potreros, casas abandonadas, inventos, feroces peleas, amistad, cuadernos, novelas pornográficas, Tarzán, pactos

de sangre, fogatas, charlas en la siesta, palomas y barriletes, Jimmy Crescini tuvo que salir de golpe de su humoso,
barbudo y acidulado sótano a las tres de la mañana, dejar
olvidada en el apuro a su sombra tocando el contrabajo, y
mirar hacia el medio cuerpo de Jorge Edipo asomado a la
pared, hacia la mano en alto de Jorge Edipo señalando
hacia el tanque, y hacia la cara alborozada, y el corazón
palpitante, y los recién nacidos doce años de Jorge Edipo
diciendo Tito, mostrándole un gorjeante y amarillo milagro, allá a pocos metros de su propia y ondulante melena.

Entonces, lentamente, felinamente, silenciosamente,
Jimmy Crescini comenzó a incorporarse, encogió una
pierna y después la otra, apoyó una mano en el suelo y
después la otra, y así agazapado, conteniendo la respiración, aplastando las orejas, moviendo nerviosamente la
cola y relamiéndose el bigote se fue acercando al tanque
mientras el medio cuerpo de Jorge Edipo sobre la pared
lo observaba con el alma de doce años en un hilo.

Jim de la selva colocó un brazo sobre la pared, con la
mano libre se afirmó en la viga de hierro que soportaba al
tanque, se quitó los agujereados mocasines, y con un
lento movimiento acrobático y perfecto fue subiendo,
subiendo, pausadamente, aceitadamente, hasta quedar de
pie sobre la viga, su perfil adherido y mimetizado con el
tanque como un camaleón. Desde allí arriba, absolutamente inmóvil, miró con el rabillo del ojo hacia Jorge
Edipo. Y Jorge Edipo, que estaba esperando exactamente
esa mirada en ese preciso momento, hizo con los dedos
índices, y en menos de un segundo, un acabado plano del
tanque, marcó circunferencias, tangentes, vectores, ángulos de proyección, puntos equidistantes, cuadrados de la
distancia, logaritmos, cosenos y topologías combinatorias,
y comunicó a Jimmy Crescini el punto exacto donde se
encontraba el canario.

●

Jimmy Crescini en la misma fracción de segundo recibió

los veinticinco mil ochocientos datos, los ordenó, los clasificó, los agujereó, metió todo en la computadora y supo exactamente dónde estaba el canario, y los precisos, estudiados e inmodificables movimientos que debía ejecutar para atraparlo. En ese momento don Ramón, que daba su paseo Nº 1535 por el apartado torreón a la espera de los cochinos emisarios, y la señorita Amneris, que estaba poniendo el cuarto broche esterilizado y envuelto en gutapercha a la primera sábana, aunque no podían ver al canario, observaron los extraños y complicados movimientos de Jimmy Crescini y su peligrosa posición en la viga. Don Ramón entonces detuvo momentáneamente su vela de armas, se abrió de piernas y se caló la visera de la gorra para observar mejor. La señorita Amneris para observar mejor en cambio tuvo que levantar cuatro milímetros el borde de su toalla verde, por lo que, justo en el momento en que Jimmy Crescini llegaba al número final de la cuenta descendente de su prolija, matemática y computada maniobra que habría de terminar en un medido, perfecto e infalible manotazo; chic, chic, chic, el impúdico, lascivo y vejigatorio sol vejó sus protegidas y penumbrosas naricitas y la hizo estornudar. Estornuditos, trompetas, chillidos de ratón, campañilleo, que alertaron, asustaron y convidaron a volar al canario ante la mirada atónita, desconsolada y frustrada de cuatro pares de entrecerrados, vigilantes y parpadeantes ojos bajo el deslumbrante sol de las dos y media de la tarde.

●

Lo convidaron a volar y voló, alegremente, despreocupadamente, apenas una casi invisible, reverberante estrellita allá en lo alto, que dio un par de precipitadas, desmañadas volteretas junto al hilo del teléfono, que amagó posarse primero en una chimenea, luego otra vez en el tanque de agua, y que al fin se decidió por la última rama del viejo, nudoso, apuntalado y empiojado limonero que ocupaba

casi todo el patio de la casa de don Ramón. La señorita
Amneris y don Ramón lo vieron entonces por primera vez
de cerca, y la señorita Amneris dijo: "hermoso", y don
Ramón, sin descruzar las manos de la espalda dijo: "canario", y Jimmy Crescini y Jorge Edipo se los estaban señalando desesperadamente cuando el canario, luego de
restregar el pico en la corteza, de componerse el plumaje,
y de dar tres o cuatro débiles, pausados y entrecortados
silbidos de introducción, levantó la cabeza, encrespó las
plumas del cuello y sorpresivamente empezó a cantar de
nuevo.

Entonces los cuatro se quedaron quietos, en silencio,
pendientes del chispeante, gorgoteante y hermosísimo
gorjeo, y los cuatro al mismo tiempo se lo señalaron a
Estelita para que apagara la radio a transistores y lo escuchara ella también. Y Estelita apagó obediente la radio a
transistores, y la familia del conde se quedó con la maldición a medio terminar, porque Estelita, en cuanto siguió
la dirección de los dedos y vio y oyó al increíble cantor
allá en la punta de la rama, salió volando, hizo una serie
de elegantes, arrobadores y seductores círculos en el aire y
se posó coquetamente junto al canario, para que el canario
admirara su elegancia y su hermosura, se enamorara apa-
sionadamente de ella, le diera un largo y apasionado beso,
y entonces los dos volvieran a su forma natural, perfectamente unidos, dichosos, casados como Dios manda y llenos
de principitos.

•

Pero Jimmy Crescini y Jorge Edipo cuya complicada,
combinada y casi perfecta maniobra había despertado en
ellos extraños, impacientes y ejecutivos demonios, no
permanecieron demasiado tiempo ociosos escuchando al
príncipe encantado y seducido, sino que desde los sudorosos, enjaezados y relinchantes lomos de sus respectivas
paredes, solicitaron caballerescamente permiso a don
Ramón para pasar a su techo y llegar de alguna manera

a la punta del limonero. Y, aunque los emisarios no eran justamente los aguardados, don Ramón aceptó las humildes disculpas que la cochina humanidad venía a presentarle, e hizo un medido, hidalgo y displicente gesto afirmativo con la cabeza. Jorge Edipo, el que más cerca estaba del limonero, se puso de pie sobre la pared, y, haciendo equilibrio al caminar por el borde, comenzó rápidamente el operativo Nº 2. Estelita y la señorita Amneris se sobresaltaron, temblaron, rezaron como buenas castellanas y admiraron su valentía, y a Estelita se le escapó un "cuidado" que provocó extrañas emociones en el valiente corazón de Jorge Edipo, más todavía cuando para saltar al techo de don Ramón tuvo que hacer pie en la pared de Estelita, y ella, desde el fondo de su encantadora, sugestiva, plateada y filigranada prótesis dental, le dijo: "se pasó a aquella rama, desde aquí se lo ve, mirá", y con el blanco, regordete y terrible dedito de maldecir condes, le señaló un sitio escondido en el ramaje.

Jorge Edipo se pasó al techo de don Ramón, se acercó al árbol empuñando una pistola atómica, y miró hacia Estelita y Jimmy Crescini a la espera de las últimas instrucciones. Fue en ese momento cuando se oyó la musical, hormonal, acariciadora e indiscutible voz de la linda señora Amadori clamando y repitiendo: "Jorge" mientras ondulaba graciosamente su escamada cola, tocaba caracolas y peinaba sus largos y verdes cabellos. Y Jorge Edipo miró hacia Estelita y sintió algo parecido a la vergüenza, y por primera vez en su vida no contestó inmediatamente el oceánico llamado, porque Estelita y Jimmy Crescini le estaban transmitiendo los últimos detalles del operativo, y Jorge Edipo había comenzado a cumplirlo trepando sigilosamente por las espinosas y tracioneras ramas del limonero.

●

Y Estelita y Jimmy Crescini enviaban copiosa y valiosa información vía alambre de tender la ropa, y Jorge Edipo recibía a la perfección y ordenaba, agujereaba y computaba y ejecutaba las precisas indicaciones por entre ramas, espinas, desgarrones en la camisa, fuerte olor a azahares, gatas peludas, palpitaciones, hormigas, y el recuerdo de la palabra "cuidado" en la boca de Estelita. Y la señorita Amneris miraba entusiasmada y asomaba un centímetro de su nariz y medio centímetro de su barbilla fuera del caparazón, y don Ramón abría las piernas y levantaba la cabeza, y predicaba y decía: "canario flauta" para la ignorante, desagradecida y estúpida humanidad, y la linda señora Amadori pulsaba un desconocido y dulcísimo instrumento de cuerdas, nadaba con el hermoso torso levantado sobre las procelosas aguas del océano y cantaba: "Jorge, Jorge". Y Jorge, con sus homéricos tapones de cera bien apretados en sus orejas proseguía su peligrosísima aventura, y la bella, joven, rica, melancólica y prisionera dueña del castillo lo contemplaba con su prótesis dental amorosamente abierta y la radio a transistores colgando de su dedo meñique.

•

Y el escalamiento de los muros hubiera llegado con seguridad a buen término si no fuera porque, sin que ni siquiera un mínimo e insignificante amago de estornudo lo justificara, de pronto y porque sí, el canario abandonó la rama del limonero, salió volando apresuradamente, hizo un rápido, atolondrado y comedido viaje de ida y vuelta hasta el balcón del departamento dieciocho, zigzagueó sobre la azotea de los Amadori, esquivó el encuentro con un gorrión algo cargoso, y absurdamente, caprichosamente, inexplicablemente, fue a posar sus alámbricas y cosquilleantes patitas sobre la oxidada, torcida, remendada, inconstante, tartamuda y neurótica antena de televisión de Vito Nervio.

•

O sea el sitio más bochinchero, polvoriento, movedizo,

inhóspito, agresivo y pleiteador del mundo, y cuyo dueño emperrado en lijar, cepillar, barrer, patear cajones, sacar clavos, meter clavos, echar perros, fulminar a Dios y mantener el sagrado fuego del hogar, no tuvo ni tiempo, ni ganas, ni posibilidad alguna de ver el florecimiento repentino de su neurótica antena.

Pero sí en cambio los celestes, somnolientos e infantiles ojos de César Buffanti, viejo cazador de mixtos, coleccionista, criador de canarios, amaestrador de tordos y calandrias e imitador de pájaros, allá en una bella época juvenil y lejana, antes de que el proceder sospechoso, indiferente, felino y semidesnudo de una inconmovible y enigmática diosa lo sumergiera para siempre en el mate, la silla baja y la apesadumbrada contemplación de dedos gordos.

César Buffanti, de un salto abandonó la silla baja, olvidó chancletas, pava, mate, mujer en bikini, cuernos y pesadumbre, bajó en dos saltos la escalera, revolvió un galpón y volvió en un segundo abrazando un gigantesco fardo de jaulas, tramperas, redes, bolsas, madejas de piolín, palitos, frascos de pega-pega, mixtos llamadores, amén de una abundante provisión de alpiste, mijo, cáñamo, miguitas de pan, insectos vivos, maíz pisado, sepia, yema de huevo, vainillas, lechuga, carotene, misteriosos granitos importados de Holanda, un corcho mojado, una botella, una canaria embalsamada y una medallita de San Cayetano, por las dudas.

●

Surtidos, movedizos, pegajosos, crujientes y utilísimos elementos que a increíble velocidad fue disponiendo sabiamente, matemáticamente y estratégicamente en el piso de la azotea, en el borde de la pared, colgados de los cables, atados a las chimeneas, apoyados en los muslos de su mujer, atados a la punta de una larga caña, y haciendo equilibrio sobre una pila de ladrillos. Pero que muy pronto debieron ser ubicados además en otros lugares de avanzada. Para lo cual reclamó sin mucho preámbulo la inmediata presencia de Vito Nervio ante quien impartió la siguiente

orden de guerra: "Che Víctor, la escalera". Y como Vito
Nervio lo midiera con el martillo en la mano, agazapado
como un tigre y dispuesto a matar o morir en singular
combate, concedió en aclarar: "El canario, metele";
mágicas, aladas y persuasivas palabras-calumet de la paz
que conmovieron el aguerrido corazón de Vito Nervio, lo
decidieron a soltar el martillo homicida y a acercarse a
César Buffanti, cabizbajo y ronroneando como una fiera
domesticada, para recibir en sus brazos media docena de
tramperas, cuatro jaulas con llamadores, y unos cuantos
palitos con pega-pega que, ante lo perentorio de las órdenes, debió colocarse en la boca. Tramperas, jaulas y palitos
que con disciplinada, perfecta y silenciosa prontitud fue
colocando en los lugares prefijados por su estado mayor, al
tiempo que lanzaba conminantes chistidos a su mujer, a su
suegra y a sus chicos, y de una elástica y silenciosa patada
hacía volar a su perro hasta un desconocido sitio, seguro,
infranqueable y de todas maneras silencioso, su mirada
todo el tiempo puesta en las reumáticas varillas de su
antena en donde una fulgurante, inquieta, dorada y
emplumada presa, olímpicamente ajena a los preparativos
de la maniobra envolvente, retomaba su espléndido y
gorjeante diálogo con Dios.

•

La sabia, experimentada, precisa y adulta operación
provocó la admiración incondicional de Jimmy Crescini
y de Jorge Edipo, quienes desde la atalaya de una misma
pared juraban subordinación y valor y transmitían nove-
dades del frente a Estelita. Pero Estelita se aburrió de
recibir radiogramas y quiso ver con sus propios ojos,
de modo que Jorge Edipo debió subirla a la pared y
después sostenerla de la cintura pues la pobre sufría
terribles, incontrolables y sospechosos vértigos. La señorita
Amneris, que sólo alcanzaba a oír al canario, se atrevió
a preguntar por él a Estelita. Y Estelita contestó con
gentileza, buenos modales y palabras discretas, pero ¡ay!

en su cantarina, alegre y emocionada voz había algo, algo que la señorita Amneris se sintió incapaz de traducir a su preservado, inmaculado y casto castellano, y ante cuya inquietante presencia, no atinó a otra cosa que a esconderse de golpe en su caparazón, totalmente compungida, alterada y perturbada. Don Ramón, con sonora voz explicó y dijo: "Jaulas tramperas, tienen resorte", y todos escucharon con unción sus experimentadas y sabias palabras. Y la señorita Amneris aprovechó el pedagógico discurso para asomarse desde su caparazón y contemplar azorada, entusiasmada, enternecida y cómplice la cara de Estelita rodeada por un pequeño halo de color amarillo cambiante. Vito Nervio, cumplida su misión se agazapó silencioso, expectante contra la pared, al tiempo que le susurraba: "Cacho" a César Buffanti, y por señas le indicaba que empezara a frotar el corcho en la botella. César Buffanti se pasó de un salto a la azotea de Vito Nervio, hizo gorjear maravillosamente el corcho y por si fuera poco imitó silbando el canto de diecisiete variedades de canarios, en distintas edades, períodos de cría, meses, sexos y estados de ánimo. La Señora y la Chica del departamento dieciocho, desde su alto, apartado y aristocrático puesto de observación aplaudieron y tiraron besitos, tanto al silbido como a las anchas, musculosas y desnudas espaldas de César Buffanti. Linda Buffanti al oír los aplausos y besitos que fervorosamente y descaradamente llegaban desde arriba, abrió los ojos, desperezó su bronceado, desnudo e impresionante cuerpo, oloroso a claveles, a gonadotrofina y a bronceador, se puso pausadamente de pie, depositó una lenta, gonadotrófica e intraducible mirada, justo en la baranda del departamento dieciocho y luego, al ver las chancletas de César Buffanti abandonadas en el suelo, lo llamó para alcanzárselas diciéndole con honda, desconocida, sugestiva, perfumada, gonadotrófica y prometedora voz: "Querido, te podés clavar algo en los pies."

●

Y mientras esto ocurría, el canario cantaba; hinchaba el cuello, apartaba ligeramente las alas, abría el pico y le decía a Dios cosas importantísimas, profundas y memorables, y de pronto todos estuvieron pendientes de su canto, así como de las tramperas, y del alpiste, y de los mixtos llamadores, y de la ordenada eficacia de los maridos, y de la trepadora audacia de los jóvenes y de la honda, generosa, y predicante sabiduría de los viejos jubilados, españoles y solitarios.

Y cuando el canario, luego de una brusca interrupción de su memorable discurso, hurgó con el pico en los plumones del pecho, hizo un breve, eléctrico, inexplicable e inútil movimiento con las alas, y sin más preámbulo abandonó desaprensivamente la antena de Vito Nervio, y se largó a volar en dirección a la calle, todos contuvieron la respiración, y siguieron ansiosos el pequeñísimo reverbero dorado contra el cielo azul, y se esforzaron por no perderlo de vista, y se lo señalaron unos a otros, y se equivocaron, y se engañaron porque uno a uno todos lo fueron dejando de ver. Entonces todos temieron que se hubiera alejado para siempre, y desearon ardientemente que volviera y eligiera un sitio en su manzana para posarse y cantar. Y Cacho Buffanti arrugó el entrecejo como un chico enojado, y apretó la medallita de San Cayetano. Y Linda Buffanti le apretó la mano nerviosamente. Y la mujer y la suegra de Vito Nervio, alarmadas por el repentino silencio, se asomaron a la azotea para investigar, las dos vestidas exactamente iguales, todas de negro, con negros pañuelos en la cabeza, y largas polleras negras, y escobas voladoras entre las piernas. Y Estelita apoyó la cabeza en el hombro de Jorge Edipo y dijo: "que no se vaya". Y don Ramón y la señorita Amneris, y Jimmy Crescini y todos ellos buscaban por el cielo y deseaban y temían y esperaban en silencio. Breve, larguísimo, angustioso y esperanzado silencio interrumpido de pronto por la Señora y la Chica del departamento dieciocho, quienes se levantaron de un salto las dos al mismo tiempo, señalaron un punto en la azotea de don Ramón, y

gritaron allí, allí, con emocionadas, cantarinas y entabaca-
das voces. Clarinada ante la cual, don Ramón giró la cabeza
y vio al canario posado en el borde de su pared. Entonces
irguió su cuerpo, hizo a la humanidad un amplio gesto de
silencio y espera, se quitó la gorra y se acercó sigilosamente
al canario con su gorra de combate enarbolada en su vale-
rosa mano.

●

Y cuando la grave, oscura, indestructible gorra de don
Ramón trazó un rápido semicírculo en el aire, y como un
negro y vertiginoso halcón, cayó sobre la pequeña mancha
amarilla en la pared, todos al mismo tiempo lanzaron un
formidable grito que retumbó en las paredes como un gol.
Y César Buffanti dijo: "mucho papá", levantando sus
poderosos brazos y empezó a atravesar a zancadas las
azoteas para abrazarlo. Y la Señora y la Chica del departamento dieciocho aplaudían, y tiraban besitos, orquídeas
y marrons glacés. Y la señorita Amneris lanzó un breve,
tembloroso, impúdico y arrepentido "Uh", mientras una
enorme y afelpada toalla verde rodaba vencida a sus pies
en desvergonzado y lúbrico striptease. Y Vito Nervio,
como un ratón asustado salió corriendo escaleras abajo
para llegar hasta la casa de don Ramón y estrecharle furiosamente la mano. Y sus negras, empañoladas, untadas y
voladoras mujeres, convencidísimas de que corría en busca
de la escopeta, se santiguaron y preguntaron: "a quién".
Pregunta que contestaron a un tiempo la Señora y la Chica
del departamento dieciocho y Linda Buffanti, quienes
entre grititos, exclamaciones, señales con las manos y miradas luminosas, hablaron atropelladamente de canarios,
gorras, tramperas, antenas de televisión y felicidad, de
modo que la mujer y la suegra de Vito Nervio no enten-
dieron absolutamente nada, lo que no obstó para que igual
se pusieran contentas, y sonrieran desdentadamente a sus
escobas, porque, por esta vez, por lo menos, no se trataba
de muerte por perdigonada. Y Jorge Edipo, Estelita y

Jimmy Crescini levantaron los brazos, saltaron y gritaron rítmicamente acompañados por la sombra de Jimmy Crescini en solo de bajo, mientras la linda señora Amadori junto a sus delicadas prendas íntimas saludaba con la mano a don Ramón y escondía una lágrima de madre.

Y todos felicitaban, y vitoreaban, y aplaudían y mostraban a sus tiernos hijos la triunfante figura de don Ramón, a quien Atenea, la de los ojos claros había infundido indómito valor y rapidísimo movimiento a su brazo a fin de que brillase entre los mortales y alcanzase una perdurable gloria en aquella jornada.

●

Pero he aquí que Afrodita, que ama las sonrisas, tuvo celos de la indómita hija de Zeus y descendió envuelta en una nube, alertó al canario y desvió el brazo de don Ramón, para arrebatarle en esa forma la gloria y la imperecedera fama. Y el canario entonces, que alertado por la rubia, bella y maniática sexual hija de Urano, vio cernirse sobre su frágil y alado cuerpo, la terrible sombra de la gorra de don Ramón, esquivó el manotazo y huyó volando hacia regiones menos beligerantes, por lo que un fraternal desencanto y una no menos fraternal, impaciente y excitada vigilia se apoderó de los héroes.

Voló el canario de nuevo sobre techos, árboles, tramperas, mixtos llamadores, jardines y acechantes paredes, voló sobre miradas en alto, sobre brazos en alto, sobre gritos, silbidos, sigilosos llamados, falsas alarmas, súbitas carreras y traslados colectivos de azotea a azotea, voló sobre bikinis y caras encendidas, sobre escobas y manos y pechos y deseos, sobre palpitaciones y sangre galopante, y generosidad, y miedo, y sobresalto e inexplicable y portentosa y animal alegría, y desapareció y volvió a aparecer, y una vez se posó sobre el neurótico camioncito de Vito Nervio, el cual era realmente neurótico y sufría de tos, atascamientos, ahogos y calenturas, y había tenido choques, rozaduras y apretujones con todo el mundo, y a Vito Nervio se le inflamó el pecho de justificado orgullo y gritó: "miren", y todos vieron al amarillo milagro posado sobre la mejor y más oxidada abolladura de su sufriente y asmática cabina. Y otra vez se detuvo por un instante sobre la sábana tendida de la señorita Amneris, y la señorita Amneris, poseída por divina inspiración, le arrojó rápidamente su verde, afelpada, espesa, humedecida y cazadora toalla; inteligente, oportuna y decidida acción que provocó hurras, felicitaciones, aplausos, bombones, saludos, piropos obscenos, proposiciones de casamiento y gritos de admiración de todo el mundo.

●

Y otra vez se lo oyó cantar pero misteriosamente nadie podía verlo. Era un gorjeo extraño, apagado, en sordina, que por momentos se hacía lejano, lejanísimo, y por momentos nacía prodigiosamente en los rincones más inverosímiles. Y todos anduvieron de aquí para allá atentos, vigilantes, susurrantes, inquietos y misteriosos; y se miraban unos a otros, y se preguntaban con las miradas, y abrían las manos, y se rascaban las cabezas, y se quedaban inmóviles escuchando con las manos en las orejas, y se pasaban de techo a techo, y se ocultaban sus desazones y se palmeaban mutuamente, y se compadecían, y se daban ánimos, y se llenaban de esperanza. Y cuando al fin la suegra de Vito Nervio que, montada en su escoba, había bajado a las oscuras profundidades de la casa en busca de sus anteojos mágicos, vio allí, entre el amarillo espigado de una retama oculta en su propio y boscoso patio, un casi invisible, movedizo, gorjeante pedacito amarillo, lanzó a los aires un agudo, sibilante, desencajado y horripilante grito de júbilo, mientras, en pleno trance, señalaba con su largo, reseco, sarmentoso y embrujado dedo, la escuálida, larguirucha y desnutrida mata amarilla apretujada entre siniestras hiedras y monstruosos helechos, hacia el fondo del penumbroso patio. Y entonces todos saltaron, y se abrazaron, y se amaron, y como si lo hubiesen planeado toda la vida, se lanzaron en heroica, desenfrenada, ululante y vertiginosa carrera hacia el patio de Vito Nervio. Y la señorita Amneris se despojó a tirones de sus entalcados guantes color preservativo, los tiró por ahí, y con voz temblorosa de locura y de audacia, le pidió a César Buffanti que la ayudara a pasar por encima de la pared. Y César Buffanti con una mano la tomó de la cintura y la arrojó volando hacia el patio de Vito Nervio, con copioso desprendimiento de ruleros, horquillas, moñitos, pañuelos, lociones humectantes, jugos de zanahoria y zoquetes de lana, que volaban y formaban un hermoso halo primaveral en torno a la señorita Amneris.

•

Y la Señora y la Chica del departamento dieciocho, horriblemente y angustiosamente lejos de los brazos de César Buffanti, no podían bajar volando solas de su balcón, pero emitían órdenes, y lanzaban gritos de aliento, y cantaban himnos guerreros, y envidiaban secretamente a la señorita Amneris. Y don Ramón se ajustó la bufanda, pasó revista a todos los botones del saco y del chaleco, juró por su patria y por su rey, espoleó y se lanzó al ataque. Y de todos los que, ebrios de indomable valor, avanzaron gloriosos hacia la retama ¿quiénes fueron los primeros en llegar? Los primeros fueron Jimmy Crescini, Estelita y Jorge Edipo, los cuales corrieron, y saltaron paredes, y pendieron de oscilantes ramas, y se deslizaron por escaleras, siempre tomados del brazo y haciendo uno de soporte para el otro. E inmediatamente detrás de ellos llegó César Buffanti, quien transportaba sobre sus poderosos hombros el enorme fardo de las tramperas, los mixtos llamadores, los palitos con pega-pega y las distintas clases de alimentos. Y siguiéndole ágilmente y felinamente los pasos iba Linda Buffanti con su bronceado y su bikini, y su perfume a bronceador, y su cabellera al viento, y su andar increíble, y las dos chancletas de César Buffanti en la mano. Y Vito Nervio, y las dos mujeres de Vito Nervio, y los chicos y los perros de Vito Nervio, se lanzaron volando y ululando escaleras abajo. Y una lágrima de emoción corrió por la linda cara de la linda señora Amadori, mientras despedía en el andén a Jorge Edipo agitando corpiños.

Y todos llegaron al patio de Vito Nervio, y todos se distribuyeron en torno a la amarilla y oprimida retama, y todos los pechos crecieron, y palpitaron y se encendieron de divino entusiasmo.

●

Y encendidos, agigantados, generosos, magníficos e inmortales de divino entusiasmo formaron un luminoso semicírculo en torno a la retama y se supieron victoriosos porque encima de la retama había un alero de chapas, y a un costado de la retama estaba la tupida, siniestra e infranqueable hiedra, y encima de ella un tupido, siniestro, infranqueable y descolorido toldo, y del otro costado de la comprimida, desnutrida y asfixiada retama estaban los monstruosos helechos y el neurótico, desvelado y aullador dormitorio de Vito Nervio, de modo que el canario no podía escapar. Y don Ramón dijo: "no puede escapar". Y la señorita Amneris juntó las manos sobre el pecho y cayó de rodillas en gesto de adoración. Y César Buffanti, carraspeó emocionado y le dijo silbando un hermoso discurso de bienvenida. Y las dos mujeres de Vito Nervio reían con sus bocas sin dientes, y señalaban, y decían: "allí, allí". Y Vito Nervio con ojos de doce años, suspiró y dijo: "Quién lo hubiera pensado." Y Estelita, Jorge Edipo y Jimmy Crescini miraban extasiados cómo Estelita volaba, se acurrucaba junto al canario y batía amorosamente sus alas. Y Linda Buffanti abrió los brazos en cruz, y su hermoso cuerpo en bikini resplandecía con la luz de los bienaventurados.

Y los corazones de todos se hicieron amarillos, aleteantes, y gorjeantes, y todos extendieron religiosamente sus manos hacia el canario, que en medio de su pequeño cielo amarillo, hinchaba la garganta y cantaba su más hermoso, prodigioso, glorioso y entusiasmado canto de amor mientras todos se elevaban aproximadamente veinte centímetros y flotaban aproximadamente a veinte centímetros sobre las baldosas del patio de Vito Nervio, y la Señora y la Chica del departamento dieciocho se elevaban y flotaban aproximadamente a veinte centímetros del balcón del departamento dieciocho. Y con sus corazones amarillos y flotando en el aire permanecieron durante un breve, larguísimo, celestial e inmedible espacio de tiempo.

•

Glorioso, amarillo, y radiante espacio de tiempo, que parpadeó un instante en el tiempo infinito, y que terminó exactamente cuando una de las altas, finísimas, anémicas y florecidas varillas de la retama, sufrió un ligero estremecimiento. Un breve, insignificante, prontamente aquietado estremecimiento, y el amarillo pétalo se desprendió sencillamente como un pétalo, se desprendió y voló y aleteó un poco desconcertado, y fue y vino, y rozó con un ala en la pared, y tropezó en la hiedra, y esquivó una peligrosa hoja de helecho, y esquivó un peligroso bosque de manos hacia arriba, y tuvo miedo, y entonces buscó rápidamente, expeditivamente una salida hacia el azul surcado de reclamos, y encontró una pequeña no imaginada abertura entre el alero y el toldo, y por la providencial abertura salió, con un brevísimo susurro de mosca, y se alejó, y desapareció, y todos vieron cómo se perdía en el cielo, y todos supieron que se perdía en el cielo para siempre.

•

Y la primera en caer fue la suegra de Vito Nervio cuyo largo y nudoso dedo extendido se le hizo de pronto enormemente pesado, y cayó sobre las baldosas del patio con cloqueante y desagradable ruido de chancletas. Y luego de ella cayó la señorita Amneris cuyas rodillas golpearon secamente y esqueléticamente en el suelo. Y uno a uno fueron cayendo todos con secos, apagados, y espantosos ruiditos sobre las baldosas del patio de Vito Nervio. Y César Buffanti se vino al suelo con gran tremolar de jaulas y varillas. Y Linda Buffanti bajó lentamente sus brazos y cayó con la cabeza gacha y el cabello caído sobre la frente. Y don Ramón cerró los ojos y cayó en posición de firmes. Y Estelita, Jimmy Crescini y Jorge Edipo, en absoluto silencio cayeron sobre la sombra de Jimmy Crescini que tocaba en el bajo una grave melodía fantasmal y tristísima. Y fue entonces que llegó a los oídos de Jorge Edipo la dulce, acariciadora e indiscutible voz de la linda señora Amadori clamando: "Jorge, Jorge". Y la voz lo envolvió blandamente en su marino embrujo, y Jorge Edipo, sin decir una palabra, se alejó con el mentón sobre el pecho hacia las seductoras, profundas y terríficas aguas del océano.

•

Y Vito Nervio cayó con ruido de sacarse mentiras, y desde el mismo sitio donde cayó, divisó sobre la cuarta baldosa roja de la quinta fila a la derecha, tres manchitas blancas, estrelladas y simétricas que el canario había dejado caer desde la retama, amén de dos granitos de alpiste y uno de mijo desprendidos del fardo de César Buffanti. E inmediatamente apretó las mandíbulas, empalideció, hizo un extraño movimiento de sube y baja con la nuez de Adán y con las orejas, aulló y movilizó a toda la familia, la cual con gran despliegue de baldes, cepillos, trapos, lavandina, rasquetas, palas, secadores, aserrín, puloil y creolina, se lanzó furiosamente a la tradicional y neurótica tarea de limpieza, al tiempo que los tres recomenzaban con renovado ímpetu la nupcial, sacrosanta, blasfematoria y brevemente interrumpida pelea.

Y Linda Buffanti miró a César Buffanti con su enorme fardo sobre su cabeza y sus hombros, y tuvo una fría, espantosa, casi invisible sonrisa, y se calzó los anteojos oscuros, y se encaminó lenta, majestuosa, desnuda, contoneante, bronceada y perfumada a ocupar el centro del universo sobre la lona de la azotea.

Y César Buffanti se vio espantosamente ridículo e inútil soportando el enorme, crujiente y tremolante fardo del tamaño de una habitación sobre sus hombros, y caminó agobiado hacia la calle entre ladridos de perros y risas de muchachos. Llegó hasta la puerta, y sin pensarlo más, se desprendió de su carga, tirando todo sobre el cordón de la vereda con extraña música de maderas, alambres, chillidos de mixtos, vidrios rotos y latitas volcadas. Música que llegó a los tísicos oídos de Vito Nervio quien, con un serrucho en una mano y una barreta en la otra, corrió afuera bramando de peligrosa y asesina indignación porque le habían llenado la calle de basura. De modo que César Buffanti tuvo que pedir disculpas, recoger escrupulosamente todas las jaulas, los palitos, los tarros con alpiste, los granitos importados de Holanda, las vainillas y los frascos con pega-pega y colocarlos uno por uno dentro de su enorme, tranquilo, resignado y paciente transatlántico, ante la mirada implacable de Vito Nervio.

●

Y la Señora y la Chica del departamento dieciocho estaban ya a punto de volar, cuando cayeron las dos exactamente en la misma postura; los codos apoyados en la baranda del balcón y las manos sujetándose las barbillas, el aburrimiento, el humo de los cigarrillos importados, el whisky, los Impalas, las tristezas, y sus dos pequeñas, pálidas, ojerosas y motorizadas soledades; una amarilla y lisa, y otra blanca con grandes lunares verdes, ambas en el tercer piso, sobre el balcón del departamento dieciocho.

Y la sombra de Jimmy Crescini tomó ambiguamente del brazo a Jimmy Crescini, le susurró al oído: "Nadie nos comprende", y se marcharon juntos hacia un oscuro, aislado, barbudo y lisérgico rincón de la azotea donde otras sombras y otros jimmys crescinis que los estaban aguardando, los recibieron con gritos, sacudimiento de melenas, soledades, marihuana y guitarras eléctricas.

Y la mundana, elegante, enigmática y fumadora pasajera del avión que partía hacia Sumatra vio en el desolado aeropuerto la melancólica figura de Jorge Edipo que la despedía con un pañuelo, y mirando hacia la lejanía dijo: "adieu, mon amour", mientras incontenibles lágrimas de dolor y de rabia se le escurrían hasta la prótesis dental.

Y don Ramón volvió a la terraza del castillo, hizo la decimosexta cruz en el almanaque y, mientras se paseaba y observaba el horizonte a la espera de los galopantes, humildes, sudorosos, arrepentidos y cochinos emisarios, se le colaba por primera vez debajo de su gorra la angustiosa, frustradora y desesperante idea de que tal vez los reblandecidos, arterioscleróticos, sordos, jubilados y estúpidos viejos del banco de la plaza, se hubieran sencillamente olvidado de él.

●

Y la señorita Amneris cayó y se miró, y se vio horriblemente desnuda de modo que ni por asomo se atrevió a pedirle a César Buffanti que la ayudara a volver a su azotea, sino que aterida y rígida de pavor, inició una arriesgada, interminable, temblorosa, sobresaltada y terrífica expedición por patios, escaleras, espantosas veredas, páramos sombríos, demonios violadores, laberintos y ululantes monstruos, en busca de su sacrílegamente abandonada toalla verde. Y cuando, luego de recorrer los siete círculos del infierno llegó a su azotea y la vio allí, afelpada, acolchada, arrollada, fresca y protuberante, sobre los hirientes, infernales mosaicos rojos, corrió desalada, mendicante y arrepentida a solicitar refugio en su verde, eremítica, carmelita y no contaminada celda; refugio que, gracias a la Virgen, le fue concedido, por lo que rápidamente se calzó los guantes color preservativo, con pudoroso, confeso y penitente ademán juntó todas las hebillas, moñitos, lociones humectantes, ruleros, masajes faciales, píldoras homeopáticas, polvos Garfield y frascos de yoghurt desparramados por el suelo, para llevárselos, y colocárselos todos uno por uno en su umbrosa, humectada, preservada, balsámica, soledosa, almohadonada y encarpetada habitación, lejos de las vejatorias miradas del sol, de las moscas, del polvo, del aire y de la gente.

Pero aunque se hubiera atrevido, jamás César Buffanti hubiera podido ayudarla a volar hermosamente sobre las medianeras, porque ya estaba otra vez repantigado en su silla baja, a varios miles de kilómetros de su bronceada, gonadotrófica e indiferente mujer, chupando de un mate voluminoso y tibio como una teta materna, y contemplando, silenciosamente, melancólicamente, enfurruñadamente y soledosamente el dedo gordo del pie bajo el acariciante, tibio y materno sol de las tres y media de la tarde.

•

Bajo el lejano, hirviente y fecundante sol que había visto a aquella pobre, insignificante constelación de miedos, lociones humectantes, cuernos, vejeces, mezquindades, prótesis dentarias, indefinidos sexos, forúnculos, envidias, hepatitis, neurosis, enemas, gorros de dormir y aburrimientos, elevarse aproximadamente veinte centímetros del suelo por espacio de algunos breves, inmortales, gloriosos, disparatados y magníficos minutos, durante los cuales aquel puñado de hombrecitos había conquistado las Indias Occidentales, había vencido increíblemente a un ejército de diez mil hombres en el combate de Santa Clara, había pintado de arriba abajo toda una península con los fervorosos colores del Renacimiento, había construido la Acrópolis y el Taj-Mahal, había luchado hasta el último hombre frente a incontables hordas de jinetes salvajes, había luchado hasta el último hombre frente a incontables hordas de barbudos, acorazados y sanguinarios caballeros llegados en barcos, había interrumpido un milenario horizonte con luminosas, eternas, ascéticas y aéreas catedrales, se había lanzado al asalto final de la Bastilla, y se había lanzado al asalto final de Dien-Bien-Phu, había partido en cruzada a conquistar el Santo Sepulcro, había tomado el Palacio de

Invierno, había seguido los pasos de un alucinado profeta por polvorientos y peligrosos caminos, y había unido sus corazones, y había crecido y volado, y palpitado de divino entusiasmo en torno a una gorjeante y luminosa figurita amarilla. El mismo sol que ahora los veía volver uno a uno, paulatinamente, indefectiblemente, a sus mezquinas, pleiteadas, homosexuales, edípicas y aburridas soledades, a contemplar dedos gordos, y rasquetear chimeneas, y recortar pedacitos de gutapercha, y balancear melenas, y papar moscas, y pleitear, y masturbarse, y no hacer nada, y enfurruñarse y quitarse las pulgas, y morirse, y volver a ser simplemente un puñado de lamentable, ridícula, conflictuada y doliente humanidad.

Fichas

Bienaventurado el que lee, y los que oyen las palabras de esta profecía, y guardan las cosas en ella escritas: porque el tiempo está cerca.

Apocalipsis 1, 3.

El hombre cree tener la obligación de contar una historia. La historia es totalmente inventada y ligeramente absurda. El hombre, que no es escritor, insiste noche a noche en tecletear sudorosas páginas, como si de eso dependiera la salvación del mundo.

La historia que trabajosamente va narrando es así: hay un tal Sebastián Corti, farmacéutico, jugador de casín y seguidor de series policiales por televisión (el hombre se demora con gratuidad en esos detalles). Hay un tal Aníbal Bolaño, corredor de cosméticos y jugador de damas en el mismo club Defensores de (el lugar está provisoriamente en blanco) donde Sebastián Corti juega al casín.

Previsiblemente traban relación. Se ven a la disparada cuando Bolaño visita, cada dos semanas, la farmacia de Corti. Comparten, los sábados a mediodía en el club, cinzanos, fútbol, filosofías y aburrimientos.

De los farragosos párrafos que siguen se extrae que Corti es voluminoso, sanguíneo, gritón y discutidor; que Bolaño es esmirriado, calvo, concentrado e insignificante; y que al cabo de cinco años de encontrarse con apática regularidad, terminan por considerarse amigos. Por supuesto continúan tratándose de usted, y no se permiten la debilidad de las confidencias.

"Una calurosa tarde de noviembre..." comienza con originalidad el capítulo siguiente, y muestra a "nuestro conocido" Sebastián Corti con guardapolvo blanco, detrás del mostrador, atendiendo clientes, sumando facturas y garabateando libros de faltas, entre zumbidos de ventilador y tintineo de caja registradora.

Por la abundancia e inutilidad de los detalles (nombre de remedios y cosméticos, precios, terminachos químicos) se cree adivinar que el hombre que narra es en realidad alguno de los dos personajes. Esta presunción, luego se verá, no es acertada.

El capítulo termina abruptamente. Suena el teléfono, y alguien comunica a Corti la imprevista muerte de Bolaño. Punto final y comienzo del capítulo tres.

En el cual puede verse a Corti tal como "el lector lo ha dejado" al finalizar el capítulo anterior. Es decir: el auricular aún en la mano, el gesto que primero es de molesta sorpresa y luego "como de enojo" (lo cual no se sabe si es realmente equivocación o sutileza del narrador).

Corti "cuelga el auricular", comenta con un comprador y con el dependiente "la infausta nueva", pero continúa en su heroico puesto hasta la hora de bajar las cortinas y hacer la caja. Entonces echa llave a la farmacia, con alguna dificultad se introduce en su Fiat 600, y en pocos minutos llega a su casa. En su casa comenta con su mujer que ha muerto "un conocido del club, ese corredor de cosméticos que me visitaba", se viste y anuncia que va al velorio de Bolaño.

Un detalle que el hombre aparentemente pasa por alto: ésta es una de las dos veces en toda la novela en que aparece, como una sombra, la mujer de Corti; ambas al comienzo del libro. No sabemos si el posterior olvido de este personaje es descuido del novelista, o si en cambio la omisión es voluntaria y está hecha con algún sentido oculto. Otro detalle que el hombre sí cree necesario registrar: Corti debe buscar en la guía, y después preguntar por teléfono al club la dirección de Bolaño. Y fin del capítulo tres.

El capítulo cuarto nos sitúa de pronto en pleno velorio. En un alarde de síntesis narrativa se ha omitido el viaje casa-domicilio de Bolaño. Pero ya desde los primeros renglones el hombre se extravía en una tan lamentable como melo-dramática, y sobre todo inútil digresión acerca de la "pérdida de los seres queridos", "la finitud de la existencia humana", etc. Menudean los "ojos bañados en llanto", la "luctuosa viudez", la "inexorable parca" y los pensamientos piadosos. Alcanza a describir, no obstante, con aceptable precisión, los pormenores del "suceso que nos ocupa": el olor repugnante de las flores, las lamparitas que imitan cirios, la capilla ardiente, las campanadas de un reloj de péndulo, el corrillo de los hombres en el patio, el lugar de las mujeres, el llanto intempestivo, los cafés, los sángüiches y cervezas en el bar de la esquina, las risas nerviosas, el tenue color de la madrugada.

Cumplida esa tarea (la escena del velorio, comprendido el interludio filosófico, le lleva no menos de una transpirante semana) el hombre se lanza, laboriosamente, sin gracia, pero con cierto radiofónico sentido del suspenso, a narrar el acontecimiento angular de la historia. La viuda de Bolaño, "una rubia cincuentona, flaca y desabrida", a la que Corti ha dado sus condolencias al llegar y luego no ha vuelto a ver, aparece sorpresivamente a las dos de la mañana en la puerta del comedor. Por señas le indica a Corti que se aproxime y, con recatado e indiscutible ademán, lo invita a pasar al comedor, el cual, y tal vez para acentuar el buscado clima de misterio, aparece teatralmente "mal iluminado". Corti entra, alcanza a distinguir una mesa con carpeta y un enorme aparador en el fondo, oye el crujido de las maderas del piso y oye las "dos vueltas de llave a su espalda". El chal de seda de la viuda le roza la mano al pasar a su lado y adelantársele para llegar hasta el aparador. El detalle, de ligero matiz erótico, es inútil o sirve para despistar al lector. Porque, al omitirse los pensamientos y sensaciones del personaje, sin mayor esfuerzo el lector los imagina confusos y no desprovistos de cierto macabro e inconfesado erotismo.

La escena de todas maneras continúa sin otras inútiles interrupciones. Entre crujidos de tablas y misterioso tintineo de copas, la viuda llega al aparador, "tira de una manija de bronce", abre un cajón, y saca del cajón "un sobre grande y ajado de papel madera" que entrega a Corti. Dice: "El pobre Aníbal, antes de morir, me hizo jurar que se lo entregaría a usted en sus propias manos." La frase es convencional y poco verosímil, lo real sin embargo es que la viuda deposita el sobre en manos de Corti. Hay un gesto ambiguo del farmacéutico, "un enarcamiento de cejas", una desleída frase de agradecimiento. Al separarse, la viuda agrega: "Ya antes me había dicho, de esto hace varios meses, que en caso de muerte o impedimento... Adentro hay una carta para usted, creo." Nuevo gesto de sorpresa que la viuda supone de conmovida gratitud. Y entonces la frase final, no casualmente terminada en puntos suspensivos: "Como eran tan amigos...", con la que el hombre remata, con ingenua astucia, el capítulo.

La frase sirve de trampolín para el capítulo siguiente, y como pretexto para poner en boca (y brazos) de Sebastián Corti, un largo, imprecante y reiterativo monólogo, erizado hasta la fatiga de admiraciones e interrogaciones. El *leitmotiv* del monólogo es: "¿De dónde sacó este Bolaño que yo era su mejor amigo?", y como consecuencia: "¿Por qué cuernos quiso que me entregaran a mí este sobre?" Para dar a entender eso, el hombre cree acertadísimo hacer que el personaje bufe, se incorpore, abra las manos, se encoja de hombros, ejecute visajes diversos, mantenga fingidos diálogos con la viuda de Bolaño y con el mismo Bolaño, golpee la mesa con el puño, haga teatrales preguntas a Dios y maldiga copiosamente de la estupidez humana.

Cabe hacer notar que el contenido del sobre no está aún declarado, y configura, como se ve, un subterráneo motivo de suspenso. La aclaración está reservada para el capítulo seis. Sólo conocemos la reacción que el contenido del sobre provoca en el personaje, que es: sorpresa, indignación, menosprecio y no disimulado titeo. Reacción que el hombre se ha preocupado en describir con toda claridad por medio de risitas, interjecciones, púdicamente sugeridas blasfemias, dobles signos de admiración, etcétera.

Y se llega al capítulo seis. El capítulo seis tiene, gracias a Dios, la forma parca y objetiva de un inventario. Por lo menos al comienzo. Dice textualmente: "Dentro del deteriorado sobre de papel madera había:", y a continuación, iniciando cada párrafo con un número y un paréntesis, la lista de lo que había. La lista es así:

1) Una breve nota dirigida al "Señor Sebastián Corti", y fechada (lo hace notar el narrador) "cincuenta y dos días antes de la muerte de Bolaño".

2) Siete páginas y media, escritas a máquina a simple espacio, sin ningún encabezamiento y evidentemente inconclusas. La nota se refiere en dos oportunidades a ellas y, en ambos casos, las llama sin modestia "la Monografía". Así con mayúscula.

3) Doce fichas de cartulina color crema, tamaño: doce por veinte centímetros, escritas a mano. En algunos casos están escritas de un solo lado, y en otros, de los dos. La letra, menuda, muy clara y paciente, es de Bolaño.

No considerar necesario la "transcripción fiel de la nota", a pesar de su declarada brevedad, es evidentemente un error. Decir que mantiene un estilo "insulso y protocolar", y que "con seguridad" fue redactada a vuelapluma, sin creer realmente en su utilidad, parece algo petulante, además de aventurado. Sabemos que comienza: "Señor Sebastián Corti: de mi mayor consideración." También que invocando sin mayor convicción "un perdurable lazo de amistad", "cumple en hacerlo destinatario", "en caso de muerte o impedimento del suscripto", del fruto de varios años de "pacientes investigaciones". Dos puntos y se mencionan directamente las fichas y la "Monografía". Se agrega que, "dada la importancia de la cuestión", Corti sabrá darles el destino que les corresponde. La nota aclara que las "pacientes investigaciones" están aún inconclusas y que naturalmente ha de ser Corti "el señalado" para continuarlas. Una recomendación superflua de que la "Monografía" debe leerse con "sumo detenimiento", y algo decididamente estúpido sobre derechos de autor y propiedad intelectual. En fin.

(Aquí nuevas exclamaciones de Corti, dedos reunidos a la italiana, gruñidos de buldog, acusación de chifladura y algunas palabrotas, según el atildado narrador, "irreproducibles".)

La "Monografía" parece ser arrevesada y hermética o más exactamente, muy aburrida. Corti no alcanza, de primera intención, a leerla íntegramente, y menos "con sumo detenimiento". Todo lo que puede hacer es echar una ojeada impaciente y murmurante sobre las primeras y las últimas páginas. No obstante eso, el narrador, con absoluto desprecio de la ley del punto de vista, se afana en enterarnos, prematuramente sin duda, acerca de su texto. De las dos páginas y pico de su confusa y por momentos contradictoria explicación, surge lo siguiente:

a) La "Monografía" intenta describir en detalle los síntomas de una "desconocida enfermedad".

b) Intenta además relacionar entre sí algunos casos clínicos minuciosa y descabelladamente estudiados (ver fichas) con el objeto de extraer impávidas generalizaciones.

c) · Esboza una serie de "teorías" (en realidad disparatadas conjeturas) acerca de la causa de esta enfermedad. Las "teorías" se invalidan unas a otras con la mayor desaprensión, de modo que no se llega ni de lejos a alguna conclusión inteligente.

Que el hombre que narra no tuvo el más mínimo contacto con el rigor científico, se hace bien evidente. Sobre todo porque no se asombra, ni puntualiza suficientemente, ni le otorga ninguna importancia al hecho de que Bolaño tampoco lo haya tenido. (Por lo que podemos conocer, la única familiaridad de Bolaño con la ciencia, fuera de la respetuosa lectura del *Reader's Digest*, ha sido la venta de cremas de belleza, depilatorios, desodorantes, talcos perfumados, etc.) Pero el asunto al hombre no parece preocuparle mayormente. Tampoco parece preocuparle que los conocimientos de Corti no vayan mucho más allá. A los veintitantos años de recibirse, absorbido por las cuentas a pagar, campeonatos de casín, series de televisión y económicas amantes, apenas si Corti conoce de medicina algo más que el nombre, precio y descuento de algunos remedios. A esto, pensamos, era necesario darle cierto énfasis porque, de alguna manera, hace a la trama de la novela. El hombre comete un pequeño error al no hacerlo, ya que entonces se justificaría mejor el descreimiento, las risitas, la lectura a medias de la "Monografía" y hasta la acusación directa de paranoia, con que exclamativamente termina el capítulo seis.

El capítulo siete está reservado a las fichas. Comienza el hombre por repetir lo ya sabido sobre color, forma, medidas, letra de Bolaño, etc. Dice que están numeradas del uno al doce, sin otro preámbulo anuncia que transcribirá fielmente la primera, y a continuación anota:

FICHA Nº 1, y al lado: "la ficha número uno pertenece a un tal Américo Lamborghini, de la firma Lamborghini y Gueinaso-Empresa Constructora, y dice así":

— las primeras plantitas de lechuga que brotaron en el fondo de mi casa de Mataderos
— Sandretta
— los doscientos cuarenta y nueve bombazos para llenar el tanque
— un clavo de cinco pulgadas en la pared de la piecita del fondo
— Lucía cocinando
— Lucía cocinando y el olor a la cebolla frita y el olor a Lucía cocinando
— el siete de oros
— la voz de Amadeo diciendo brisca

85

- las cuatro carretillas nuevas y los treinta y seis tablones casi nuevos que compramos con Amadeo en aquel remate de Ramos Mejía
- los duraznos con vino
- el frente de la casa de Gavilán y Vallejos
- una caja de cartuchos número doce
- el aliento de los perros en el vagón especial, en las madrugadas de invierno
- mi bufanda de lana amarilla
- mis borceguíes
- la voz de Lucía cuando hacíamos el amor
- el viento
- el asado cuando techamos la casa de Gavilán y Vallejos. Los perros comiendo los huesos del asado
- las primeras plantitas de lechuga... (recomienza el ciclo).

Una línea prolijamente trazada, y debajo de ella: hacia un lado, la edad, nacionalidad, estado civil, etc. del tal Américo Lamborghini; hacia el otro, una columna con el pretencioso encabezamiento: "síntomas precursores", en dibujados tipos de imprenta. El contenido de la columna es más bien breve. "A las dos de la madrugada: hambre", dice. Y nada más.

Siguen luego las tediosas y prescindibles páginas del capítulo ocho. El hombre, con inútil morosidad, se obstina en recorrer paso a paso la nada apasionante vida cotidiana de Sebastián Corti (casa, club, Los Intocables, vecina infiel o lujuriosa doméstica). ¿El motivo? Mostrar de qué manera, el absurdo legado de Bolaño, va incidiendo solapadamente en su tranquila y farmacéutica existencia. En algún momento suspende los sábados a mediodía en el club. En otro, deja de intervenir en un campeonato de casín. En otro, olvida anotar no se sabe qué cosa importante en el libro de faltas.

Se hace por demás evidente que recuerda con frecuencia a Bolaño. Y que piensa. Ahora bien, sus pensamientos son registrados por el narrador con alguna simpleza, pero ilustran sobre su estado de ánimo que es, al fin de cuentas, lo que el hombre pretende. Por ejemplo: cierta vez, mientras maneja su Fiat 600, piensa que no debe pensar. Es decir: que no hay ninguna razón para que "semejante estupidez" lo alcance a preocupar más de lo conveniente. Otra vez (está haciendo un primoroso paquete con cuatro cajitas de remedios) se pregunta por qué no manda de una buena vez al infierno todo ese indigesto asunto de fichas, monografías, ajados sobres de papel madera y viudas desabridas y cargosas. Una vez se está afeitando y se queda absorto frente al espejo con la cara enjabonada durante "no sabe cuánto tiempo". Pero después, mientras se refriega enérgicamente cara y pescuezo, suelta alguna palabrota y dice en voz alta: "qué disparate", y "cómo se le va a llevar el apunte a un chiflado". Y otra vez, frente a la caja registradora, interrumpe la entrega de un vuelto para decir: "Pero amigos de dónde, hágame el favor." Y varias veces manda realmente todo al infierno, y se mete en el club a jugar al casín, o llama sigilosamente a un lujurioso número de teléfono. Y por las noches, en su casa, se encierra en su escritorio, y lee, "con sumo detenimiento", el contenido de un cada vez más ajado sobre grande de papel madera.

En esta situación se lo encuentra al comienzo del capítulo nueve. Se supone que ha transcurrido algún tiempo. Corti tiene las fichas de cartulina en la mano. Las abre en abanico, las arroja encima del escritorio, las vuelve a tomar, las mezcla como si fueran naipes. Por medio de un artificio poco sutil el hombre nos hace saber que las recuerda casi de memoria (recita mirando el techo, relee, afirma con la cabeza, etc.). Se ha agregado, según parece, otro motivo de preocupación. Para darlo a conocer invita al lector a "retroceder algunas horas". Son pues las cinco de la tarde de ese mismo día, y Corti con su guardapolvo blanco, sus boletas y su bonito batifondo adentro, se halla detrás del mostrador. Aunque en el momento no se alcanza a percibirlo, el hombre nos jura que sus preocupaciones y sus líos han aumentado. Pero he aquí que de pronto, y sin que sepamos bien por cuál vía de razonamientos, se deposita en su confundido caletre una idea brillante y salvadora. Se trata de lo siguiente: Corti ha vislumbrado la posibilidad de que todo se reduzca al fin a un bodrioso intento literario de Bolaño, algo así como una novela, o un relato, o una deschavetada pieza teatral. Dos hechos lo afirman con entusiasmo en esta sospecha. Uno es la mención, en la nota de Bolaño, de cierta tontería sobre derechos de autor y propiedad intelectual. El otro es, en apariencia, menos convincente: Corti recuerda haber visto a Bolaño entrar al club, alguna vez, con un libro (forrado) bajo el brazo, lo que demostraría "una evidente y confesa afición por las letras". Por lo tanto Corti dice, o piensa: "no puede ser de otra manera"; y esa tarde, desde el mostrador de una farmacia, las fichas y la "Monografía" de Bolaño, quedan sumariamente clasificadas, inventariadas y archivadas como perdonable obrita de ficción, "novela", para emplear la terminante definición de Corti. Las palabras "bobería" y "cosas sin ningún atadero con la realidad", supuestamente dichas entre encogimiento de hombros y aliviadas sonrisas, no parecen pertenecer a Corti sino, tramposamente, al narrador. Ejemplifican sin embargo respecto al rumbo de sus pensamientos esa tarde, mientras recomienda antigripales, y gira graciosa y alegremente la manivela de la caja registradora.

Justamente acaba de oírse un seráfico ¡tling...! cuando entra una mujer a la farmacia. Tiene aspecto aindiado y viste de negro. Pide alguna bagatela como tilo o bicarbonato. Mientras la despachan, conversa con otra mujer que tiene al lado. Habla del suegro, del "trastorno que tiene con el suegro". La otra mujer le pregunta y la mujer de negro cuenta. "No deja dormir", dice, "habla y habla", "siempre lo mismo". Corti queda inmóvil, "en acecho", levanta la vista y con voz recelosa pregunta: "¿Qué dice?" La mujer de negro contesta: "Qué sé yo, pavadas." Corti insiste, y la mujer se impacienta. "Cosas", dice, "se acuerda de cosas, de pavadas, un maneador, un arroyo, un nido de chajá o de chimangos, qué sé yo, estupideces." Silencio de Corti y glorioso fin de capítulo.

Capítulo diez. La misma escena del comienzo del capítulo anterior, a la madrugada. Corti ha pasado la noche releyendo, tratando pacientemente de entender algo de la "Monografía". En verdad, no es mucho lo que ha sacado en limpio, pero necesita, según el narrador, antes de seguir adelante o de mandar todo al diablo, "poner un poco de orden en sus pensamientos". Entonces, ayudado visiblemente y, como siempre un poco tramposamente, por el narrador, intenta recapitular. Quiere por lo menos separar con nitidez lo que realmente sabe, de lo que supone o ignora. Lo hace, demás está decir, en medio de las habituales circunstancias de ambiente: timbre del teléfono, voz de la mujer preguntando por qué no se acuesta (es la segunda y última vez que la mujer aparece; respetemos el enigma de su efímero paso por el libro) viajes hasta la cocina, ducha, botella de coñac, repleto cenicero, etc. Estos detalles tal vez resulten eficaces para el verismo de la historia, pero lamentablemente diversifican bastante el hilo del relato, con lo que el capítulo se alarga sin necesidad.

Porque, en resumidas cuentas, la "recapitulación" en sí, es muy breve. Toda ella consiste en pasar una ligera revista a estos pocos datos: después del episodio de la farmacia, Corti está convencido que Bolaño estaba "investigando" de veras una enfermedad. Y que por lo tanto la enfermedad "existe". Que los enfermos presentan síntomas parecidos. Comienzan por tener hambre ("vacía la heladera", dice la ficha número cinco). Y después de este primer y breve estadio, se sientan, y hablan y hablan. Recuerdan, con insistente monotonía, cosas de sus vidas, al parecer insignificantes. No muchas, una docena o dos a lo sumo. Siempre las mismas. Cuando terminan la serie (el "ciclo" dice Bolaño) empiezan otra vez por la primera, y así "indefinidamente". El texto dice "indefinidamente" lo cual es necesariamente un error, o una exageración, o un simple modo de decir "muchas veces". De todas maneras es seguro que Bolaño no supo, o no le interesó, describir el curso posterior de la enfermedad. Ahora bien, son esos monótonos parlamentos lo que Bolaño, con una paciencia y un cuidado "dignos de mejor causa", según Corti, anotaba prolijamente en las fichas. Corti se pregunta el motivo de tanto minucioso registro. "Pero para qué cuernos", dice en voz alta y golpea con la mano abierta sobre la mesa, con lo que las fichas, que estaban apiladas en un montoncito a su lado, se desparraman a más y mejor. Entonces las recoge, las vuelve a juntar, las mira y, distraídamente, las extiende como un mazo de naipes sobre el escritorio. Toma un par de fichas al azar. Lee.

FICHA Nº 7. Dice que es una mujer y que tiene veintidós años. No figura el nombre, y esta omisión al parecer no es descuido. En el rubro "profesión", luego de algunas tachaduras (¿vacilaciones?) está escrito tenuemente con lápiz: "call girl", y también, propietaria de una "boutique". La ficha dice textualmente:

- mi hermano Esteban. La última foto de Esteban unos meses antes de morir. Yo con mi bicileta, él pasándome el brazo por el hombro
- el olor de mamá
- la lluvia sobre los helechos
- cinco centímetros de morfina
- Mario y Enrique. Juntos
- el jugo de naranjas
- el espejo grande del dormitorio. Mi cuerpo desnudo frente al espejo
- las noches en casa de César en Olivos. La lámpara azul, la música, la alfombra. Los cabellos de Nelly sobre la alfombra
- el amor
- la cama abrigada en invierno

- la casa de mamá en Barracas. El dibujo de las baldosas del patio, las macetas, la ropa tendida en el patio
- el olor de los cuerpos
- hacer el amor
- la gargantilla que me regaló César. La muñeca que me regaló César
- el signo de Géminis
- ver hacer el amor
- la mesa de la cocina. Las manos de mamá amasando
- el sueño
- mi piel, toda mi piel, cada pedacito de mi piel
- un libro de Dylan Thomas. Tenía las tapas azules, hablaba de los habitantes de un pueblito
- estar sola en la cama, y gozar, y pensar mucho
- mi hermano Esteban

Aquí los puntos suspensivos y, entre paréntesis, el consabido: "se repite el ciclo".

FICHA Nº 8. Pertenece a Alberto Arenas, de sesenta y tres años (Corti piensa: "igual que el del tango"). En el rubro profesión dice "oficios diversos", y luego: peón de carpintería, mecánico de bicicletas, sereno, jardinero, vendedor de churros, etc. Dice:

- la calle Ladines a las seis de la tarde. Don Luis y don Antonio volviendo de la plaza, parándose un rato a matear conmigo
- un sacapuntas
- el baldío de la vuelta del colegio
- la letra S mayúscula
- aquella pelea a la salida. La espalda de Eyherabide pegada a la mía, y los ocho rodeándonos
- Alberto Eyherabide
- el nombre Alberto Eyherabide, doctor Alberto Eyherabide, diputado Alberto Eyherabide cuando aparece en el diario
- una bicicleta de carrera
- mi piecita en casa de doña Clara

- Chiche, el perro de doña Clara que es como si fuera mío. Los ladridos del Chiche cuando me oye llegar. Los ojos del Chiche, a veces
- un paquete de cigarrillos casi entero al lado del catre
- los ruidos de la noche
- mi mano derecha. El puño de mi mano derecha
- Felisa me parece que se llamaba. Era muy linda. Estaba en San Fernando. Quería que la sacara de la vida
- ciento treinta y ocho a ganador. Un sueño que sueño a veces. Voy a la ventanilla y cobro ciento treinta y ocho por boleto. El caballo a veces se llama Pelusita y otras veces es Old Man que resucitó y nadie lo sabía y yo lo sabía
- el tango "Mi noche triste"
- el ratito cuando aflojan los dolores de cintura
- dieciséis baldosas y rango. Eyherabide y yo empatando en dieciséis baldosas. El señor Bonello mirándonos
- la foto de Perón y Evita
- los últimos meses de sexto grado. Mi época de ganador. Mi única época de ganador
- el mapa económico de América del Sud
- los días que vuelvo con la canasta vacía
- el 31 de diciembre en casa de doña Clara. El nietito de doña Clara
- la calle Ladines a las seis de la tarde...

El capítulo once, decididamente flojo, tiene además una particularidad: en forma intempestiva aparece con título. El título es "¿Por qué yo?", así encerrado entre signos de interrogación. Se trata, y es para lamentarlo, de uno de los tantos paréntesis más o menos discursivos, a través de los cuales el hombre intenta meterse en hondones psicológicos. El carozo de la cuestión es éste: han pasado unas semanas, después de mucho rumiar. Corti ha llegado a la conclusión de que se está frente a una serie de hechos reales. Es decir: que Bolaño queda sobreseído definitivamente de la acusación de literatura, y que existe nomás una enfermedad capaz de provocar, en algunos pocos individuos, síntomas de lo más extraños. Corti no tiene empacho en admitir esto, y hasta admite, con alguna reserva, que tal vez Bolaño no estuviera rematadamente loco. El que hubiese emprendido lo que graciosamente llama su "paciente investigación" con absoluta indigencia de conocimientos, a Corti, según el hombre, "lo tiene sin cuidado" (y al hombre también, ya lo hemos visto). Más todavía, acepta el inalienable derecho que le daba al bueno de Bolaño, su realísima gana de meterse en el asunto sin que nadie se lo mandara. Pero por qué ha de ser justamente él, Sebastián Corti, un tipo normal, alegre y sin chifladuras, el "elegido", el "señalado", el "designado" (el hombre usa los tres términos en espantosa seguidilla) para continuarlo. Corti padece entonces (no se especifica a través de cuánto tiempo) varias crisis de rebeldía: a) se niega rotundamente a ocuparse de "estupideces", b) afirma con decisión que entregará todo el papelerío a alguien que le interese y que conozca el asunto, c) afirma, con la misma decisión, que devolverá todo el papelerío a la viuda, d) se promete unas vacaciones en Mar del Plata. Las rebeldías, como es de suponer, y por razones más bien novelísticas, son todas verbales. Pasan los días y Corti, paulatinamente, y a pesar todavía de algunos estallidos puramente retóricos, termina por aceptar "su carga", así la llama el hombre. Era un buen momento para terminar el capítulo. El narrador, en cambio, y sin que venga demasiado al caso decide agregar la "transcripción fiel" de las fichas número tres, cinco y seis.

FICHA Nº 3. Dice solamente "señora Mary". No se le conoce edad ni profesión. En la ficha está anotado esto:

- las parejas en las mesas del bar, a la madrugada
- el vino
- la noche del muchacho que estaba triste, y me decía señora, y me compró todas las medallitas de Ceferino Namuncurá, y me convidó con vino, y me dejó apoli-

yando sobre la mesa
- el vestido rosa. La noche aquella del Pigall con mi vestido rosa, y mi vestido rosa como flotando en todos los espejos
- el Dodge color borravino. El doctor Liborio Menéndez manejando, y el viento pegándome en el brazo que está fuera de la ventanilla
- el departamentito de la calle Lavalle
- Walter Curtiss que era inglés, y era secretario del embajador inglés, y me quería, y me mandaba rosas todas las mañanas, y yo le enseñé a hacer el amor, pobre ángel
- el flaquito Peña. Los dos años que viví con el flaquito Peña en la piecita del Once, haciendo la calle
- Eso de "un espasmo sensual de placer infinito" en uno de los libros que me traía el doctor Liborio Menéndez, al departamento de Lavalle
- las ventosas sobre la espalda del flaquito Peña
- un lápiz coral de André Latour
- el olor de la iglesia
- las veredas de la calle Maipú
- un pedazo de pizza con el viejo Parodi
- aquel disfraz de gitana
- dormir y soñar con el rubiecito y las rosas
- el amor
- la luz eléctrica en la villa
- el calorcito del brasero
- la sopa de lentejas
- las parejas en las mesas del bar...

FICHA Nº 5. Dice Alberto Eyherabide, y sesenta y tres años. No se creyó necesario agregar ningún otro dato, a pesar de que, evidentemente, eran muy fáciles de obtener. La ficha dice:

- la campaña electoral del veintisiete. Mi discurso en la plaza de Chivilcoy. El ruido de los aplausos, la felicitación de don Roberto

- los labios de don Hipólito Yrigoyen. La palabra "efectivamente" en labios de don Hipólito Yrigoyen
- Alberto Arenas levantándose y diciendo "fui yo, señor"
- aquella pelea contra la barra del Turco. Arenas peleando como un león a mi espalda
- el retrato de Elena y los chicos en el estudio
- las tardes de domingo en el chalecito de Castelar. Elena y los chicos jugando en la pileta
- dieciséis baldosas y rango. Arenas y yo. Y el señor Bonello mirándonos
- el proyecto de ley de carnes
- mi Parabellum
- la letra de Alberto Arenas. La hermosa letra de Alberto Arenas
- la polémica con Reyes
- las baldosas de la calle Cuenca, el último día de clase. Arenas y yo caminando callados, mirando las baldosas. Mi mano en el bolsillo tocando un sacapuntas que después le voy a regalar porque sí, cuando él, también porque sí, me regale el mapa económico de América del Sud, ese grande, en colores, que estuvo dos meses colgado en la pared del aula
- las tetas de Lysa
- un verso que escribí hace mucho. Empezaba "te vi por vez primera cual pálida ilusión"
- Nelly llamándome papito al hacer el amor
- el tiroteo en Las Flores. Los fogonazos en la oscuridad. El sabor del miedo y del coraje
- el churrasco con ensalada de berro
- la campaña electoral...

FICHA Nº 6. En el nombre dice: Señorita Ana Gregoria Araujo Correa. La edad está en blanco. Profesión: educadora. Su ficha dice:

- el río Luján. Los hinojos silvestres. El olor de los hinojos silvestres junto al río Luján

- San José y el Niño sobre la cómoda
- las poesías de Ramón de Campoamor
- el 25 de Mayo. Mi alocución del 25 de Mayo
- un moño blanco
- una rama de mirto
- el cuaderno de Rosana Silvestri, 4º grado A, turno mañana
- la foto de la excursión a Luján. Estela, Marta, Dalmira y yo tomadas del brazo, con capelinas, y blusas blancas, y faldas oscuras, y zapatos de tenis. Los cestos de mimbre sobre la hierba
- las cartas de Juan Montivero a mi hermana Julia
- el 21 de Septiembre
- la marcha "A mi bandera"
- el color de Estela, Marta y Dalmira cuando volvíamos de la excursión a Luján
- el héroe Manuel Belgrano
- las visitas con Julia a casa de Dalmira
- el chocolate
- la sala de Historia Natural
- el lago de Palermo
- la introducción del Himno Nacional Argentino (tarareo)
- el pobre papá
- el río Luján...

Tal como el lector, sin aguzar demasiado su imaginación lo suponía, Corti por fin, en el capítulo siguiente, aparece metido hasta las verijas en su no buscada ni deseada tarea. "Definitivamente contaminado de la misma locura de Bolaño", dice el hombre con ampulosidad.

Pero ya desde los primeros pasos se percibe que Corti tiene su manera propia de "investigar". Esta manera no es menos arbitraria ni, por ahora, mucho más eficaz que la de su antecesor, "pero" (con un imcomprensible dejo de fastidio lo admite el hombre) "es un camino como cualquier otro".

Por lo pronto, Corti no cree necesario continuar con el estilo misterioso y semiclandestino de Bolaño. Todo lo contrario: viaja, consulta, importuna a medio mundo. Apretujado en su Fiat, recorre, calle por calle, barrios enteros. En algún momento se llega hasta Chascomús, y después hasta Las Flores. Y en Las Flores, por una charla totalmente casual, se entera de la veracidad del tiroteo mencionado en la ficha de Eyherabide. El hecho lo conmueve aunque por el momento no le hace olvidar su verdadera "misión". Afanosamente sigue consultando. Busca a especialistas, pero nunca consigue que los especialistas lo tomen en serio. Se resiente con ellos y se acerca a otros presuntos conocedores. Éstos son por lo general, según lo deja entrever el narrador, tipos de los más insólitos: homeópatas, ocultistas, funcionarios de estado, teósofos, religiosos, naturistas, espiritistas, etc. Lamentablemente, el hombre, vaya a saber por qué tonto afán de seriedad científica, no describe en detalle ninguno de esos encuentros, con lo que la novela hubiera ganado por lo menos en amenidad. Afirma, en cambio, y no nos queda más remedio que creerle, que ninguno de los entrevistados pudo darle ningún "dato concreto".

Es que todo el posible conocimiento de la enfermedad se basa, vale la pena recordarlo, en la existencia de unos pocos casos aislados. Casos que, para colmo, ocurren sólo en Buenos Aires. Corti no sabe si algo parecido está ocurriendo también en otros países. Con cierto orgullo de porteño se inclina a pensar que no, que la "enfermedad" es asunto tan nuestro como el tango, el aumento del costo de la vida, o la humedad. Pero he aquí que por la charla de un amigote del club, pariente del novio de una azafata, se entera del caso de cierto "viejo hablador" que fue curiosidad en un aeropuerto de Haití o de las Guayanas. El caso vino contado como ejemplo de maleficio vudú, y acompañado de turísticos y paternales juicios acerca de la superstición, la ignorancia, el subdesarrollo, etc. Corti acepta entonces la posibilidad de internacionalismo. Pero se pregunta cómo es que de ninguna otra parte del mundo haya llegado sobre esto ninguna noticia. Y lógicamente se admira de que sólo a Bolaño, y sin dudas por pura casualidad, se le haya ocurrido relacionar esos pocos hechos entre sí. "No fue casualidad", corrige molesto el narrador, transgrediendo con insolencia sus funciones. Interrumpe bruscamente el capítulo y omite toda otra explicación.

Pero aún entre tantas cosas que ignora, Corti llega, en el capítulo trece, a esbozar algunas tímidas conclusiones. Por ejemplo: lo que los enfermos recuerdan, y Bolaño registró minuciosamente en las fichas, parecen ser objetos, o situaciones, o personas, o estados de ánimo que, por algún motivo, fueron "fundamentales" en sus vidas. Pueden ser cosas aparentemente tan absurdas como los duraznos con vino o las ventosas en la espalda de un rufián, o aparentemente tan significativas como una alocución del 25 de Mayo o el proyecto de ley de carnes. Como si esos hitos fundamentales no estuviesen determinados por las leyes comunes de los hombres, sino por otras, más profundas y misteriosas.

Al mismo tiempo Corti empieza a preocuparse por confirmar la existencia real de algunas de las personas mencionadas en las fichas. Y ya veremos por qué sorprendentes caminos lo llevan estas averiguaciones.

Pero además se ha informado, no se sabe todavía cómo, que los enfermos, después de un plazo que va desde algunos días hasta algunas semanas, indefectiblemente mueren. Y que hasta el último momento siguen repitiendo, como una monótona e interminable oración, la retahila de sus recuerdos. Y no le deja de extrañar que Bolaño, como ya lo hicimos notar, no pareció atribuir al hecho bastante significación como para dejarlo registrado en las fichas.

En una de sus búsquedas, Corti, con alguna dificultad, logra localizar al "viejo Parodi", un atorrante mentiroso y fanfarrón, casi destruido por la bebida. Entre delirantes alusiones a "mujeres que trabajan para él", fabulosos contrabandos y docenas de pistoleros que le obedecen ciegamente, nombra, después del tercer o cuarto vaso de vino, a la señora Mary. "La Mary", por supuesto, también trabajaba para él. Pero a la mitad de la segunda botella puede colegir que la señora Mary le pagaba un pedazo de pizza al viejo Parodi, cuando lo encontraba por ahí medio muerto de frío, y que entonces charlaban y recordaban cosas del pasado. También que, de vez en cuando, se lo llevaba con ella, de pura lástima, a su piecita en la villa de Nueva Chicago, pero que no pasaban dos días y "ya lo sacaba a los empujones y a los insultos", porque al viejo Parodi le gustaba que lo sirvieran.

Por boca de Amadeo Gueinaso, mencionado en la ficha número uno, tiene noticias de la existencia de Américo Lamborghini, confirma su afición por la caza y, "con sus propios ojos", alcanza a ver una de las cuatro carretillas que el señor Gueinaso conserva todavía como recuerdo del "buon'anima de Americo".

Hay cosas, sin embargo, que a Corti lo hacen dudar de la inteligencia de ese aplicado copiador de fichas que era Bolaño. Por ejemplo, el hecho de que en ninguna parte de las fichas ni de la "Monografía" mencionara la relación evidente entre las fichas número ocho y número cinco. Le resulta a Corti bastante difícil pensar que a Bolaño se le pudo haber escapado. Del mismo modo que lo de la terminación fatal de la enfermedad, es probable que Bolaño olvidara o no creyera necesario decir sobre este punto una sola palabra. Corti en cambio percibe rápidamente esta relación y "el asunto lo apasiona" (el autor agrega: "inútilmente"). Alberto Arenas, un solterón muy pobre, y Alberto Eyherabide, el conocido diputado radical, tienen "puntos fundamentales en común". Y ambos los recuerdan casi de la misma manera y con las mismas palabras. Corti entonces busca información. Visita una mañana a doña Clara, y doña Clara, que lo toma por policía, se encabrita un poco y rezonga que "del viejo de la piecita del fondo" no tiene nada que decir. Se aclara el malentendido pero tampoco puede obtener gran cosa, salvo que el "viejo de la piecita del fondo" nunca dio mucha molestia, que era un poco raro pero parecía decente, que nunca le faltó en el alquiler, que no se le conocían vicios fuera de las carreras, pero, según doña Clara, "el hombre debe tener un vicio". Algo más puede obtener de don Luis (don Antonio, el otro jubilado, ha muerto hace varios meses) y, aunque no se dan detalles de la conversación, Corti se retira convencido (son palabras del narrador) que Arenas no se volvió a encontrar, ni tuvo ninguna clase de contacto con Eyherabide, posiblemente desde aquel paseo por la calle Cuenca, "por las baldosas de la calle Cuenca", el último día de 6º grado.

Y así, francamente preso en su motorizada, preguntona, obsesiva y nada eficaz "investigación" se lo vuelve a encontrar a Corti en el capítulo catorce. Pero como si el personaje se le estuviera yendo un poco de las manos, el hombre se disgusta y pone reparos a esta tarea. Dice que lo de Corti, más que investigación, es un alocado e inútil chismorreo. Admite que bueno, que tal vez fuera necesario comprobar la veracidad de algunos hechos o de algunas personas mencionadas en las fichas, pero, con insufrible tonito rezongón, agrega que le parece una "barbaridad", una "pérdida de precioso tiempo", una "pueril diversión", etc., eso de ir de aquí para allá indagando pelos y señales, datos totalmente superfluos, chismes en una palabra acerca de esos "desdichados". Y le indigna, por ejemplo, que Corti moscardonee durante una semana por oficinas y pasillos de la embajada inglesa, hasta averiguar que, allá por el veintitantos, hubo un empleado de cuarta categoría, de apellido Curtiss. Pero la verdad es que Corti no se conforma tampoco con eso; vaya a saber por qué medios, se agencia una amarillenta foto de carnet del tal Walter Curtiss (en la foto, un lindo chico atildado y formal, al que se juzgaría incapaz de enamorarse como un turco, y enviar apasionados ramos de flores, todas las mañanas, a una prostituta). Y llega hasta el colmo de pagar interminables whiskies a un viejo ordenanza, el cual termina por acordarse, no tanto de "ese Walter Curtiss", pero sí de su suicidio, "de la noticia de su suicidio", a las pocas semanas de que lo destinaron a la embajada en Venezuela. "Se decía que porque lo había dejado una mujer", informa el ordenanza.

De todas maneras y "a pesar de tanto descabellado trajín", Corti lleva a cabo, según el hombre, alguna cosa efectiva: de su puño y letra confecciona, imitando la diagramación y hasta la letra de Bolaño, dos nuevas fichas. Una de ellas corresponde al suegro de la mujer aindiada vestida de negro. Pero como la idea de la ficha se le ocurre unos quince días después de la reveladora escena de la farmacia, Corti llega tarde, y el suegro, ése que "daba trastorno", y que no dejaba dormir a nadie con su charla, ha muerto, para alivio de los deudos. A pesar de lo cual, se basa en el relato de los distraídos y malhumorados parientes para tomar algunos apuntes y después, confeccionar con ellos, lo que orgullosamente titula ficha número trece (con evidente satisfacción, el hombre deja constancia que Corti recorre librerías hasta conseguir cartulina color crema, y que prolijamente la recorta en rectángulos de doce por veinte centímetros). Pero el hombre dice que esa ficha, basada en dudoso relato de terceras personas, carece de valor, y prefiere no transcribirla. Lo más probable es que el hombre, enfurruñado por la desobediente actitud de Corti, decida castigarlo, ignorando desdeñosamente a su primogénito. Lo que se sabe por lo tanto de esa ficha número trece es muy poco. Apenas el nombre: Nicodemo Sosa, y la apurada alusión al maneador, al nido de chimangos y el ruido del agua del arroyo, ya mencionados; además de un alazán tostado al parecer muy ligero, toridos de perros al entrar en la chacra de unos gringos, una mujer llamada Teresa y otra mujer llamada Matilde, una puntita de romneys, y una sospechosa serie de elementos demasiado folklóricos, presumiblemente fabricada o embellecida por el rastacuerismo de los parientes. Así por lo menos, aunque con otras palabras, lo da a entender el hombre.

Concede en cambio transcribir fielmente la ficha número

catorce, la cual, "por la forma en que fue obtenida", dice, ofrece más garantías de verdad. Ahora bien, la forma en que fue obtenida, y a la cual el hombre atribuye cierta importancia, es la siguiente: una noche que Corti llega (inútilmente) hasta San Martín en busca de datos sobre un drogadicto o traficante de drogas llamado César, se sienta, después de infructuosas idas y venidas, a tomar unas cervezas en un almacén frente a la estación. Justamente se está por despachar el segundo balón, cuando ve, a pocos pasos de él, un hombre con los codos apoyados sobre la mesa, que mira fijamente hacia adelante, y "habla solo". Es un morocho de motas canosas aunque no muy viejo, picado de viruela y bien trajeado. Lleva camisa blanca, zapatos lustrados y un coqueto jazmín en la solapa. Habla con voz aguardentosa, inexpresiva, sin molestar a nadie y sin dirigirse a nadie. Corti casi da un respingo en su silla, se arrima todo lo que puede a la mesa del morocho y escucha sin perder una palabra. Rápidamente saca papel y lápiz del bolsillo y anota. Fruto de esas anotaciones, tomadas de viva voz a Hipólito Monje o Monjes (el nombre se lo suministra el patrón) es la ficha número catorce.

FICHA Nº 14. Nombre Hipólito Monjes. Parece que fue ordenanza en un ministerio, de donde se jubiló prematuramente por enfermedad o impedimento físico (Monjes renguea un poco de la pierna derecha). Anduvo un tiempo de policía, otro de vendedor de relojes a crédito, otro de chofer, y otro sin hacer nada. Aunque su verdadera vocación y profesión fue la de guitarrista (los que lo escucharon dicen que tenía particular talento) nunca ganó con la guitarra más que bagatelas. (Datos proporcionados por su mujer.) En su ficha anota Corti:

- los cercos de ligustro. El rocío en los cercos de ligustro a la madrugada
- las manos del ciego Costita tocando "Pabellón de las rosas"
- el ruido del tren. El ruido de la 205 a la madrugada

- aquellas elecciones y el asado en casa de don Romilio. El ciego Costita y el uruguayo Suárez tocando juntos "Palomita blanca"
- la voz del ciego Costita diciéndome vení muchacho para que le hiciera la tercera guitarra
- el cubrecama azul tejido por mi mujer
- la vainilla en la jaula del canario
- mi silla baja. Lo sobado y hundido de mi silla baja
- el mate
- la foto de aquel asado dentro del estuche. Don Romilio adelante, sentado, nosotros atrás parados con las guitarras
- el verde de la puerta de calle
- las noches de verano. Los vecinos oyéndome tocar en la puerta las noches de verano
- el dulce de zapallo
- las ramas de la parra amontonadas en el patio, y el ruido de la tijera de podar
- la voz de Perón
- el casamiento de Farías, y el casamiento del gordo Adamo
- el temple del diablo
- mi primera guitarra, la que iba a ser mi primera guitarra colgando en la vidriera del bazar "Dos Mundos"
- mi guitarra
- las serenatas en casa del gringo Politi. Los ojos de Irma mirándome medio dormida
- los cercos de ligustro...

Lo mismo que Bolaño, después de los puntos suspensivos, Corti escribe, entre paréntesis, que se repite el ciclo.

Capítulo quince. Corti entusiasmadísimo porque consigue entrevistarse en el sombreado comedor de una amplia casa de Villa Ballester con el mismo ciego Costita, ídolo de Monjes. Escuetamente, y casi displicentemente, el narrador describe a un viejo de más de noventa años, cuya legendaria fama de guitarrero todavía perdura por toda la zona oeste.

Como por obligación habla de una memoria prodigiosa, de un perrito inseparable, de una fuga de Bach tocada al piano por una nieta, de infinitas milongas que el viejo recuerda de punta a punta y canta con aflautada voz en la guitarra (Corti chambonamente quiere anotar las letras de algunas). Al oír el nombre Hipólito Monjes, dice: "No me resulta desconocido, señor, a ver, déjeme pensar." Un breve silencio, y del fondo de sus recuerdos surge "un muchacho de grandes condiciones", una fiesta donde tocaron juntos, alguna visita que el muchacho le hizo después. "Pero de esto hace muy mucho, señor", dice. "Treinta años", le aclara Corti. "Ajá", dice el viejo afirmando con la cabeza.

Y el narrador se desespera. De mala gana sigue las "gratuitas andanzas" de Corti. Desconcertado, llega a atribuir todo a su propia fatiga, habla de surmenage, y promete eliminar "a su debido tiempo" esos dos o tres capítulos tontamente mechados en su novela. "A pesar de todo", dice a modo de disculpa, "para la continuidad del relato", no puede hacer otra cosa, "en este primer borrador", que seguir a su personaje y ver dónde termina tanta "enfermiza curiosidad". En el margen hay un agregado en rojo que va después de la palabra "curiosidad": "con que indignamente suplanta una impostergable misión", dice.

Porque, según el hombre, "ante su propia mirada" está ocurriendo algo que, de ninguna manera, figuraba en sus planes, y es lo siguiente: Corti, quien como se ha dicho, se sabe de memoria cada una de las fichas, acaba por sentirse rodeado, "aprisionado", dice el hombre, por estos vivos y nítidos fantasmas. Piensa en ellos, los "recuerda" permanentemente. Sabe lo que dicen las fichas y sabe más de lo que dicen las fichas. Hasta sus facciones, hasta sus ropas, y sus enfermedades, y sus muletillas, y sus deseos, por momentos los percibe (cree percibirlos) con absoluta claridad. Lo visitan en sueños, le hablan, se constituyen en algo así como su familia, mucho más real y palpable, por otra parte, que su verdadera familia (no deja de ser curioso que la familia de Corti, como ya lo hemos visto, pase totalmente desapercibida por las páginas de la novela).

Y los busca, claro. Y necesita saber de ellos, y lo conmueve el más insignificante detalle. Y no se asombra al descubrir que muchos de esos detalles los conocía antes de conocerlos. Por ejemplo, Corti "había visto" el cabello tirante y el gran rodete entrecano de Ana Gregoria Araujo Correa, mucho antes de haberlo reconocido en un retrato a lápiz con la firma de Dalmira, y que la señorita Julia Araujo Correa tuvo la gentileza de mostrarle enmarcado y colgado en la sala de recibo.

O que la foto del flaquito Peña, obtenida por supuesto en los archivos policiales, le mostrase esa cara pálida y angulosa que "siempre" había entrevisto, y que era capaz, estaba seguro, de una sonrisa hermosa, viva, casi infantil. Recorre el prontuario sin asombrarse de sus numerosos delitos, ni de sus varios seudónimos, ni de la tuberculosis que en poco tiempo, lo sabe, acabará con él.

En cambio, ciertos objetos de oscuro significado lo impacientan. Como si un importantísimo trecho de la vida de Lamborghini, o de Monjes, o de la señorita Correa quedara oculto por esos desconocimientos, dedica "lastimosas horas" en aclararlos. Por ejemplo: una primera y breve conversación con doña Irma, la mujer de Monjes (Monjes ha muerto a la semana de su aparición ante Corti en un boliche de San Martín) le completa o confirma casi toda la imagen, la "representación" de Hipólito Monjes. Pero sólo después de la segunda y más prolongada entrevista, "comprende", es decir, logra hacer suyo, el aparentemente caprichoso recuerdo del cubrecama azul. Ocurría, dice desdeñosamente el hombre, que el vago y calavera de Monjes, era, increíblemente, un marido fiel y cariñoso. Según parece, cuando volvía a la mañana después de una noche de vaya a saber qué jaranas, guardaba el instrumento, se iba hasta la cocina a calentar un poco de agua, se sentaba en la cama, al lado de la mujer que dormía, y la despertaba con mate. Debieron ser muy dulces esos momentos, piensa Corti, porque doña Irma le dice en algún momento que "le parece estarlo viendo", sentado sobre el cubrecama azul, cebándole mate y conversando con ella.

En este punto el hombre anota una observación que, aunque malintencionada, no deja de tener algo de verdad. Y es que Corti, aparentemente, se interesó menos por el Hipólito Monjes de carne y hueso que por el recuerdo, la "representación", de Hipólito Monjes. Como si la ficha, dice el hombre, hubiera convertido, de pronto, al ciudadano Hipólito Monjes, un individuo por el que Corti no siente particular atracción, en el viviente y perdurable personaje Hipólito Monjes, al que Corti, según parece, quiere rescatar del olvido a todo trance. Intenta entonces una curiosa interpretación metafísica de las fichas, dice algo referente a "los ojos de Dios", y cierra el capítulo pidiendo hipócritamente "disculpas al lector" por sus teológicos pensamientos.

Corti, paso a paso, con fervorosa paciencia, ha ido confirmando la veracidad de casi todas las fichas. De una sola, la número siete, que carece de nombre y pertenece a una muchacha de dudosa profesión, no ha logrado corroborar un solo dato. Llega a pensar si no se tratará, esta vez sí, de una cuidadosa invención de Bolaño (al narrador le indigna esta suposición y dice que Corti bien podría continuar seriamente con la "misión que le fuera encomendada", en vez de caer en divagaciones estúpidas). Recuerda a Bolaño como un tímido y un reprimido, y sonríe con indulgencia ante lo francamente sexy de su personaje. El asunto, curiosamente, termina por no inquietarlo demasiado. Y esta aceptación lisa y llana de la ficha número siete (del personaje número siete) como una especie de travesura de Bolaño, contradice, según el narrador, todo el afán esclarecedor de Corti; "que tanto precioso tiempo le ha insumido", agrega después el hombre con lápiz y entre dos líneas.

Es que según parece, de una manera nebulosa o intuitiva, Corti, después de tanta búsqueda de detalles reales, llega a sentir la presencia viva de los personajes, más palpablemente e intensamente que la de las personas de carne y hueso. Y tal vez este descubrimiento, anticipa con esperanza el narrador, señale el fin del equivocado proceder de Corti, y lo encarrile por la única senda que él juzga imprescindible: la investigación de la enfermedad según el "expreso mandato de Bolaño" (y del novelista).

De modo pues que el lector se encuentra, en este capítulo dieciséis, con un Corti menos ansioso en su cacería de detalles banales, aunque exaltado y acuciado como siempre, por la permanente presencia de sus fantasmas. Todavía va y viene en busca de esos detalles, pero más bien por hábito, o por no encontrar otra cosa mejor que hacer a falta de una vía correcta de investigación, o simplemente como visitas de cortesía a sus queridos fantasmas, que por verdadero afán de comprobar realidades. Por ejemplo: en una whiskería de la calle Uruguay, mantiene una noche, un nostálgico y susurrante diálogo con Lysa (el autor no aclara por qué complicado y seguramente tortuoso camino logra dar con la amiga del doctor Alberto Eyherabide). Entre lentos manhattans y miradas teatralmente perdidas en el infinito, escucha al fin hablar de Eyherabide. El recuerdo de su ex amante no le parece a Corti demasiado vivo ni en el corazón, ni en la confusa mente de Lysa. Equivoca algunas veces el apellido, menciona un viaje a Mar del Plata, que después es a Bariloche, se recuerda más a ella misma que a su amante. Resulta por lo tanto poco creíble lo de la "herida de bala en el hombro", o "la medallita colgada al cuello", o las "pichicatas", según ella frecuentes, del diputado.

Esa noche Corti se acuesta con ella. Además de compartir plenamente la opinión de Eyherabide sobre el aspecto más recordable de Lysa, soporta aburridísima charla. Corti, algo agotado "después de la segunda batalla" (la ovidiana metáfora es, por supuesto, del narrador) mira el techo, fuma y escucha confesiones. Oye hablar de un novio o marido canalla, de un departamento compartido con tres mujeres, de un señor que la hubiera tenido como una reina, de un exquisito amigo llamado César, de una casa en Olivos, de morfina. Corti, como entre sueños dice: "la lámpara azul". La mujer se interrumpe apenas un segundo para decir: "Ah, vos también estuviste", y continúa hablando de otras muchísimas cosas, hasta que lo oye a Corti roncar como un bendito. Entonces, sigilosamente, sin despertarlo, se viste y se va. No se sabe si ofendida por la poco galante actitud de Corti, o arrepentida por haber hablado demasiado, o por hacerse la enigmática, o por loca.

Al otro día Corti recuerda confusamente parte de esa charla. Le parece recordar algo sobre César, y la casa de Olivos, y la lámpara azul, pero piensa que bien pudo haberlo soñado. Sabe que fácilmente podría dar otra vez con Lysa, sin embargo no lo intenta. El narrador habla de una actitud respetuosa hacia la muchacha de la ficha número siete, "una especie de pudor", dice y, entre frases irónicas, da a entender que Corti está enamorado de ella. Lo cierto es que, a partir de determinado momento, Corti considera zona vedada todo lo que se refiera a la desconocida muchacha, y prefiere "conocerla", "hacerla suya", sólo a través de los pocos datos de la ficha y de los muchos que agrega su imaginación.

El episodio de Lysa, se disculpa ruborosamente el narrador, está incluido sólo para mostrar la transformación de Corti: de impúdico cazador de detalles, en respetuoso guardián de sus fantasmas. De todas maneras, continúa el hombre, Corti todavía no ha entendido cabalmente su misión. Y, "mientras la claridad no llegue a su conturbado espíritu", no encuentra actividad mejor que desatender escandalosamente su farmacia, y proseguir con sus tontas e inútiles visitas.

Algunas de ellas todavía entorpecen el capítulo diecisiete. Como el increíble encuentro con el doctor Liborio Menéndez, que el hombre se ve obligado a relatar, y cuenta esto: Corti, secándose la frente con un pañuelo, está en una salita austeramente amueblada, esperando que el doctor Menéndez, abogado, lo reciba en su estudio (no sin sorpresa ha encontrado su nombre y su dirección en la guía). Piensa, dice el hombre, en el doctor Liborio Menéndez, del Dodge color borravino y las novelitas eróticas, como tantas veces lo vio a través de la señora Mary: morocho, engominado, con lentes y bigotitos de donjuán; y se ríe al imaginar al atildado vejete que, dentro de unos minutos, le abrirá la puerta. Transcurre un buen rato, al fin oye pasos, se mueve el picaporte, y aparece, en cuerpo y alma, el doctor Liborio Menéndez. A Corti se le detiene la respiración. Frente a él un morocho engominado, con lentes y bigotitos de donjuán, con compuestas maneras lo invita a pasar al estudio. No repuesto de la impresión, entra. Contra la pared del fondo, y desde un cuadro al óleo, el doctor Liborio Menéndez padre, observa, con adusta mirada, la digna labor del doctor Liborio Menéndez hijo, el cual acomoda sus lentes y, con engolada voz dice: "Bien, usted dirá, caballero." Corti inventa rápidamente una nota periodística, algo como "figuras señeras del foro", o "miembros conspicuos de cualquier cosa". Y el doctor Liborio Menéndez hijo, conmovido, comienza a hablar de su padre. Recuerda a un "santo varón", de "rigidez espartana", e "intachable conducta privada". "Mi ejemplo y mi guía", dice levantando teatralmente los ojos hacia el cuadro. Señala luego, con amplio ademán, la nutrida biblioteca que ocupa las dos paredes laterales del estudio, y declama algo sobre su legado espiritual y su humanismo cristiano.

Corti se da cuenta de que la cosa no está como para hablar de la señora Mary. En cuanto puede, se levanta, estrecha la mano del doctor Menéndez, y con cara de circunstancias agradece sus valiosas informaciones. Al retirarse no deja de echar una mirada a la imponente biblioteca, y se pregunta en qué rinconcito estará, cuidadosamente guardada, la colección de novelitas pornográficas, seguramente enriquecida por las modernas adquisiciones del doctor Liborio Menéndez hijo.

O como cuando una noche Corti recorre todas las librerías de Corrientes hasta dar con un libro de Dylan Thomas con tapas azules, "que nunca ha de leer", dice insidiosamente el hombre, pero que guardará toda su vida, con ternura, como se guarda una carta, o una flor marchita, o un único recuerdo de la mujer amada.

O el exasperante encuentro con Rosana Silvestri, de cuyo cuaderno (4º grado A, turno mañana) conservaba imborrable recuerdo la señorita Ana Gregoria Araujo Correa. Corti busca a Rosana Silvestri, revisa padrones electorales, y listas de alumnos en el colegio de la señorita Correa, hasta que finalmente sabe dónde puede encontrarla: un modernizado edificio de dos pisos, en el barrio de Flores, en cuyo frente está escrito con grandes letras negras: Escuela Científica. Porque Rosana Silvestri, que ahora tiene cuarenta años, es flamante directora del centro espiritista. Corti se presenta, y una mujer de anteojos, con aire ejecutivo, lo recibe frente a su escritorio en una desnuda salita. El hombre, con el ánimo mal dispuesto, muestra a Corti balbuceante y sin saber cómo empezar, lo cual parece algo exagerado. Al fin se anima y habla de la señorita Correa, de los recuerdos que la señorita Correa tuvo en el momento de morir, y del cuaderno de Rosana Silvestri. Rosana Silvestri escucha con fría atención, dice que recuerda perfectamente a la señorita Correa, que la sabía "en brazos de Dios", pero no se asombra de nada. Encuèntra totalmente natural que su vieja maestra se hubiera acordado de ella antes de morir, y da sobre el asunto una breve y didáctica explicación. Corti oye hablar de "plasmas astrales", "espíritus desencarnados", y "objetos saturados de karma", sin entender un comino. Tímidamente aventura alguna pregunta, menciona otros casos, hasta se atreve a decir algo de las fichas. Honestamente cree de pronto que Rosana Silvestri, con toda su sabiduría, puede ayudarlo a resolver su problema. Pero a Rosana Silvestri le disgustan lo que ella entiende como objeciones; con una dulce sonrisa de lástima le habla de la petulancia y de la "dura cerviz" de los incrédulos, lo despide, y le entrega un folleto, que si lee como es debido, "le devolverá la paz a su espíritu", le dice.

Corti se va pensando que la entrevista fue bastante estúpida, pero la verdad es que, a consecuencia de ella, de los incomprensibles términos de la Silvestri, y de su dudosa explicación, decide volver a su casa, y echar de nuevo una ojeada a la olvidada "Monografía" de Bolaño. El hombre, sin ocultar su beneplácito, dice que al fin su personaje "ha encontrado el camino".

Lo que tal vez sea cierto, pero es también probable que sea sólo una rígida imposición del narrador, con el inconfesado objeto de poner punto final a las después de todo entretenidas aventuras de Corti, y meterlo de cabeza en la enrarecida atmósfera de las "teorías", que ocupa la casi totalidad del capítulo dieciocho.

Abstruso y nada noveleso capítulo en el cual, con alegría casi exultante, el narrador comienza por una revisión y discusión de algunas de las teorías de Bolaño. Revisión y discusión que, por supuesto, atribuye a Corti. Algunas de estas teorías son de una ingenuidad o un desparpajo notables. Por ejemplo, una que el narrador, ya en su salsa, redacta con sensual lentitud y evidente ignorancia, resumida, expresa lo siguiente: la manía recordatoria (es la primera vez en el libro que se la nombra así) es una enfermedad infecciosa. Está provocada por un virus que elige como habitación una determinada zonita del cerebro; casualmente el centro de los recuerdos. ¿Por qué aparece ahora y no antes? Muy sencillo. El virus fue traído por un vehículo espacial. Corti medita sobre ella, y luego la rebate con farmacéutica erudición.

Otra es de corte más bien antropológico o paleontológico. Dice más o menos esto: el hombre ha cumplido su ciclo en la Tierra. El aumento de tamaño de los sesos (sic) que fue "mutación ganadora en algún momento", se ha vuelto factor letal. "En efecto": los sesos han crecido demasiado, se descomponen por su excesivo aumento, y están empezando a patear en contra. Bolaño (pero hay vivas sospechas de que no es Bolaño sino el autor) dice que cosas parecidas han ocurrido otras veces, y se demora casi dos páginas en citar el ejemplo de ciertos desaparecidos caracoles. Estos caracoles, explica, vivían en aguas torrentosas. Sólo sobrevivían los que podían quedar en el fondo, gracias al mayor peso que les daba cierta protuberancia de la valva. Después de apenas unos millones de años, toda la especie tenía esa protuberancia, la que, además, se iba haciendo cada vez más grande. Llega un momento en que la protuberancia se hace tan grande que impide comer y la especie se extingue. Corti se rasca la cabeza, mastica el lápiz y se abstiene de hacer comentarios.

También está la teoría tumoral, que habla sobre un tumor jamás comprobado. Y otras no menos disparatadas.

Pero he aquí que Corti, tal vez contagiado por tanto palabrerío a la marchanta, también quiere aportar lo suyo, y por supuesto "lo anota", ante el inocultable gozo del narrador.

Los primeros modestos renglones escritos a lápiz en una libreta, son en realidad apuntes sobre las opiniones recogidas en aquellos primeros encuentros con naturistas, teósofos, ocultistas, etc., encuentros que el narrador, con ningún sentido de lo ameno, creyó oportuno no describir.

No se sabe si Corti cree o no en estas opiniones. Se sabe en cambio que el narrador, con su feroz manía registradora, dirige su mano hacia la libreta, y lo obliga a dejar minuciosa constancia de todas ellas. Pero a pesar de que el autor las transcribe fielmente, con largos comentarios atribuidos a Corti, creemos que apenas merecen el trabajo de mencionarlas. Una: el tabaco es la causa de todo. Otra: no es el tabaco sino la alimentación carnívora. O los alimentos envasados. O la berenjena (?). O el consumo insuficiente de cebolla. O los "karmas erráticos". O la conjunción de Luna con Capricornio. O las borracheras. Dios nos ampare.

Con siniestra hipocresía el autor dice que "para no aburrir al lector" no las mencionará todas. Pero no puede con su genio y arranca de golpe con otra media docenita de teorías más.

En este punto ya resulta algo difícil creer que semejante

torrente de palabras pueda caber en los reducidos límites de una libreta. Y por este detalle queda entonces descubierta la tramposa mano del narrador. El narrador, demasiado entusiasmado con su nuevo chiche, por ahora no se da cuenta de su error. Continúa explayándose alegremente sobre las más variadas lucubraciones que, hipócritamente, atribuye al lápiz y a la libreta de Corti.

Entre tanta divertida teoría, sólo una hace hincapié en el hecho de que los enfermos recuerden circunstancias muy especiales de su pasado. Como si quisieran salvar del olvido ("de la aniquilación", dice) tal vez lo más importante de ese pasado. Dan ganas de oírle desarrollar este pensamiento, pero inmediatamente el hombre se lanza a una explicación con moraleja sociológica, de lo más desalentadora.

Termina con esto el dislocado capítulo dieciocho, que deja a Corti totalmente en ayunas sobre el posible origen de la enfermedad, y al lector irritado por tanto fatigoso macaneo.

Irritación que alcanza límites peligrosos cuando, al comienzo del capítulo diecinueve, el hombre vuelve a describir a Corti haciendo nuevas, y tal vez importantísimas, anotaciones en su famosa libreta. El lector se dispone a digerir otra teoría, o mejor dicho, se dispone a saltear sin más trámites el largo párrafo, cuando, con sorpresa, se entera de lo siguiente:

a) lo que está anotando Corti en su libreta es una dirección y un teléfono (para ser más exactos, la dirección y el teléfono de Alberto Eyherabide).

b) la libreta no contiene otra cosa que números de teléfonos, direcciones, nombres, citas, etc. (corresponden puntualmente a las entrevistas de Corti). Ni una palabra sobre las teorías.

El asunto está bastante claro entonces, y demuestra palmariamente la bonita patraña del narrador. O sea: ansioso el hombre por desembuchar sus ideas, que supone indispensables para el buen entendimiento de la novela, no vaciló en falsear los hechos atribuyendo estas ideas a su personaje. La libreta de Corti, que existe realmente, y sus frecuentes anotaciones, le sirvieron de apoyo para hacer más verosímil el enredo. (En algún momento el hombre percibe al fin su error, tacha un par de renglones, y puerilmente habla de una segunda libreta. La artimaña ya no convence a nadie.)

Lo que en apariencia ocurre es que Corti no está particularmente dotado para lo que se pretende de él: la "investigación sistemática", según las palabras y la particular acepción del narrador; los devaneos más o menos gratuitos, según cualquier tipo normal. Por lo tanto, es seguro que todas las teorías atribuidas a Corti pertenecen en realidad a Bolaño o al narrador. Más probablemente al narrador.

Pero a esta altura de la novela, el lector ya no se escandaliza. Más aún, o porque algún tipo de relación cordial logró establecer el hombre, o porque las otras cosas que cuenta (fuera de sus benditas ideas) no dejan de tener algún interés, el lector se siente dispuesto a perdonar aquella debilidad. Y promete seguir con el libro, a condición de que el hombre no reincida en sus manías de filósofo y deje en paz a sus personajes.

Entonces sigue, y ve que lo que está anotando Corti en su libreta es una dirección a donde seguramente irá, es decir, según todas las apariencias, otra más de sus chismosas visitas. Dados los mentirosos antecedentes del narrador, el lector se pregunta si aquello de interesarse más por la "representación" que por el "individuo de carne y hueso", etc., y aun el supuesto pudor que, según el hombre, impide a Corti violar el secreto de cierta desconocida muchacha, no serán también meras artimañas del novelista. Pretextos para arrancar a Corti de un quehacer, tal vez inútil desde el punto de vista de la novela (de la pretendida intención de la novela) pero sin lugar a dudas más entretenido y, después de todo, mucho más novelesco que las morosas especulaciones tan queridas por el autor.

En fin, lo cierto es esto: anota Corti la dirección del ex

diputado Alberto Eyherabide, e inmediatamente lo vemos metido en su Fiat y dirigiéndose hacia allí. Algunas peleas con semáforos, frenadas, bocinazos, etc., y estaciona su auto frente a un alto edificio de la calle Juncal. Se anuncia y sube a un lujoso departamento del cuarto piso donde una mucama lo recibe y lo hace pasar a una amplia sala alfombrada. Se sienta y espera. Ve el gran cuadro al óleo de una hermosa mujer que supone es la señora de Eyherabide, y busca hasta encontrarla la foto de "Elena y los chicos" apoyada en una repisa. Corti se ha levantado para observarla de cerca cuando aparece la señora Elena Palacios de Eyherabide. Se presenta como el correligionario que había solicitado la entrevista, agradece la invitación a sentarse en un mullido sofá, y se dispone (eso es lo que aparenta) a enriquecer su colección con una nueva serie de los inútiles chismes que ya son familiares al lector.

Y sin embargo no. Después de la conversación con la viuda de Eyherabide, se ve que, por lo menos en este punto, el narrador no ha macaneado. Queda claro que Corti se ha limitado a preguntar exclusivamente sobre la enfermedad y la muerte del doctor Eyherabide. ¿Por qué lo ha elegido precisamente a él? El narrador se encarga de aclararlo: porque, de todos los enfermos, fue seguramente el doctor Eyherabide, dice, quien ha recibido la más cuidada atención médica. Y la viuda, una mujer inteligente y culta, está en condiciones de darle los informes más acabados. Corti escucha estos informes, se entera de la perfecta salud de Eyherabide antes de la crisis, del hambre a medianoche, de la retahila de recuerdos, de un hombrecito que se dijo ayudante del médico y después se comprobó que no era cierto, que pasó una noche sentado en un rincón, anotando todo lo que Eyherabide decía, de su muerte a los ocho días de los primeros síntomas. Corti por poco se vende y larga la carcajada al comprobar el gracioso "modus operandi" del infatigable Bolaño. Pero disimula, y continúa atento a las palabras de la señora de Eyherabide. Aunque quisieron alejarla de su marido por causa de algunos recuerdos poco "convenientes", dice (y Corti se acuerda de Lysa y de su charla) ella no se separó de él hasta el último momento. De paso Corti oye hablar de "cosas que nunca pudo entender muy bien", como "la hermosa letra de Alberto Arenas" (ella jamás había oído ese nombre) o "el mapa económico de América del Sud". Corti, conmovido a pesar suyo, sin pensar mucho lo que hace, le cuenta a la mujer el significado de todo. Le habla de Alberto Arenas, del episodio que lo unió para siempre a Alberto Eyherabide, reconstruye ante ella ese mundo que él, poco a poco, fue construyendo y que ahora forma parte de sí mismo. Ve los ojos humedecidos y atentos de la mujer. Calla. Corti se aleja de la casa de Eyherabide, pesaroso, con una agobiante sensación de impotencia, sintiendo por primera vez (en la novela al menos) el dolor por la muerte de "uno de los suyos", y no sólo la novelera curiosidad por conocer chismes del personaje.

Con parecido estado de ánimo se lo vuelve a encontrar a Corti en el capítulo veinte. Se lo ve golpear las manos frente a una puerta pintada de verde y saludar a doña Irma. El autor anota: "él mismo se da perfecta cuenta de lo inútil de esta entrevista y se pregunta por qué va, por qué no puede dejar de ir". El lector participa fácilmente de estas preguntas; Corti ha conocido en persona a Hipólito Monjes, lo ha visto padecer la enfermedad; no se apenó demasiado, en aquel momento, por su muerte (y el autor con toda intención no deja de recalcarlo). Pero ahora, según parece, es distinto. En el patio, bajo la sombra de la parra (Corti puede jurar que oye el ruido de la tijera de podar) y mientras reconoce la silla baja y la jaula del canario, habla con doña Irma. Sí, doña Irma recuerda una por una todas las palabras de Monjes. Lo entiende a su manera todo; sabe que fueron las cosas "más suyas" (así dice) las que nombraba. En el casamiento del gordo Adamo, no estuvo pero se lo imagina. En el casamiento de Farías, sí estuvo. Fue una fiesta famosa, dice. Monjes había formado una orquestita, con dos guitarras más, un bandoneón, un violín y una batería. Esa noche fue director. Corti la escucha hablar, piensa en lo espantosamente idiota de su misión, y se desespera, y se avergüenza.

Al abandonar la casa de Monjes, su sensación de impotencia se agudiza. Se ve metido en un callejón sin salida, soportando absurdamente la carga de una misión que, como está visto, no sabe cumplir. El narrador dice que Corti "ha cambiado mucho". No especifica de qué manera, pero esa noche (o tal vez otra noche) se lo ve bebiendo solo, en un almacén de Colegiales. Según lo da a entender, muchos de sus días terminan así. El autor habla de su cansancio, describe "su aspecto descuidado", sus ojeras, su barba de dos días. Menciona también una serie de fracasados viajes a institutos y centros de investigación, donde se ha convertido en cargosa visita, una especie de loco lindo al que, en algunos sitios, niegan lisa y llanamente la entrada. El médico de Eyherabide se afirma en su diagnóstico de esquizofrenia, y ni siquiera se toma el trabajo de atender cuando Corti, tomándolo del brazo para que no se vaya, le habla atropelladamente de casos parecidos, de fichas, de puntos fundamentales.

Una noche llega a su casa completamente borracho. Sin desvestirse se tira en la cama, y de pronto oye como un susurro, o un "rumor de pasos". Mira y ve junto a la ventana a una vieja de labios pintados y coqueto pañuelo floreado en la cabeza, que le sonríe y románticamente le habla de un espasmo sensual de placer infinito, mientras le ofrece una medallita de Ceferino Namuncurá. Camina lentamente hacia él la vieja, rodeada por un extraño halo flotante de color rosa pálido, pero desaparece de golpe antes que Corti pueda levantarse y contarle lo de la muerte de su inglesito en Venezuela.

El lector percibe con toda claridad que se trata de un sueño o delirio de borrachera, pero el autor pícaramente se guarda el secreto, y trata de asombrar o desconcertar con nuevas apariciones.

De pronto es un hombre que lleva una canasta de churros colgada del brazo, pero mira y adentro de la canasta hay, en vez de churros, un viejo sacapuntas, una foto de Perón y Evita, un mapa económico de América del Sud y un montón de boletos del hipódromo. El hombre silba el tango "Mi noche triste", y aparece corriendo un perrito a hacerle fiestas. Entonces se detiene, saca una tiza del bolsillo, dibuja en la pared una hermosa letra S mayúscula y se queda mirando a Corti mientras se frota peligrosamente el puño de la mano derecha.

O una mujer de cabello gris y gran rodete que, con fervor, pronuncia ante Corti un bello discurso sobre el 25 de Mayo y el héroe Manuel Belgrano, escrito en hojas de cuaderno, al tiempo que se escucha a lo lejos un piano que toca la introducción del Himno Nacional, y enormes y hermosas capelinas vuelan por todas partes mecidas por el viento.

Desaparece la mujer y aparece una figura de espaldas que está limpiando cuidadosamente una escopeta de caza. Su saco está colgado de un enorme clavo fijado en la pared. Corti quiere preguntarle por Sandretta y por el siete de oros, pero cuando va a hacerlo el aire se llena de un embriagante olor a cebollas fritas, y Corti, sumergido en un bienestar o una felicidad que lo conmueve hasta las lágrimas, se olvida por completo de su pregunta.

Entonces el hombre se esfuma y aparece un señor elegante, con una pistola Parabellum colgada del sobaco. Mira la S mayúscula dibujada en la pared y pregunta autoritariamente a Corti algo que no se entiende muy bien. Atemorizado, Corti le señala la dirección en que se fue el hombre de los churros, y el señor se va tras él con paso rápido y silencioso. Se forma como una niebla, y en medio de la niebla aparece un morocho que toca devotamente una guitarra. Corti reconoce a Hipólito Monjes, pero se da cuenta también que no es el mismo Monjes que hablaba solo en un boliche de San Martín. Corti lo ve como en relieve, como iluminado por dentro, definitivo en ese gesto de inclinarse y abrazar el instrumento al que arranca sonidos maravillosos.

Monjes desaparece y aparece al fin ella. Es hermosa,

hermosísima, con sus cabellos caídos sobre los hombros, y su cuerpo desnudo, y sus grandes ojos grises que miran a Corti con infinita tristeza, como pidiéndole ayuda. Corti tiende dulcemente su mano hacia ella. La quiere llamar por su nombre pero por más que se esfuerza no puede recordarlo. La muchacha entonces le sonríe tristemente y se va.

Y con esta mezcolanza más o menos poética termina el capítulo veinte.

Al comenzar el capítulo veintiuno el lector debe suponer nuevamente que ha transcurrido algún tiempo. Por la referencia a algunas visiones que no figuran en el capítulo anterior, se supone además que hechos de esa índole han vuelto a ocurrir más de una vez. En todos los casos los personajes aparecen como perpetuándose en un gesto muy propio, como aferrándose con ese gesto a una especie de familiar y módica eternidad. Y que otros personajes han aparecido también, como el flaquito Peña con su desnutrida espalda llena de ventosas, o el doctor Liborio Menéndez padre, con su Dodge color borravino modelo 1929, y con un par de novelitas pornográficas bajo el brazo. Pero el autor no quiere detenerse en estos detalles.

En cambio se preocupa por mostrarnos la transformación cada vez más notable de Corti. El manifiestamente vulgar farmacéutico de los primeros capítulos se ha vuelto un individuo atormentado, hosco, obsesivo. Descuida su aspecto (el autor lo muestra ahora siempre barbudo, ojeroso y mal vestido). Descuida su farmacia, que se viene abajo de mugre, de deudas y descarados robos del dependiente. Dice que está como "poseído". Vive sólo para cumplir una absurda misión. Para soportar una carga que no buscó, más aún, que hasta último momento se resistió a llevar (el autor hace una crudita referencia a Jeremías 1,6, cuando el profeta, bastante precavido al principio, quiere esquivarle el bulto al peliagudo mandato de Jehová).

Lo cierto es que Corti adelanta muy poco en su misión. Los especialistas ya lo conocen y directamente le escapan.

119

Cada vez le resulta más difícil conseguir una entrevista aun con científicos de tercer orden. Pasa semanas sin ver a nadie. Por las noches se mete en el primer boliche que encuentra y chupa hasta quedar rendido. Continúa el autor describiendo los estragos que la misión, o tal vez la ginebra, han hecho en Corti. Y para ejemplificarlo señala al lector que observe cómo tiembla el pulso de Corti en el momento en que está anotando algo en su famosa libreta. La libreta está ahora repleta hasta la última página de borroneados nombres y direcciones, sucia, desencuadernada y sin tapas. El autor insiste en que vale la pena observar lo que, con pulso tembleque, está anotando Corti. Es un apellido alemán precedido por la palabra doctor. Después, una despareja línea horizontal, y abajo, una dirección y una hora. Es decir: todavía una entrevista que Corti ha conseguido vaya a saber cómo. La cita es a la diez de la noche. Son todavía las ocho y se lo ve a Corti ansioso, impaciente, sin saber qué hacer con esas dos horas. Camina por Rivadavia hacia el oeste, se mete en algún bar, toma un par de ginebras, vuelve a caminar, a veces saca la libreta del bolsillo y la lee. El autor no aclara la ausencia de su Fiat 600, pero se supone que lo ha vendido o se lo han embargado.

Y a las nueve y media en punto ya se lo encuentra a Corti esperando a su doctor de apellido alemán, en el lugar de la cita. El lugar resulta algo insólito: un mugriento boliche de Liniers. Lo probable es que el científico, o lo que fuera, por precaución, o por reparos de tipo profesional (recordemos que Corti es una figura conocida en ciertos ambientes) ha preferido este sitio apartado y poco conocido.

A eso de las diez Corti ya se ha tomado otras tres ginebras y ha revisado por lo menos veinte veces su libreta. Se revuelve en la silla, mira continuamente hacia la puerta, consulta el reloj, se pasa la mano por la transpirada frente, mueve los labios y murmura cosas incomprensibles. El autor dice que en cierto momento duda que su hombre llegue a la cita y eso lo desespera. Sin una razón particular Corti cree (está absolutamente seguro) que ésa es su última oportunidad. El narrador habla del límite de su resistencia, de neurosis o de locura. Vagamente insinúa un desenlace trágico a su estado depresivo. Habla, se supone que con motivo, de "última tabla de salvación".

Y así, a las diez y veinte, con la última tabla aún sin llegar, está por terminar el capítulo, cuando un gordito sonrosado, rubio, con anteojos y de aspecto almidonado, se acerca a la mesa de Corti, golpea los talones, inclina rápidamente la cabeza y tiende la mano a Corti presentándose: doctor Arturo Schlesinger.

En el capítulo veintidós siguen los mismos personajes y el mismo escenario del capítulo anterior. Pero el autor nos informa que han transcurrido por lo menos dos horas de entrevista. Corti, que ha empezado con varias copas encima, y después ha seguido tomando, habla y habla sin parar un momento. Gesticula, deja caer con desesperación las manos sobre la mesa, o levanta los ojos al techo, o acerca su cara a la del gordito que se retira con visible molestia. Corti repite obsesivamente las palabras "enfermedad", "fichas", "recuerdos fundamentales" e "im-pe-rio-so man-da-to". Con alguna dificultad, pues la lengua no le responde, hace un tremendo lío con la señora Mary, el héroe Manuel Belgrano, el ciego Costita y una bandada de hermosas capelinas llevadas por el viento. Más dificultosamente aún intenta exponer ante el compuesto doctor Schlesinger, algunas teorías basadas en caracoles con espantosas protuberancias, sesos demasiado grandes, latas venenosas y una escasez terrible de cebolla. Todo esto mechado con maniáticos "me comprende", "se da cuenta", "fíjese bien ahora", "escuche lo que le voy a decir", y sacudidas y apretones en el brazo del doctor Schlesinger. El doctor Schlesinger sonríe nerviosamente y mira lleno de vergüenza a un lado y a otro. En cierto momento le ruega a Corti que baje un poco la voz. Corti dice que sí, pero continúa hablando fuerte y gesticulando igual que antes. Entonces, el doctor Schlesinger, que no sabe cómo frenarlo, quiere por lo menos salvar las apariencias e intenta establecer una irónica distancia con su interlocutor. Y sonríe, sonríe a cada momento, sonríe maliciosamente al tiempo que mira a su alrededor como buscando cómplices. Pero ocurre que el único cómplice que encuentra a tiro es un señor anciano, bajito, delgado, de perita blanca, cuyos ojos oscuros, vivísimos e inteligentes no parecen responder a su angustioso llamado a la complicidad. Al contrario, el anciano señor ha dejado el diario abierto sobre la mesa y mira hacia los dos hombres (hacia más allá de los dos hombres) con expresión abstraída.

Corti habla demasiado fuerte como para que el anciano señor no lo escuche, pero aun así, la expresión de este señor no cambia. Ni siquiera cuando Corti, que no lo ha visto, con desesperación de borracho, toma de los hombros al doctor Schlesinger y le grita que le conteste, que "tiene la obligación" de contestarle, que seguramente él sabe muy bien de qué se trata y ahora mismito se lo va a decir. "Míreme", dice golpeándose el pecho, y con la cara muy cerca del doctor Schlesinger, le pregunta si le ve "cara de macaneador". Y de nuevo, explica el hombre, se larga a hablar del flaquito Peña, de los doscientos cuarenta y nueve bombazos para llenar el tanque, de un sacapuntas que en realidad eran dos porque figuraba en dos fichas, de la voz de Perón, de un virus llegado del espacio pero que bien pudiera ser la alimentación carnívora, y de una muchacha de ojos grises bajo una lámpara azul, de la cual él estaba perdidamente enamorado.

El gordito hace amago de despedirse pero Corti lo aferra del brazo. Como último recurso intenta "meterle miedo", dice el hombre. Le hace saber que todos nos podemos enfermar, le cuenta el caso de Haití, y el caso del boliche de San Martín, y, con gesto de asco, se larga a describir al propio doctor Schlesinger, "tirado por ahí como un perro sarnoso y contando sus boludeces a los piojos". El gordito no aguanta más; se mira la muñeca, da una vaga explicación sobre cenas y familias esperando, se despide, y más que apurado, se va. Corti hace ademán de levantarse y correrlo, pero sea porque las piernas no le responden, o porque realmente se declara vencido, cierra los puños y se deja caer como un bulto sobre la silla. Se sujeta la frente con las manos, balbucea cosas (el autor no se atreve a asegurar si son insultos al doctor o a su miserable destino, o simples pucheros de borracho). Se queda un largo rato inmóvil, después toma el último trago de ginebra, llama al mozo, paga, y con la mirada turbia y el paso inseguro, se va caminando hacia la puerta. Al hacerlo, pasa junto al señor de la barbita que, ahora sí, no le quita los ojos de encima. Corti sin saber bien para qué, se detiene y se queda mirándolo. El autor no aclara cuánto tiempo queda Corti en su bamboleante posición. Hace notar, en cambio, que el anciano señor, en un gesto que puede ser o no casual, deja el índice apoyado sobre un pequeño titular del diario. El titular menciona algo sobre ensayos atómicos o conferencias de desarme. Y que después, en el momento en que Corti gira pesadamente su cuerpo para continuar su camino, oye a sus espaldas la cálida voz del señor de la barbita que dice o que le dice: "la especie se defiende".

Corti no se vuelve, pero esas palabras, la voz del anciano señor diciendo esas palabras, le ronronea de extraña manera en la cabeza y en el alma. Repite las palabras en voz alta, trata de entenderlas, las deja vibrar largamente en sus oídos. Antes de llegar a la puerta Corti "siente", según el hombre, como una "iluminación súbita", y prodigiosamente comprende, con pavor, su significado.

Se da vuelta y mira hacia las mesas para buscar al anciano señor, pero no lo encuentra. Su mesa está vacía. Sobre ella ha dejado olvidado el diario.

Era el momento de escribir, debajo de esta última frase, la palabra fin. El autor, en cambio, insiste todavía con un llamado epílogo, afortunadamente breve. En él intenta explicar, para que al lector no le quede ninguna duda, el significado de las palabras del anciano señor. La explicación, cualquiera se da cuenta, está demás, y quita sugerencia y profundidad al relato.

Se explaya también en otro tipo de aclaraciones, tal vez menos inútiles. Por ejemplo: una que se refiere a Bolaño. Según el autor, Bolaño padecía, a su manera, la enfermedad, es decir: la "inexplicable" lucidez de Bolaño era también, indudablemente, una voz de alerta de la especie. Y lo mismo Corti, quien, sin comprender en absoluto su misión, se lanzó a ella movido por los mismos inexplicables impulsos.

Llega entonces el postergado punto final y la palabra FIN. No deja de ser notable que en ningún momento se le haya ocurrido al autor que su propio, y también inexplicable, empecinamiento en relatar toda esta absurda historia pudo ser (lo fue efectivamente) un tañido de alarma, una simple forma que tomó la especie para defenderse.

Aquí llamando

¡Tanto para contar! Por ejemplo lo del tipo de Puente Saavedra. En realidad ahora me parece importantísimo hablar del tipo de Puente Saavedra, casi diría que es imposible dejar de hablar del tipo de Puente Saavedra, un tipo a quien yo terminé sintiendo profundamente hermano, a consecuencia, supongo, de muchas cosas, pero sobre todo a partir de aquella vez, cuando, olvidando aquella especie de consideración o de recato que siempre había tenido, fui a meter la nariz en esa zona tácitamente vedada de su piantadura. "Hermano, hermano hasta las pelotas", me acuerdo que pensé esa vez, y también pensé que tenía que ir y decírselo, a lo mejor pasarle la mano por el hombro y decírselo, pero eso inmediatamente después de haber mirado lo que no tenía que mirar, sólo porque un ratito antes yo había bajado del colectivo en la Avenida Maipú, junto al Puente Saavedra, sin ninguna intención de ir a buscarlo, claro, y el tipo estaba allí, firme como siempre, cocinándose al sol de mediodía, medio escondido detrás del puesto de diarios y transmitiendo.

Pero voy a tener que contar bien, voy a tener que decir bien qué hacía, cómo transmitía y qué cosas transmitía ese tipo de Puente Saavedera a quien yo alguna vez pensé que debí llamar hermano, y a quien sin embargo nunca se lo dije, así como alguna otra vez tampoco le dije que quería que supiera que yo, y el mundo, estábamos recepcionando perfectamente, y que sus importantísimos mensajes cabalgaban airosos por el éter y llegaban nítidos, y ardientes, y centelleantes de júbilo a los oídos de todos los hombres y las mujeres del mundo, especialmente al oído de las mujeres hermosas, de hermosos ojos, y culos tan hermosos como los que pasaban lentos, o raudos, o majestuosos, o tremolantes, pero de todas maneras ajenos a nosotros (al tipo de Puente Saavedra y a mí) por la vereda de la Avenida Maipú; y que las mujeres hermosas, al oír los mensajes, que llegaban aleteando sobre las ondas del éter, al momento se llenaban todas de emoción y sonreían, y se les humedecían los hermosos ojos de hermosísimas lágrimas, y soñaban todas con los conmovedores mensajes que les enviaba un tipo engominado y silencioso desde atrás de un puesto de diarios, junto al Puente Saavedra.

Todas cosas esas que jamás me atreví a decirle al tipo de Puente Saavedra, del que nunca llegué siquiera a conocer su verdadero nombre, de modo que cada vez que pienso en él, o hablo de él, o quiero sencillamente compararme con él, a la fuerza tengo que referirme a "ese tipo de Puente Saavedra", decir así nomás, "el tipo de Puente Saavedra", en lugar del nombre; y si a alguien se le ocurre preguntarme que cómo era, tengo que contestar que era un hombre de unos cincuenta años, con ligera pinta de croto; solamente ligera, me veo obligado a aclarar casi siempre, porque más bien parecía simple mishiadura de reo venido a menos, y más que nada, descuido en el vestir debido principalmente a la afanosa, enajenante y nunca interrumpida tarea que la vida le había impuesto, y de la que después voy a hablar. Pero bastante atemperada o disimulada la pinta de croto por una increíble biaba de gomina, o a lo mejor, de jabón de lavar, que le aplastaba cafishescamente sobre la nuca la porra mugrienta y cobreada por el sol.

Pero no era eso, digo, su pinta (ligera) de croto, ni su porra, ni los dos o tres puchos que, en los pocos momentos de descanso que se permitía, sacaba del bolsillo del saco marrón para armar hábilmente e indolentemente un cigarrillo con un pedazo de papel de diario que también sacaba del bolsillo; no era naturalmente nada de eso lo que me empujaba a llamar hermano a ese tipo de Puente Saavedra, sino que la cosa más bien era despertada por su extraña y piantadísima tarea, de la cual dije algo cuando conté que transmitía, y ahora agrego que transmitía desde la mañana hasta la noche, en invierno y en verano, con fríos tremendos o en medio de un calor que derretía las baldosas, siempre desde su mismo lugar de transmisión detrás del puesto de diarios, recostado contra la columna y casi junto al cordón de la vereda de la Avenida Maipú; apenas con los breves momentos de descanso para armar los cigarrillos y fumarlos con la mirada puesta en sus herramientas de trabajo, o tal vez aprovechando la pausa para ajustar algún desperfecto en esas insustituibles herramientas de trabajo, las cuales consistían fundamentalmente en el aparato transmisor propiamente dicho, en un bolso mugriento lleno de cartones o cajas desarmadas recogidas en las puertas de las tiendas, y en un cachito de lápiz que el tipo de Puente Saavedra manejaba con la zurda y que cuando no usaba se lo colocaba detrás de la oreja con ese gesto natural, pero también canchero y displicente, de los cancheros y displicentes guardas de otros tiempos.

Y con todas esas herramientas, pues, transmitía en horario corrido desde las ocho de la mañana hasta las ocho de la noche, mientras la cuadra de la Avenida Maipú hervía de gente; de gente que iba y venía, y hormigueaba, y cucaracheaba, y caracoleaba, y miraba vidrieras, y hacía colas, y corría colectivos, y gritaba, y vendía diarios, y medias, y baratijas, y aparatos para enhebrar agujas, o para cortar hermosamente las remolachas y las zanahorias, mientras el diariero chacoteaba con el lustrador, y la boliviana acuclillada a dos metros de él ofrecía dulcemente sus ajos y sus limones, mientras los colectivos casi lo rozaban al pasar, y los motores roncaban, y los bocinazos aturdían, y el violento olor de la pescadería apestaba todas las narices del mundo, y de tanto en tanto pasaba un entierro hacia el cementerio de Olivos, mientras los colorinches y los letreros de las vidrieras insistían en cosas como "precios rebajados", o "increíbles ofertas", o "estamos regalando", y mientras los hermosos culos pasaban y seguían pasando, y agitaban el aire con sus gloriosos y siempre sorprendentes movimientos, o sea mientras el universo entero burbujeaba, y chisporroteaba, y se desgañitaba a su lado, él, el tipo de Puente Saavedera, como ausente con aviso de toda esa hermosa, bullente y putañera vida de la Avenida Maipú, transmitía incansablemente sus mensajes. Sus insistentes, emperrados y solitarios mensajes que escribía primero con el cachito de lápiz manejado con la zurda en uno de los cartones que había sacado del bolso, y que después por medio del aparato transmisor, lanzaba a volar o a patinar vertiginosamente sobre los toboganes de las ondas hertzianas hasta llegar a los oídos de todos los hombres y las mujeres (hermosas) del mundo, o tal vez sólo a algunos importantes y estratégicos centros de recepción ubicados en Londres, en Casablanca, o en Bagdad, o tal vez hasta un único y todopoderoso centro de recepción, oído infinitamente sabio, que recogía, interpretaba e inmediatamente mandaba ejecutar sus urgentes mensajes, sin los cuales todo el Universo comprendida esa movediza cuadra de la Avenida Maipú, hubiera quedado espantosamente sumido en el caos y la desolación.

Pero todas ésas eran cosas que más bien yo imaginaba, o que quería imaginar porque, para no macanear demasiado, hay que decir que, según todas las apariencias, el transmisor, por más manuable y práctico que fuese, no era capaz de hacer llegar sus marconigramas más allá de la boliviana que vendía limones; o sea que (siempre según las apariencias, debo aclarar) no transmitía un pito, pues el aparato consistía en un alambre doblado en la punta, y en un pedazo de vidrio sobre cuya superficie el tipo de Puente Saavedra golpeteaba rítmicamente, la mirada todo el tiempo puesta sobre el cartón recientemente escrito, de manera de no equivocar una sola letra en la transmisión que duraba, minutos más, minutos menos, una media hora. Y esta larga y regular duración, unida a mi ignorancia sobre el alfabeto Morse, me inducía a pensar que el mensaje encerraba ocultos códigos que luego debían ser traducidos, por medio de extensos párrafos, al vulgar idioma de los hombres; o que el tipo de Puente Saavedra repetía una y cien veces el mensaje hasta estar bien seguro de que el único y todopoderoso centro de recepción se lo había escuchado perfectamente e interpretado como Dios manda.

Un pedazo de vidrio, dije, un pedazo de vidrio desparejo, resto de una ventana debía ser, ya que, a pesar del manipuleo, todavía conservaba en un costado la marca de la masilla; y un alambre medio chueco, con la punta doblada en ángulo recto, de modo que martillara seca y precisamente sobre la superficie del vidrio. Pero eso al principio, porque después, a medida que pasaban los meses, el aparato se fue poco a poco perfeccionando, y el vidrio se convirtió en un vidrio grueso, biselado, seguramente cortado en vidriería, perfectamente rectangular, y del tamaño justo para sujetar en la palma de la mano; y el alambre fue mejorando su forma y su terminación hasta que un buen día apareció reemplazado por una complicada y elegante pieza de metal accionada a resortes, lo que permitía, si se la tocaba con la yema de los dedos, un golpeteo rítmico y parejo, seguramente mucho más eficaz que el ejecutado en los modelos anteriores algo berretas.

Y claro que todas estas cosas aportaban lo suyo para que yo lo sintiera algo así como colega y tuviera ganas de llamarlo hermano, porque era fácil imaginarlo al tipo de Puente Saavedra armando pacientemente por las noches aquella hermosa pieza de metal con sus resortes sacados vaya a saber de donde, o recorriendo tachos de basura, o baldíos, o demoliciones, para encontrar el pedazo de vidrio con el grosor adecuado a las necesidades de una transmisión perfecta, y, en una de esas, llegando hasta un taller de vidriería y, con hosca y piantada timidez, pidiendo que se lo cortaran y se lo biselaran, y se lo pulieran, hasta lograr el vidrio exacto y maravilloso que ahora, con satisfacción pero sin vanidad, empleaba en sus largas y fructíferas jornadas de transmisión desde atrás del puesto de diarios de la Avenida Maipú.

Largas, porque el trabajo empezaba tempranito y terminaba bien entrada la noche, siempre y cuando no se le hubieran agotado los cartones, en cuyo caso desaparecía en busca de esos elementos tan indispensables para la transmisión, o sea, de los primeros depositarios de sus mensajes, hasta que después de un rato volvía con el bolso repleto de cajas desarmadas de distintos colores, lo que le permitía continuar la transmisión hasta el final, sin esas angustias que la escasez de cartones suele provocar.

De veinticinco minutos a media hora, ya lo dije, para dar por transmitido el mensaje, después de lo cual, el cartón utilizado debía ser, en algunos casos, minuciosamente cortado en pedacitos y tirado a la alcantarilla, y en otros casos —seguramente los más importantes, los colacionados— guardado cuidadosamente en el bolso, antes de sacar de allí, de ese preciado bolso, un nuevo cartón no mancillado aún, página virgen capaz de recibir inmediatamente los cuatro o cinco renglones de letras grandes, cuadradas y firmes que constituían el texto del mensaje, escritos con el cachito de lápiz recuperado de atrás de la oreja y manejado rápida pero concienzudamente por su mano zurda. Cuatro o cinco renglones, nunca pasaban de seis, y las letras, grandes, enérgicas, de trazos muy entrecruzados, parecían de imprenta, y abajo de todo, a veces, una especie de firma.

Mensaje que enseguida empezaba a transmitir, el cartón sujeto entre el vidrio modelo de luxe y la palma de la mano izquierda, al tiempo que el elástico aparatito de metal, hábilmente tocado por las yemas de la mano derecha, golpeaba gloriosamente sobre la superficie del vidrio, convirtiendo en innumerables punto-raya, punto-raya, las insondables (para mí) palabras escritas en el cartón, enviándolas por la vasta cabellera del éter hacia los oídos de la humanidad, o tal vez hacia el único y omnisapiente oído que en esos momentos, por medio de esos mensajes, evitaba el despelote total del Universo y de la Avenida Maipú.

Ilegibles desde donde yo los miraba, y por lo tanto

misteriosos para mí aquellos cuatro o cinco renglones escritos con viriles trazos de la zurda, porque además, ya lo dije, siempre me pareció una especie de deshonestidad, de impudicia o qué sé yo, acercarme por atrás al tipo de Puente Saavedra y, con relativo disimulo, leer el texto de sus mensajes. Cosa no muy difícil por otra parte, ya que la total entrega del tipo a su trabajo, y su misma piantadura, no exigían demasiadas prevenciones, por más que el lugar elegido para transmitir —el pequeño espacio entre la pared metálica, marca "Los Celtas", del puesto de diarios, y el cordón— unido a cierta posición evidentemente buscada por el tipo, ocultaban bastante bien sus manipuleos a la mayor parte del moviente graserío de la Avenida Maipú. De todas maneras y durante mucho tiempo, me resistí a espiarle sus cartones al tipo de Puente Saavedra. Y era que yo pensaba que mirar, apoderarme del texto de sus seguramente piantados mensajes, era como poner, delante de mí, de mi irreverente mirada, algo así como la esencia misma de su piantadura o, para decirlo con otras palabras, como mirarlo en pelotas, o peor, como si uno, escondido, se quedara mirando cómo un tipo habla solo, o hace morisquetas frente al espejo, o se masturba; comparación esta última no del todo caprichosa si se la miraba bien, porque algo seguramente de paja tenía aquella solitaria y mentirosa comunicación, aquel esconderse a medias de la gente como ocultando un irreprimible vicio, aquel ignorar y desentenderse de toda aquella palpitante, y caliente, y putañera vida de la Avenida Maipú, permanentemente surcada y vuelta a surcar por los más hermosos culos del Planeta.

Así que por mucho tiempo, y por motivos que podríamos llamar de pudor y de respeto por la piantadura ajena, jamás quise acercarme a mirarle de cerca sus cartones al tipo de Puente Saavedra. Lo que no me impedía que, muchas veces, al verlo allí con su asombrosa biaba de jabón o de gomina aplastada contra la nuca, friéndose como un pescado bajo un rabioso solazo de febrero a mediodía, o congelándose y con las manos amoratadas y templeques,

pero siempre golpeando el aparatito contra el vidrio a todo
vapor, muchas veces, digo, con impaciencia me preguntara
qué carajo dirían aquellos cartones que tanto lo preocupa-
ban al tipo de Puente Saavedra, hasta el punto de hacerlo
olvidar del calor, y del frío, y de las mujeres, y de la vida
misma que, como un gato sobón, lo rondaba, y lo rozaba, y
se frotaba en él sin que el tipo acusara el menor asomo de
querer meterse en el hermoso jaleo de esa vida, como cualquier honesto ciudadano.

Y también me ocurría que por ahí me pusiera a imagi-
narle diversos contenidos ocultos a los cartones, de acuerdo
con lo que, yo suponía, debía pasar por el mate evidentemente revirado del tipo de Puente Saavedra. Contenidos
que iban desde el imperioso reclamo de la guita adeudada
o afanada por un cuñado tránsfuga, hasta el de un mano
a mano con el Altísimo acerca de los pecados y prevarica-
ciones de esta piojosa humanidad; pasando por supuesto
por el urgente y lacrimoso mensaje a la mina fugada del
bulín, "volvé Matilde que tu Grone te espera", o algo así,
o por el bravo y conminante pedido de aclaración dirigido
vaya a saber a qué jefe o funcionario seguramente flor de
hijo de puta, pedido de aclaración que naturalmente terminaba con un rotundo "colaciónese".

Y así, con algún esfuerzo, iba resignándome a mi ignorancia hasta que un día sucedió lo que tenía que suceder:
por motivos que voy a tratar de aclarar me picó más que
otras veces el bichito de la curiosidad, durante unos minutos no le dí la menor bolilla a eso del pudor y del
respeto, me acerqué como un ladrón, y le eché al fin una
ojeada a los misteriosos cartones. Me acuerdo que estábamos cerca de fin de año, en vísperas de Navidad o de
Año Nuevo, y que la gente remolineaba como nunca por
la Avenida Maipú. Me acuerdo también que apenas había
pasado el mediodía, que hacía un calor infernal, y que,
a consecuencia de uno de esos aburridos e inevitables
festejos con los compañeros del trabajo, yo venía con
unas copas encima. Tal vez por eso, cuando bajé medio
inseguro del colectivo y me encontré de sopetón con el

tipo de Puente Saavedra del otro lado de la calle, sin pensar lo que hacía, me fui derechito (es una manera de decir) hasta el puesto de diarios. Me le planté delante con ese desparpajo o irresponsabilidad que suele dar la semi-curda, y me quedé mirándolo. El tipo evidentemente acusó mi presencia porque me miró apenas de reojo, se ladeó sobre la columna, y continuó muy pancho su transmisión, el cartón y el aparato transmisor casi ocultos por su saco marrón. Entonces, tal vez medio amoscado por su actitud, hice lo que tantas veces mi honestidad no me había dejado hacer: dí un rodeo, me colé entre la gente, aparecí, creo que sin demasiado sigilo, por el lado donde el tipo no podía verme, y miré.

Y al mirar, al enterarme, conmovido y asombrado, del contenido de sus cartones, fue cuando por primera vez me dieron ganas de pasarle la mano por el hombro y decirle hermano, de gritarle aquello de "hermano, hermano hasta las pelotas", y hacerle saber que todos comprendíamos la fundamental importancia de su tarea, que sin ella, sin sus golpeteos vibrando fervorosos en el aire con olor a pescado de la Avenida Maipú, al Universo sin duda le hubiera faltado un cachito, o tal vez se hubiera venido nomás abajo, como una pila de latas de sardinas, hubiese arrastrado en su catastrófica caída todo aquel despreocupado y descreído mundo de la Avenida Maipú.

Porque lo que vi mientras me afirmaba en el puesto de diarios, y quedaba colocado detrás del tipo de Puente Saavedra, y torcía el pescuezo para que no se me escapara nada de lo que decía el cartón, lo que vi sobre ese cartón de revés amarillo, sujeto entre la palma de la mano izquierda y el vidrio, no fue un reclamo de guita, ni un mensaje a Dios, ni un furibundo colacionado, ni siquiera un doloroso mensaje a la mina, sino otra cosa, algo que era poco menos que nada: unos irreconocibles garabatos, una mescolanza de espirales y ángulos entrecruzados, un merengue en fin de líneas sin sentido que, sólo a mucha distancia y con la ayuda de mi mala vista y de mi piantada imaginación, podía tener una remota apariencia de letras

135

dispuestas en renglones.

Y justo en ese momento entonces, y más que nunca, la necesidad de llamarlo hermano, de pasarle la mano por el hombro y decirle que yo también, que a mí también hermano. Y después aquella especie de regadera o confesión, mientras el tipo de Puente Saavedra, indiferente a mi mirada —probablemente fraternal, o enternecida, o cómplice— seguía golpeando y golpeando su aparatito bajo el rabioso sol de mediodía; aquella desesperada confesión, nunca escuchada por el tipo de Puente Saavedra porque realmente nunca me animé a decírsela, aquel desolado palabrerío en silencio, tal vez nacido de la semi-curda, donde clamaba algo así como que yo también, que a mí también, hermano, lo único que me va quedando son estos emputecidos llamados, estos revirados, cargosos aullidos de socorro; ahí estás vos con tu obsesivo tac tac, tac, transmitiendo desesperadamente, en un aparatito de grupo, un oscuro mensaje que seguramente nadie puede comprender, ausente de la vida, te dije, sí, pero dejando la vida en esa disparatada, única tarea; aquí estoy yo, con mi podrida soledad, y mi pelotudez insigne, y mi neurosis, y mis cincuenta años, inventándome historias, tac tac, tac, apilando palabras, rebuscando por medio de este remedo absurdo de la vida los misteriosos puntos de contacto, los escondidos vasitos comunicantes, los escasísimos sonidos aptos para el acorde, los capaces de combinarse con los otros también escasísimos sonidos y entonces vibrar y resonar adentro de tu prójimo aunque sea por un cachito de segundo. Medio complicada la manera de que nos den pelota, nos dirán, y es cierto, complicada, y absurda, y nada natural, y revirada, pero aparentemente la única que nos queda, no es cierto. O sea ese fanático y empecinado chorro de calentura estrellado contra la superficie del vidrio, tac tac, tac, o contra la hoja de papel, tac tac, tac, con la esperanza de que, vaya a saber por qué ley de transformación de las calenturas, se convierta en la otra, en la calentura honesta, normal y comunicante, y entonces meta llamar, meta y meta golpear el aparatito contra el vidrio, las teclas de la máquina contra el papel, tac tac, tac, como si estuvieras golpeando la puerta del vecino, tac tac, tac, no tu podrida soledad detrás de un puesto de diarios de la Avenida Maipú entonces, no los emputecidos llamados, sino lo otro, el revirado intento de recrear la vida, las palabras golpeadas contra el papel o contra el vidrio a ver si en una de esas salta, no me preguntes cómo, la esperada chispita, la nota justa para el acorde, el escondido vasito comunicante, tac tac, tac, los insistentes telegramas, tanto para contar les digo, y las palabras, las queridas, las odiadas palabras, las historias, las absurdas, golpeteantes, llamadoras historias. Esta historia.

El 42 y las lentejuelas

A Marga

Lo del terciopelo naranja no era para calentarse mucho de movida. Porque entre las lentejuelas verdes, amarillas y tornasoles, el bordado del número 42 en azul marino, los corazones de fieltro, los flecos blancos y colorados, y algunos otros materiales que yo más o menos tenía calculado, como ser un par de espejitos si venían al caso, o unas argollitas de metal para entreverar con los flecos, que también podrían ir, el terciopelo naranja por más vistoso que fuera, a mí me parecía que no. Más que la única estampita de seda con la figura de San Cristóbal que pude conseguir era medio tirando a rosada. Así que francamente no se me ocurría dónde encajar ese terciopelo naranja.

Pero el viejo Tomás tiene sus salidas. Y con el tiempo yo me acostumbré a respetárselas. No que me insistiera ni nada de eso porque no es hombre de cargosear. Pero resultó que lo había visto en una vidriera y le pareció que me podía servir. Entonces, sin pensarlo dos veces, lo había comprado, y me lo había traído envuelto en un paquetito. "Gran puta si va a quedar lindo", me dijo.

De modo que tanto por no desairarlo al viejo yo me puse a calcular qué podría hacer con el terciopelo naranja. Me fui caminando despacio para el bulín, y todo el camino pensando cómo me las arreglaría para combinarlo con las lentejuelas, y la seda azul, y los corazones, y el celeste del fondo, y el color medio rosado de la estampita. A veces me enculaba un poco y me decía: si por ahí me sale la manera de que quede bien, lo pongo. Si no, me seguía diciendo, la amistad y el agradecimiento y el respeto por el viejo, es un asunto; y el gusto por el trabajo es otro asunto. Y el viejo sabe bien que en estas cosas no se puede transar. Porque la única vez que transé, me parece, él fue el primero en ponerme una cara de nada que a mí me hizo sentir poco menos que el último de los chantas. Y últimamente, me volvía a decir, ya medio abriéndome el paraguas, si en una de esas, mañana le digo al viejo que no le metí el terciopelo porque no lo ví, o porque no me salió de adentro, o porque no me decía nada, el viejo me va a decir: "está bien, Rengo", o "vos sos dueño", o "cualquier día le vas a encontrar el guay". Porque el viejo entiende bien y sabe cómo funcionan estas cosas.

Llegué a la pieza entonces, y ya medio olvidado del terciopelo naranja, me alisté a trabajar. Coloqué todos los materiales a mano, las cajitas con lentejuelas, el ovillo de seda, el paño del fondo, en fin, todo. Hasta un lápiz y un cacho de papel, por las dudas. Que me disculpara el viejo, pero tengo que confesar que ni me acordé de abrir su paquetito.

Bueno, desparramé como dije los materiales, y como siempre, les fui echando una ojeada despacio, a uno por uno, como preguntándoles, o escuchándolos. Después me quedé quieto, encendí un cigarrillo, y esperé a ver qué me decían.

No alcancé a dar dos pitadas, cuando, clarito, como si ya lo hubiera sabido desde antes, o como si alguien me lo estuviera cantando, me di cuenta de todo lo que tenía que hacer. Y allí nomás, como en un chispazo, se me apareció lo del reborde en terciopelo naranja. Y entonces, sobre el pucho, pensé que a algunas mariposas les iría a poner un poco de terciopelo naranja para que hicieran juego. Y a lo mejor también, un toquecito dentro de los números, pero eso después se vería.

O sea que ya sabiendo más o menos para dónde iría a rumbear, dejé el papel, agarré lo que iría a ser el paño del fondo, y me puse a trabajar. Calculo que serían las diez de la noche.

Estaba queriendo amanecer cuando me pareció que la base ya estaba casi lista. Quiero decir, la forma general ya cortada, con el San Cristóbal abajo, y el número 42 grande arriba, las marcas donde iban a ir las mariposas, y las marcas para los corazones de fieltro (que al final no los puse), las lentejuelas verdes del borde, que después iría a terminar con una tirita de terciopelo naranja, y los flecos, en el caso que decidiera ponerle flecos.

Entonces, aunque no tenía nada de sueño, largué. Corté un poco de salame, tomé un trago de vino, me fumé el último cigarrillo mientras oía cantar los gallos, y me tiré a dormir.

Me desperté inquieto mucho antes de mediodía. Mientras calentaba el agua para el mate me puse a mirarlo. No estaba bien. A primera vista parecía que sí pero había algo que no andaba. No me podía dar cuenta qué era. Me apartaba, le tapaba una parte y le tapaba otra, le agregaba y le quitaba cosas, lo tendía sobre la mesa, y lo colgaba de la pared. Casi toda la tarde se me fue así, mirando y mirando como un boludo sin poder hacer nada. Me decía: a lo mejor será cuestión de seguirlo nomás, y ya va a aparecer más tarde el defecto, si es que tiene un defecto. Pero no había caso. No podía. Y miraba, y volvía a mirar, y más de una vez tuve ganas de mandar todo al carajo, y más de una vez me pregunté quién me había mandado a mí meterme a hacer esas boludeces.

Fue a la nochecita recién. Ya estaba por plantar todo y mandarme a mudar al boliche, cuando de golpe y como por milagro, se me aclararon las cosas. Y vi que eran los números. Exactamente el azul de la seda de los números que resultaba demasiado oscuro, casi negro, y me rompía toda la combinación. Así que no había más remedio que cambiarlo. Sí, pero cambiarlo por qué, me preguntaba. Al principio pensé en otro azul. Pero yo no lo tenía, y quién sabe si lo iba a encontrar en la tienda. Entonces pensé en las lentejuelas azules que, aunque eran un poco grandes para el tamaño de los números, me daba justo el tono, que tenía que ser un azul marino tirando a turquesa. Pensé que podía hacer un poquito más grandes los números, pero también pensé que, en ese caso tenía que modificar las alas de las mariposas que los abrazaban por los costados. De otra manera, todo el centro iba a quedar muy cargado.

Me metí pues a deshacer. Saqué lentejuelas y puse lentejuelas. Agrandé, achiqué, recorté, añadí. Modifiqué prácticamente todo porque una modificación obligaba a la otra. No descansé hasta que lo vi otra vez bien encaminado. Serían las once más o menos. Dejé las cosas como estaban y rumbié para la fonda.

En la fonda me encontré con el viejo Tomás. No me preguntó nada sobre el trabajo. En cambio dio un rodeo y me empezó a hablar de aquella vez que, cuando muchacho, ayudó, por unos meses, a pintar los telones en un teatro. Y me volvió a hablar de cómo preparaban la pintura y de cómo ataban los pinceles en la punta de palos larguísimos, y cómo él le alcanzaba los tachos a un italiano que le regalaba libros, y le hablaba del "supremo ideal", y de la "fuerza libertaria de la belleza".

Le agradecí por dentro que no me hiciera preguntas. Tal vez por eso, entre una cucharada de sopa y otra, le dije: "Va saliendo". "Ajá", me dijo el viejo, y se puso a frotarse la barba haciéndose el distraído. A lo mejor por si yo soltaba algo más. "Va saliendo lindo, me parece", le dije. Se sonrió, y me llenó el vaso de vino. Del terciopelo naranja, ni una palabra. Levantó la copa como para chocar, pero salió hablando no sé qué de un aviso de televisión que pasaban en ese momento.

Es que el viejo sabe que no se puede hablar mucho de lo que uno está haciendo. Porque hablar es como una trampa, me dijo una vez. Y yo creo que tiene razón. Así que terminamos de comer, nos quedamos mirando un rato la televisión, y no volvimos más sobre el asunto.

Esa noche, al volver a la pieza, decidí meterle hasta bien tarde. Seguí con las modificaciones que había empezado. Se me ocurrió después lo del relleno para darle relieve a una parte, y se lo puse. Me calenté bastante con el trabajo,

144

y algunas partes quedaron definitivamente listas. Cuando largué, me pareció que todo andaba bien, y que ya me faltaba poco para terminar.

Al otro día, en cuanto abrí los ojos, lo primero que hice fue sentarme a mirarlo. Ni había encendido el cigarrillo siquiera. Tenía miedo de volver a encontrarle un defecto como la otra mañana. O peor todavía. Que, de pronto, se me apareciera, allí sobre la mesa, un frangollo espantoso que la calentura de la noche no me había dejado ver.

Por suerte no. Lo miré, y me pareció bien. Me pareció que todo estaba justo y en su sitio. Era cuestión de meterse a terminar algunos detalles y de veras quedaría listo. Me largué de cabeza entonces. Sin titubear, sin pensar en nada más. Y a la tardecita de ese mismo día el trabajo estaba terminado.

Me quedé echado en la cama, mirándolo. Después me levanté, volqué un poco de ginebra en un vaso, encendí un cigarrillo, y me volví a echar. Me entró esa especie de pereza o ablandamiento que viene después de la puntada final. Estaba contento. Pensé en el viejo Tomás, en sus telones, y en su maestro italiano, y en aquello de la "fuerza libertaria", y del "supremo ideal". Imaginaba lo que diría cuando se lo mostrara. Creo que me sonreía solo.

Después pensé en el gordo Ballivián que me había encargado el trabajo ese. Y pensé en los pesos con que me iría a juntar tal vez esa misma noche. Y, cosa rara, pensar en el gordo Ballivián, en la guita, no me alegraba nada. Al contrario, era como si me ensuciara un poco la alegría.

Me pregunté por qué y no lo vi muy claro al principio. Lo que pasa, pensé, es que uno dice: "me lo encargaron", y a veces no es así justamente. Y en el caso del gordo Ballivián, también pensé, hubo que convencerlo un buen rato para que se decidiera. Hubo que decirle que a su colectivo con el tapizado flamante le vendría al pelo, que quedaría bien, allí, contra el espejo, y a un costado del volante, que me dijera cómo lo quería. Y además que no le saldría muy caro, y aunque el gordo conoce bien mis cosas porque hice varias para la 107, tuve que decirle que se quedara tranquilo, que le iba a hacer un buen trabajo. Esas cosas que casi siempre se suelen decir.

Pero lo pensé mejor, y no tenía que ser eso, me dije. Porque si se apartan algunos tipos inteligentes que entienden de entrada lo que uno les ofrece, o a lo mejor hasta me lo piden directamente, a la mayoría de los colectiveros hay que convencerlos. Casi todos son así, tienen plata, les gusta ver el colectivo pintón, pero no entienden, y hay que explicarles todo.

No, lo que me molestaba entonces era otra cosa. Tal vez ese gesto de canchero del gordo cuando al final dijo que sí. Y cuando, medio distraído, y contando las monedas, me habló de un número 42 grande, dentro de un corazón, y de un San Cristóbal. Como si en ese momento le diera lo mismo colgar un almanaque, o el escudito de Boca. O como si así, medio con desgano, me diera a entender que me estaba haciendo un favor. O como demostrándome que para él la guita era lo de menos, y que se permitía tirarla, si le daba la gana, en pavaditas como la que yo le ofrecía. "Ningún apuro", me había dicho, para colmo, cuando me estaba por ir.

Pensé también para conformarme que, a lo mejor, todas ésas eran ideas que yo me hacía. Y que el gordo no había dicho nada jodido después de todo. Y que eso del almanaque, y de que me estaba haciendo un favor, lo había estado carburando yo nomás, y por mi cuenta. De todas maneras me saqué de la cabeza el asunto del gordo Ballivián, y me tiré por ahí, esperando que se hiciera la hora de encontrarme con el viejo. De a ratos me levantaba, y le echaba una ojeada al trabajo.

Estaba lindo. La forma general representaba una corbata, pero grande: sesenta de alto, por veinte de ancho. En lo que vendría a ser el nudo, que quedaba acolchado y en relieve, tenía escrito "Línea 107", en lentejuelas blancas sobre fondo celeste, que es el color de la línea. Alrededor de las lentejuelas, como unos rulos bordados en seda color borravino. Y por afuera de todo, es decir: sobre los bordes del nudo, una guardita hecha con lentejuelas verdes que, aunque parezca mentira, era el color que estaba pidiendo la guarda.

Más o menos en la mitad superior de lo que sería la parte suelta de la corbata, el número 42, bien claro, que al final lo hice nomás en lentejuelas azules, pero dentro de una especie de óvalo, y no de un corazón, como me había dicho el gordo Ballivián. Después, abajo, y no demasiado grande para que no me desequilibrara el conjunto, la estampita de seda de San Cristóbal con su colorcito tirando a rosa viejo, que ni que la hubiera pintado a propósito.

Y entre el San Cristóbal, y el 42, o sea, un poquito más abajo del medio, una gran mariposa en lentejuelas tornasoles, verdes y azules. Como las alas eran bastante grandes y con salientes, como la de los galerones, medio abrazaban, como dije, por los costados al 42 y al San Cristóbal.

No me acuerdo si me los había pedido el gordo o no, pero los corazones de paño no se los puse. Lo que le puse en cambio fueron otras mariposas chicas que hacían juego con la grande del medio. Y todo alrededor, una guarda de triangulitos, como quien dice inspirados en el triángulo grande y acolchado que venía a ser el nudo. Alrededor de esa guarda, o sea, por fuera de la última hilera de lentejuelas, una tirita, de no más de medio centímetro, de terciopelo naranja. El color naranja se repetía después en otras tres partes. Una, era una especie de tajo o medialuna muy finita, que iba por dentro y en un solo costado del óvalo. Las otras eran dos maripositas chiquitas, una por abajo a la izquierda, y otra por arriba a la derecha. Flecos, le puse nada más que en el borde de abajo, de color blanco y rosado, que era justo lo que pedía. Por atrás del nudo, y en la parte de arriba, le coloqué un ganchito para colgarla, y para que se pudiera agarrar de ahí sin manosearla.

Fue, me animaba a decirlo, una de las mejores cosas que hice desde que empecé con esto, ya van para siete años.

A pesar de que estaba tocando fondo, y de que contaba con esas lucas para pagar la pieza, no tenía demasiado apuro por llevársela al gordo Ballivián.

En cambio, unas ganas bárbaras de mostrársela al viejo. De pronto pensé que se me iba a hacer muy largo esperar hasta la noche para encontrarlo en la fonda. Así que ahí nomás envolví la corbata, primero con un papel de seda, después con un papel madera arreglado como funda, la agarré con mucho cuidado por el ganchito, y me fui hasta la terminal de la 94.

En el café no estaba. En la oficina de la terminal, tampoco. Recorrí con la vista los tres o cuatro coches estacionados en la calle, hasta que lo vi. Ahí estaba el viejo haciendo su trabajo, metido en uno de esos cachivaches que tiene la línea. Se me ocurrió darle una sorpresa, así que me acerqué, y medio me acomodé detrás de un árbol, cuidando que el paquete con la corbata no se me arrugara.

Me quedé quieto, y entonces me puse a mirarlo. Serio estaba el viejo dándole a la regadera, al lampazo y a la escoba, como si estuviera ocupado en la cosa más importante del mundo. Amagué arrimarme al colectivo para caerle de golpe con el paquete, pero en ese momento se metió un tipo que debía ser el patrón del coche. Por lo que se vio, a buscar un diario olvidado en el asiento. Subió, y se puso a revolver por ahí. "Momentito", le gritó el viejo con autoridad. Levantó la escoba, y por poco no lo saca carpiendo. Cuando el hombre se fue con su diario, cerró la puerta, puteando en voz baja, y se agachó para apretar el trapo en el balde. Me dije que era mejor esperar a que terminara. Colgué el paquete de un ojal para encender un cigarrillo, y me quedé por ahí. Ni falta hacía que me escondiera porque el viejo no miraba más que su trapo y su colectivo. Me salía de la vaina por golpearle la ventanilla y mostrarle desde afuera el paquete, pero esperé. El viejo pasó con furia el trapo por todo el piso. Varias veces estrujó el trapo en el balde, y siguió fregando. Recién cuando terminó de fregar, abrió la puerta, metió la escoba debajo de un asiento, bajó el balde con el trapo y el cepillo, y los acomodó en una especie de cajón con manija que sabe guardar el viejo en la terminal. En ese momento me volví

148

a meter detrás del árbol, por las dudas, y pude mirarlo más de cerca. Entonces lo que vi me pareció una cosa de locos. El viejo revolvió adentro del cajón, y con mucha parsimonia, sacó de allí un frasquito. Creía que era desinfectante. Pero alcancé a verle la etiqueta. *Agua de Colonia Atkinsons*, decía. Lo destapó, lo olió, echó un chorrito dentro de la regadera, le apretó la tapa, y siempre con mucho cuidado, lo volvió a guardar.

Pasó sin verme muy cerca de donde yo estaba, subió otra vez al colectivo, y le dio el último toque a su trabajo. Con mucha calma, balanceó la regadera a un lado y a otro para hacer llegar los chorritos a todos los rincones. Hasta la nariz me llegaba el fuerte perfume del Agua de Colonia. Gusto debería dar, me acuerdo que pensé, con el calor de esa noche, entrar en ese colectivo fresquito y perfumado como una mujer.

Bajó con cara de satisfecho el viejo. "Listo", le gritó no sé a quién, y se fue a guardar la regadera en el cajón. Al pasar de nuevo junto al árbol fue cuando me vio. Echó una ojeada al paquete que tenía colgado de la mano, y con los ojos brillantes como si estuviera maquinando una diablura, me dijo que lo esperara en el café de enfrente. "Guardo esto, y en seguida voy para allá", me dijo rápido y como en secreto.

Fui hasta el café, y me senté a esperarlo. Antes de que alcanzara a pedir algo, lo vi aparecer por la puerta del café, secándose la cara con un pañuelo. Me buscó con la vista, arrimó una silla, y pidió una vuelta de semillón. Después se apoyó en los codos, señaló con la cabeza el paquete que yo había colgado en el respaldo de una silla, y sonriendo me dijo: "Qué tal". Me encogí de hombros haciéndome el chiquito, y muy despacio, fui haciendo deslizar la funda hasta que la corbata quedó solamente envuelta en el papel de seda.

La volví a colgar en el respaldo, y más despacio todavía, casi como si la estuviera desnudando, le desdoblé primero un lado del papel de seda, y después el otro.

Y ahí quedó, brillando contra el fondo oscuro de la

pared del café, moviéndose apenas por el ventilador del techo. Titilaba, y las lentejuelas se llenaban por momentos de luz. La vi hermosa y estrellada, azul y guiñadora como un cielo en verano.

El viejo la miró largo con los ojitos entrecerrados. Encendió, sin convidar, un cigarrillo, y se apartó para verla de lejos.

Después se acercó con la cabeza un poco ladeada, estiró la mano, y amagó pasarle la punta de los dedos sobre el reborde de terciopelo naranja, pero al mirarse las manos mugrientas se contuvo. Dio una pitada larga a su cigarrillo, y me dijo en voz baja, como de confidencia: "Una belleza, Rengo". Y en seguida: "Vamos a festejar".

Le contesté que iríamos a festejar más tarde, una vez que le entregara el trabajo a Ballivián. No quería decírselo al viejo, pero esperaba cobrar esos pesos para convidar yo. Quedamos en encontrarnos en la fonda.

Me fui para el recorrido de la 107, a ver si lo campeaba al 42 del gordo. Paré en Mosconi y Avenida San Martín, y empecé a preguntar a algunos colectiveros. Por lo que pude saber, tenía salida a las diez y treinta y cinco, de Núñez. Eso quería decir que faltaba una hora larga para que el colectivo 42 apareciese por allí. Era una hermosa noche de verano. Vi un bar, de casualidad encontré una mesa desocupada en la vereda, colgué el paquete en el respaldo de una silla, y me senté. De paso podía echarle una ojeada a los 107 que venían de Núñez. Llamé al mozo, y pedí un balón.

Estaba tranquilo. Un buen trabajo terminado, los pesos que, si Dios quería, me iría a hacer en cuanto lo encontrara al gordo, la cena dentro de un rato con el viejo Tomás. Todo andaba bien esa noche, pensaba, como esa silla en la vereda, y los horarios del gordo, y la frescura de la cerveza.

El encuentro con el gordo Ballivián, misteriosamente, me volvía a producir la misma sensación de disgusto. Pero no quería pensar en eso. Lo que quería más bien era mirar la calle, descansar, tomar tranquilo mi cerveza. Y sobre todo, entretenerme, pensar macanas, o como se dice, viajar un poco con el mate, cosa que, de un tiempo a esta parte, se me ha hecho como un vicio.

Mientras miraba de tanto en tanto los colectivos, me puse a pensar en el viejo Tomás. Pensé en lo que me había dicho esa noche, y pensé que para mí era importante que el viejo lo hubiera dicho. Pensé en esa manera suya de apreciar un trabajo, y de dar a entender que lo aprecia, sin decir las huevadas que dicen algunos cuando quieren elogiar. Y no solamente de apreciar, me dije, de hacer juicio también. Y al decir hacer juicio me acordé de pronto de aquella vez, cuando, yo no sé por qué, las cosas no me habían querido salir. Y que entonces, en vez de demorarme en averiguar por qué no salían, o de esperar esa vocecita de adentro que con paciencia a veces lo aclara todo, por apuro, o por pereza, o vaya a saber por qué, me había puesto a macanear. Había agregado detalles de grupo, esas combinaciones facilongas que uno sabe que a los colectiveros les gustan. Espejitos, piedras de colores, fotos de Gardel, esas cosas. Me acordé entonces de la cara que había puesto el viejo en cuanto las vio. Ni una palabra dijo, las miró de reojo apenas, y puso aquella cara de cambiar de conversación que me hizo sentir de golpe un chanta y un mentiroso. Creo que desde esa vez no volví a macanear nunca más. Pero esa noche el viejo había dicho: "Una belleza, Rengo", y yo estaba contento. Porque dentro de un rato festejaríamos, y todo nos parecería bárbaro, y el viejo, ya medio en pedo, se pondría a hablar de cuando pintaba los telones en un teatro, y de su maestro italiano, y de la fuerza libertaria de la belleza. Y a mí me vendría esa especie de paz, o de piyadura, pero que no ha de ser piyadura, porque aun en medio de la piyadura y del pedo, voy a estar sabiendo que al otro día voy a querer hacer algo como la gente y me puede salir un bodrio, y me voy a quedar las horas y las horas mirando los materiales sin saber qué hacer, y me voy a llamar inútil y pajero, y me voy a jurar que es la última vez en la vida que me meto a hacer esas pelotudeces.

Después me puse a pensar en cuando lo conocí al viejo Tomás. Y como un recuerdo va trayendo al otro, en aquellos meses, que en aquel entonces me parecieron tan bravos, pero que ahora, mirados desde lejos, creo que no fueron para tanto. Quiero decir, los meses después del accidente, cuando ya antes de salir del hospital, empecé con estas cosas. Tanto como para ir tirando, y hasta que consiguiera algo fijo.

Y entonces, mientras masticaba manises y le miraba la espuma al segundo balón, me vino a la memoria aquella noche en que lo conocí al viejo. Y me volví a ver recién salido del hospital, con aquellos adornos de goma para la palanca de cambio que yo me había largado a hacer por hacer algo. Me sonreí, y pensé que no eran tan fuleros después de todo, si se tenía en cuenta mi total falta de experiencia. Y me acordé de cómo los hacía. Cómo buscaba pedazos de cámara, negros o colorados, y los recortaba con tijeras y cortaplumas, y los pintaba, y los claveteaba con tachuelas de tapicero. Y me acordé, parece mentira, de cada una de las flores, y estrellas, y mariposas, y figuras de fantasía que hice en aquella época. Y me acordé también de la poca confianza que me tenía cuando las llevaba a los cafés donde paraban los colectiveros.

Pero me acordé sobre todo de la noche aquella. Y de aquellos dos trabajitos, y del tiempo que hacía que los llevaba en la mano sin poderlos ubicar. Y de la semana que me había pasado trabajando, estropeando material, y corrigiendo como loco, para que al final ni me los miraran. Y de lo pelotudo que me sentía de a ratos.

En eso pasó el 71 de la 107, y frenó en la esquina por el semáforo. Como lo tenía ahí, parado a unos veinte metros, me levanté, y me acerqué para confirmar la salida del gordo. Por el 71 me enteré que el gordo no salía a las y treinta y cinco sino a la hora, y que venía detrás del 58. Me volví a sentar, acomodé el paquete con la corbata, y pedí otra cerveza. Me sobraba tiempo, hacía mucho calor, y además quería seguir pensando en lo que estaba pensando.

En esta flor y esta estrella de goma recortada que ahora tengo en la mano. He tardado mucho en terminarlas. Seguramente demasiado. Pero me estoy empezando a dar cuenta de que este asunto es así. Hace un mes que me largué a hacer estos trabajos con pedazos de cámara y tachuelas. Nada más que por un tiempo, me dije, y para ganarme unos pesos. Pero pronto me ha empezado a pasar algo raro. Me metí a hacer estos adornos porque algo había que hacer, y porque, después de todo, era un trabajo como cualquier otro. Pero empecé a trabajar, y de buenas a primeras me olvidé para qué los hacía. Y me calenté, y gasté tanto tiempo en terminarlos que al final creo que no compensa, o a lo mejor, salgo perdiendo plata. No tengo experiencia, claro, y estas cuestiones nuevas que se me van presentando me preocupan y me desconciertan. Me pregunto si a los que pintan cuadros, o hacen estatuas, o tocan el bandoneón en una orquesta les pasará lo mismo.

Hace dos días que ando con estos dos adornos de goma. Recorrí boliches, terminales de colectivos, casas de repuestos, y no los pude ubicar. Me empiezo a sentir bastante pelotudo. Me empiezo a preguntar si realmente vale la pena seguir perdiendo tiempo en esto.

Estoy en un boliche de Puente Saavedra. Me acerco a una mesa de tres colectiveros, y los muestro. Uno de los tres es un gallego medio bruto. Los mira, y después habla en voz alta con los dos que tiene enfrente. Dice que esas cosas no sirven para nada, y que seguramente han de molestar al hacer los cambios.

Me siento más pelotudo que nunca y no le contesto nada. Pienso que el gallego tal vez tenga razón, que esas cosas no sirven para nada, y que, en serio, tal vez molesten al hacer los cambios. Y que por lo tanto, todo el tiempo gastado, y la preocupación, y la calentura, y los trabajos empezados y tirados a la basura, y las modificaciones de último momento que me los retrasaron casi dos días, todo es lisa y llanamente una pelotudez, un entretenimiento de chiquilines, algo así como una puñeta, me digo.

Me viene como un cansancio, y como la pierna estrolada

153

me duele algo todavía, en vez de irme me siento por ahí, en una mesa apartada, a tomar un café.

Veo junto al mostrador un viejo que mira con insistencia para mi lado. Lo conozco de vista. Hace unos meses changueaba en un mercado de avenida Maipú. Sé que ahora barre los coches en la terminal de la 68. Tal vez esté un poco en pedo. Sin dejar el apoyo del mostrador, dice fuerte, como hablándole al patrón, y señalando con la cabeza mis adornos: "Lindos ¿no?" Se baja de un trago su ginebra, y dice más fuerte todavía, mirando para la mesa de los colectiveros: "Además no molestan un carajo", y "No hay como ser gallego para decir gansadas".

Deja el mostrador, medio tambaleando se viene hasta mi mesa, se sienta y me dice: "A verlos, Rengo. ¿Me los mostrás? ¿Qué vas a tomar?"

Un gesto, claro. Un gesto que yo, en medio del esgunfio aprecio como una mano tendida, aunque, por supuesto, para nada creo en el interés que me demuestra el viejo. Sin contestar nada, se los doy para que los mire. El viejo se pone a revisarlos minuciosamente. Me da risa, pero empiezo a sospechar que tal vez no sea solamente el gesto. Chispeado o no, parece que al viejo le interesan en serio esa flor y esa estrella que tiene en la mano. Las mira, las toca, las estira sobre la mesa, y me pregunta cómo las hago, cómo se me ocurren los dibujos, y qué pintura les pongo. Me dice también algo que en ese momento me parece un soberano disparate. Que "debe ser lindo trabajar en estas cosas".

Le contesto como puedo, pedimos una copa, y nos quedamos charlando. Al ratito nomás me doy cuenta, o me parece darme cuenta, que el viejo es de los que entienden. Y siento que, sin hablar mucho, sin hacer mucho escombro, el viejo a su manera olfatea lo otro, lo que no se dice, lo que no hay por qué decir: las noches en vela de puro caliente con algún detalle, los trabajos empezados y tirados con bronca a la basura, las tardes pasadas en la pieza como un pelotudo pensando si ponía dos o tres hileras de tachuelas, eso parecido a la piyadura, y que no es piyadura, en el

154

momento de terminar un trabajo, y el esgunfio, y la chinche, y el convencimiento a veces de que uno es definitivamente un negado, y el otro convencimiento si no, el de estar perdiendo el tiempo en pajerías cuando pasan cosas como las que habían pasado hacía un rato.

Sé que nos vamos a seguir encontrando. Me pide que le muestre otras cosas, y me dice que me espera el sábado en la fonda. Me dice que se llama Tomás Alderete, y que cuando muchacho pintó los telones en un teatro. Me pregunta el nombre, pero igual me sigue llamando Rengo, tal vez cariñosamente. Antes de irme, me dice: "Yo te voy a mostrar unos diarios a vos".

Estaba pensando en unas fotos de diario, muy manoseadas, donde aparecían algunos actores sobre un escenario que casi no se veía, cuando de pronto lo vi pasar al 58.

Como detrás de él venía el 42 del gordo, llamé al mozo, pagué, y con el paquete sobre el brazo, me fui caminando despacio hasta la parada. Antes de que terminara el cigarrillo lo vi aparecer por Campana. Lo conocí enseguida. Y ya me puse a pensar en la carrocería nuevita, con su hermoso tapizado color negro mate. Y ya vi la corbata colgada en su lugar, junto al volante. Y la vi resaltando, con las lentejuelas, y los flecos, y el reborde de terciopelo naranja sobre el negro del fondo. Y la vi rebrillando, y centelleando, y cambiando de color con el balanceo del colectivo. Convidando a los ojos a mirarla. Convidando a creer en las cosas, tal vez distintas, que a cada uno le diría.

Mientras pensaba en todo eso, y miraba embobado el colectivo, me distraje, y me olvidé de hacerle seña. Tal vez pensé que no hacía falta, que al verme allí, junto al poste, el gordo me iba a conocer y me iba a parar. En cambio no me vio, o no me conoció, porque pasó al ladito mío, y siguió de largo. Tuve que chiflar fuerte dos veces, y después, pegar un grito llamándolo por su nombre para que el hombre finalmente frenara, bastante más allá de donde yo estaba. Trotando como pude lo alcancé, y subí. Pensé que lo único que faltaba era que me cobrara el boleto. Pero no, al subir le dije: "Que tal, Ballivián", pensó un poco y se acordó. "Ah sí, el chirimbolo aquél, me había olvidado", dijo. Todavía resoplando por el trote, eché una ojeada a la tapicería, y le dije: "Va a quedar lindo". No me contestó nada, frunció los labios y se puso a revisar las planillas. Me estaba por ubicar en el estribo del lado de la puerta cerrada, pero no sé por qué, preferí sentarme en el primer asiento. Esperé. Al doblar por Del Carril, levantó apenas la vista hasta el espejo, y me dijo: "¿Te lo había encargado, no?" "Y, sí", le dije, "cuando hablamos del tapizado. Fue el lunes de la otra semana."

"Ah, sí, claro", dijo. Frenó para que subiera un pasajero. Después arrancó, cobró el boleto, y se quedó como escuchando algo antes de dar el vuelto.

"¿Oíste el diferencial?", me dijo, "veinte días que lo saqué del taller. Doscientos mil pesos. Oí como está".

"Zumba un poco", dije, por decir algo.

"Otros doscientos mil la semana que viene. Es una barbaridad."

"Es una barbaridad, de veras", le dije.

Por un rato no hablamos más. Seguí mirando el tapizado, calculando el sitio justo donde poner la corbata. Se me habían ido las ganas de abrir el paquete.

"¿Lo trajiste?", me dijo de pronto.

"¿Cómo?", le contesté, porque estaba en otra cosa.

"El chirimbolo, el adorno, digo si lo terminaste", me dijo.

Le señalé el paquete, y le dije que ahí lo tenía.

"Bueno", me dijo, y se puso a acomodar sin apuro las monedas y los billetes.

Otro rato sin decir nada. Estábamos ya por Mariano Acosta, o sea cerca de la otra terminal, cuando sin mirar por el espejo, se echó hacia atrás y me dijo: "Te lo voy a pagar. Yo soy un tipo de palabra, sabés. ¿Cuánto me dijiste que me cobrabas?"

Se lo dije.

"Está bien. Escuchá el diferencial. Qué cosa bárbara. En

la terminal arreglamos. Después te traigo si querés. Todavía tengo otro viaje.''

En la terminal arreglamos. Bajaron los pocos pasajeros que quedaban, bajó Ballivián, me dijo que iba hasta el control, y que enseguida volvía. Lo esperé. Llegó a los pocos minutos hablando a los gritos con alguien de adentro de la oficina. Traía la billetera en la mano. Todavía riéndose, se acomodó frente al volante, contó los billetes, y por encima del hombro, me los alcanzó.

"Ponelo aquí arriba", me dijo, "mañana o pasado lo hago colocar.''

No aguanté más, y le dije: ''¿Pero no lo querés ver primero?''

"Sí, sí, después. Ahora ya salgo. Ponelo ahí, nomás'', me dijo.

"Tengo que poner eso. Tengo que poner el cartelito con las tarifas nuevas, que todavía ni tuve tiempo. Y tengo que poner la propaganda del negocio de mi cuñado. Me la trajo a casa y no sé dónde la voy a meter. Un despelote.''

Le dije: "Mirá Ballivián, yo bajo. Tengo que hacer por aquí. Chau, otro día me decís qué te pareció.''

Y me bajé. Me fui caminando por Balvastro, doblé por Pedernera, hice un par de cuadras, y volví por Santander.

Tal vez puteaba por dentro. Tal vez me dije que por algo sentía ese disgusto cuando pensaba en el gordo. Tal vez me enchinché conmigo, y me pegué un levante, y me pregunté por qué carajo andaba amargado. Había terminado un trabajo, lo había entregado, lo había cobrado en el momento, y ahora tenía la guita fresca allí, en el bolsillo.

Me acuerdo de que en algún momento hablé solo, como un piantado, y dije: "Como si fuera un repuesto. Che Rengo, dame unos aros de cilindro de tal medida. Mañana o pasado los hago colocar''. Cosas así.

Después dije: "Pero no, ni siquiera un repuesto. Un repuesto se necesita. Se lo va a comprar. En cambio éste. Yo soy un tipo de palabra. A mí no me importa lo que vos hiciste. Si ni siquiera me acordaba. Yo te pago porque soy así. Porque tengo guita, y no son pijotero. Oí el diferencial, como para chirimbolos está el asunto. ¿Cuánto dijiste que me ibas a cobrar? Aquí tenés la plata. ¿Qué más querés?''

Cuando volvía a la parada, sé que me la estaba agarrando con el cartelito de las tarifas y con la propaganda del cuñado, que seguramente tenía que ser de una pizzería. Y entonces veía una pizza enorme, pintada de colorado, y blanco, y amarillo, y verde, con aceitunas, y muzzarella, y anchoas, y tomates, y rodajitas de cebolla, ocupando todo el techo del colectivo. Y detrás de la pizza, asomando apenas detrás de una aceituna, un pedacito de terciopelo naranja, y cuatro o cinco lentejuelas.

Eran cerca de las doce cuando llegué a la fonda. En la mesa de siempre estaba el viejo mirando la televisión. Se había puesto una camisa recién planchada, y se había hecho lustrar los zapatos. Pensé que ya había comido porque tenía una botella sobre la mesa, y ya estaba un poco chispeado. Pero no, me dijo que me estaba esperando. Así que me senté. Pedimos algo para picar, y otra botella.

Le empecé a contar algo de lo que había pasado con el gordo Ballivián, pero de pronto, frente al viejo, me parecieron pavadas, y me callé.

Seguimos chupando, y mirando de a ratos la televisión. Cuando en la fonda empezaron a levantar las sillas, nos metimos en un bar.

Nos agarramos tal peludo esa noche, que yo canté, y el viejo dijo un verso, y después nos pusimos a pulsear, y le pagamos la vuelta a todos los que estaban mirando.

Cuando salíamos del bar le dije al viejo que largaba, que no iba a trabajar más en esas cosas. El viejo se me plantó de frente, levantó el dedo como para decir una frase importante. Pero como con la mamúa no le salió, o se la olvidó, me agarró fuerte del brazo y me dijo que no fuera pelotudo. Seguimos caminando abrazados, y nos metimos en otro bar.

158

Bandeo

Habría que decirle a Hernández que se tranquilice y empiece por el principio, puesto que él, seguramente ya un poco borracho, se ha largado otra vez a hablar de esa confusa noche en la cual "pasaron un montón de cosas", "un montón de cosas horribles, no te imaginás", aunque nunca se alcanza a comprender claramente cuáles fueron esas horribles cosas que, al parecer, dejaron imborrable huella en ese pobre tipo, enfermo de recuerdos, charlatán, cargoso, tal vez un poco sonado, que desde hace un rato está dándole vueltas a su habitual manijita, y que ahora ha agarrado del brazo a su interlocutor de turno en el café para reclamarle una especialísima atención, para que deje de mirar distraído hacia la calle, y deje de decir que sí con la cabeza, y entienda bien cuáles fueron, cómo llegaron a suceder esas "cosas" en las que confusamente se mezclan un tipo llamado Thompson, una mujer llamada (a veces) Lidia Cámara, un pescado con un cuerno en la frente, y el tiempo, y un polaco, y un curda que despanzurraba a Borges, y una "rubita", y algunos otros detalles tan inofensivos o tan absurdos como ésos, pero que demostraban, "que palpablemente venían a demostrar", "o no lo estás viendo", lo terrible que había sido esa noche.

Pero sería totalmente inútil pedirle a Hernández que empiece por el principio porque entonces volvería con aquello de que en esa noche no se puede hablar de principio ni de fin porque todas las cosas sucedieron, "tuvieron que haber sucedido", al mismo tiempo, "en el mismo tiempo", y que si bien él lo había dejado a Thompson sentado en una mesa de Los 36 antes de meterse por Corrientes y apechugar con aquello que después iría a ser el monótono tema de sus futuras charlas, el tiempo de Thompson, el tiempo durante el cual había estado sentado frente a Thompson en una mesa de Los 36, no había transcurrido, todavía estaba allí, a lo mejor pegando una segunda vuelta de espiral, dice, "pero antes de que la otra se hubiera disipado del todo, entendés", sin correr vertiginosamente hacia atrás como los postes desde la ventanilla de un tren, sino "atascado", o "embotellado", o tal vez "flotando rezagado en medio de esa noche", que por eso fue realmente terrible, y por eso, en algunos sitios, Hernández insiste en que se alcanzaba a ver como un segundo trazo de lápiz sobrepuesto al primero, como remarcándolo, haciendo por lo tanto evidente que el tiempo, vaya a saber por qué desajuste de su mecanismo, sencillamente no había podido correr.

"Porque vos date cuenta", dice Hernández, y vuelve por centésima vez a hablar de Thompson, a contar cómo a él, a Hernández, justamente esa noche no se le había dado la santísima gana de aguantarle a Thompson su tremendo esgunfio, "un esgunfio de la gran puta, creeme", y entonces le había dicho que chau, que más valía volver a encontrarse en otro momento si le parecía, pero no en ése, en el cual el esgunfio de Thompson se hacía realmente insoportable, sobre todo al mezclarse o sumarse a lo de Hernández, que no era precisamente esgunfio sino bandeo. A raíz de lo cual Hernández inicia una breve, didáctica explicación acerca de las diferencias sustanciales entre esgunfio y bandeo, y a cuya terminación se llega a saber que el esgunfio es una especie de niebla sórdida, o mejor una bufanda pegajosa como un chicle, o mejor una gruesa envoltura de telgopor; y que en cambio el bandeo vendría a ser hormigas en el culo, que vendría a ser una desazón, que vendría a ser una permanente e insaciable necesidad de. Frase que se resuelve en un gesto ambiguo y más bien giratorio de la mano derecha.

Por lo tanto era una verdadera estupidez, "era totalmente al pedo", dice, que él siguiera allí, aguantando su propio bandeo, viendo cómo Thompson masticaba minuciosamente un especial de matambre, y con esa cara de esgunfio que volteaba se pusiera a hablar de que "el amor remedia todos los males", y que "la esperanza es lo último que se pierde", y que "la vida comienza a los cuarenta", y que ahí estaba Descartes, que era un Rosacruz, para no dejarlo mentir. "Cosas por el estilo", dice Hernández, "imaginate todas esas payasadas viniendo de un tipo como Thompson, si no era para romperle la jeta. Diciendo esas boludeces, poniéndose de a ratos a mirar por la vidriera de Los 36, viendo la calle como si estuviera contemplando el desierto del Sahara, mientras, con una mancha de vino que había caído sobre la mesa, dibujaba algo parecido a un pescado con un cuerno en la frente, yo qué iba a hacer".

Rajar, naturalmente. Decirle aquello de que era mejor "dejar la copa para otro día", para otro día con menos esgunfio había querido decir Hernández, pero qué se iba a poner a aclararle a Thompson lo de esa media tonelada de niebla sórdida depositada lo más pancha sobre la mesa, lo de aquella blanca y enorme bufanda de yun-yun que los estrangulaba a los dos "como una boa constrictor", con todo lo cual no se podía, no digo ponerse amistosamente en onda, pero ni siquiera intentar una conversación medianamente entretenida.

"Para colmo Thompson con su pescado y su larguísimo cuerno en la nariz", y después el pucho que desmenuzó entre sus dedos mochos de comerse las uñas, y los hilitos de tabaco mezclados con ceniza que espolvoreó primero sobre la mesa y fue empujando después hacia el borde hasta formar una especie de cordillera. "Esos dedos mochos horribles", dice Hernández, cumpliendo con mucha parsimonia su asquerosa operación mientras decía muy seriecito que el amor remediaba todos los males y que la esperanza afortunadamente era lo último que se perdía, y se le arrugaba de pronto toda la cara en un gesto doloroso y lamentable a consecuencia del ruido que había hecho un cenicero de lata al caer por ahí, y trabajosamente se recomponía y, aunque todavía con la frente arrugada, volvía a hablar de lo bueno que es un poco de gimnasia respiratoria a la mañana, y que en realidad la vida comenzaba a los cuarenta, "decime si no era para matarlo".

De modo que Hernández parece que dijo algo como "bueno, hermanito, nos vemos otro día", o "mejor nos encontramos otro día", tal vez agregando algo acerca del esgunfio, de lo inútil que era intentar un pica-pica con el esgunfio, pero sin mencionar seguramente la bufanda de chicle, ni el telgopor, ni la niebla sórdida que se había congelado sobre la mesa y estaba pesando una barbaridad, y las ibas a sacar de ahí si eras brujo.

Y Thompson que había aceptado sonriendo la despedida, "el hacerse humo" de Hernández, sonriendo, fijate, dice Hernández, una sonrisa angelical, totalmente boluda o resignada, como si el tipo admitiera que era realmente al pedo pelear contra el esgunfio, como si, ante la incuestionable presencia de la niebla y la bufanda y el telgopor, reconociera caballerescamente el derecho de cada cual a tomarse el raje. Y todavía ese gesto de Primer Lord del Almirantazgo, paternal o tolerante con los tipos piantados como Hernández, "vos hacete cargo", Thompson sonriendo y diciendo "claro, claro", a él, a Hernández, cuyas perdonables hormigas en el culo lo obligaban a salir casi rajando de Los 36, y a dejarlo plantado a Thompson, metido en su cubierta de telgopor, envuelto en su pegajosa bufanda tratando, a lo mejor ni siquiera tratando, de sacársela de encima, sonriendo como un Buda, sin arrugar otra vez la cara porque no volvió a caerse ningún cenicero, simplemente sonriendo como un Buda, o un retardado frente a su pescado cornudo y el montoncito alargado de tabaco y ceniza contra el borde de la mesa.

Todo eso no más que como aburrida introducción a partir de la cual Hernández se larga a hablar "en serio" de esa famosa noche, si es que todavía le queda un oyente a mano y no lo dejaron plantado en la mesa del café, como él dice que dejó a Thompson en medio de sus idioteces plásticas y de su esgunfio. Entonces lo probable es que empiece a hablar de la jaula, o de cierta vertiginosa, ululante encamada con Lidia Cámara, interrumpida bruscamente por un inesperado y "terrible" segundo trazo de lápiz. Pero más probable todavía es que ya empiece con el vinoso encuentro en el Ramos con Trovato y con Silva. Vinoso o ginebroso encuentro que intentará (vanamente) describir paso a paso como si cada detalle de esa conversación de mamados fuera de capital importancia para comprender las "cosas que pasaron esa noche", o tal vez, vaya a saber, con el solo motivo de dar a entender a su interlocutor (seguramente ya otro distinto que el del comienzo) el grado de su bandeo, tema sobre el que ha de volver frecuentemente porque dice que hay que saber perfectamente lo que es el bandeo para tener una idea aproximada acerca de la jaula, del embotellamiento del tiempo, y sobre todo, de la segunda marca de lápiz, "casi en el mismo sitio que la primera, entendés".

"Trovato y Silva, vos los conocés, allí, en una mesita del Ramos, chupando ginebra desde las cuatro de la tarde, y eran como las diez, imaginate". Y por supuesto que al interlocutor no le cuesta gran cosa imaginarse a Trovato con su curda cargosa, babosa y manoseadora, proclive a las lágrimas y las explosiones de ternura, y Silva con su increíble apariencia de sobriedad, apenas un hablar lento, discurseador y pedregoso. "Se la estaba agarrando con la literatura argentina, me parece", dice Hernández, "lo que me acuerdo es que, como siempre, se la daba a todos". Ese parecido a Gardel, ese tonito profesoral, silabeante y canyengue de Silva, demoliendo minuciosamente a Borges y después a casi todo el mundo, dirigiéndose a Hernández, quien, a causa de su espantoso bandeo no estaba para trenzarse en discusiones boludas, y aun si hubiera estado o hubiera tenido ganas de mandarlo al carajo, tampoco hubiera podido hacerlo porque el hincha pelotas de Trovato no había dejado en ningún momento de convidarlo con ginebra, y de abrazarlo, y de zamarrearle la cabeza, y de

llamarlo con tiernos diminutivos, por lo que no le había
quedado más remedio que convidar él también, y aguantar
el baboseo de Trovato junto a su oreja, y verlo a Borges
hecho picadillo bajo el hacha demoledora de Silva, revol-
viéndose como un indefenso gusanito bajo el tonito monótono, y la lengua ligeramente trabada, y la mirada sombría
e implacable de Fra Girólamo Savonarola, "vos sabés como
son", dice Hernández.

Vos sabés cómo son esos tipos que andan entre La Paz
y el Ramos, entre el Politeama y La Giralda, había querido
decir Hernández. "Pero esa noche yo no estaba para andar
eligiendo compañía, entendeme. Y me quedé con Trovato
y con Silva, y las cuatro o cinco copitas que tomé con ellos
me cayeron verdaderamente como la mona porque estaba
sin comer desde qué sé yo cuándo a consecuencia del
bandeo". De modo que en algún momento dijo que tenía
que irse porque lo estaban esperando. Nada más que para
rajar del Ramos, de la pringosa compañía de Trovato y de
Silva, o para rajar simplemente, "porque eso es precisamente el bandeo", trata de explicar Hernández, la permanente
e insaciable necesidad de (el gesto), ese no estar bien en
ningún sitio, hincharse enseguida de todo y creer que sólo
es cuestión de rajar para encontrarse a la vuelta de la esquina con. Y aquí otro gesto con la mano derecha, un gesto
distinto al anterior, lento, horizontal, con la palma vuelta
hacia abajo; gesto que tal vez quisiera significar algo parecido a la paz, o a una cama, o al amor, o a un lago, o a
una quinta con lechugas y rabanitos recién regados, o a una
losa de mármol con inscripción RIP y dos fechas exactas e
irrevocables marcando un preciso y bien delimitado tiempo sin cabida para la insaciable necesidad de, ni para el
bandeo.

Pero difícil que a la curda de Trovato se la pudiera con-
formar con un pretexto tan escueto como que "lo estaban
esperando" por más que Hernández hubiera querido dar a
la frase, seguramente con total ineficacia, un tonito de cita
programera para hacerla más verosímil, porque Trovato,
dice Hernández, acercándole mucho la cara y pretendiendo

mirarlo fijamente con esos ojitos enrojecidos y llorosos que siempre tiene, "vos viste", aunque no esté en curda, le preguntó dónde tenía que ir, y quién carajo lo podía estar esperando a él a esa hora, mientras Silva interrumpía momentáneamente su trabajo de demolición para mirarlo también y hacerle sentir el fastidio de su sonrisita inmóvil y desconfiada.

Entonces Hernández había contestado inmediatamente, "me está esperando Thompson en Los 36"; así, que Thompson lo estaba esperando en Los 36, sin intención de macanear, fijate, agrega Hernández, "te lo digo en serio, creyendo en serio que me estaba esperando Thompson, cuando, como te dije, lo había dejado, yo me había hecho humo y lo había dejado, hacía apenas un ratito, atrapado en su bufanda, diciendo que el amor remedia todos los males y esas boludeces, qué me decís".

"Yo no sé qué hubiera pasado si hubiera dicho otra cosa", dice Hernández, cómo hubieran reaccionado aquellos dos, quiere decir, sobre todo Trovato que quería seguirla a muerte y no aceptaba ninguna excusa, "pero cuando, sin quererlo, creeme, macanié y, creyendo lo que decía, dije que me estaba esperando Thompson, se nos vino encima como un silencio. Un silencio incómodo que nadie sabía cómo romper; y entonces Silva le hizo una seña al mozo para que trajera otra ginebra, y Trovato se puso a jugar con el platito como pensando en otra cosa, y yo me encontré que como un gil me había quedado pensando en Thompson, en esas pavadas que decía Thompson a las que a toda costa quería encontrarle un significado inteligente, mirá que estupidez. Y era que el tiempo de Thompson se nos había metido en el Ramos, en la segunda vuelta de espiral, entendés, porque no se había podido borrar del todo ese tiempo y había arrastrado hasta allí la bufanda, había volcado en esa mesa del Ramos un lindo baldazo de la niebla sórdida de Los 36, algo horrible che, hubieras visto. El hecho es que, como si de golpe se les hubiera pasado la curda a los dos, se dejaron de joder, y entonces me fui".

167

No a buscarlo a Thompson, claro, sino a la jaula, "con las ginebras que me habían caído mal, la boca hinchada y el estómago hecho un asco, y los discursos de Silva, y el franeleo de Trovato. Y de pronto, hambre, así como lo oís, porque no había almorzado nada a causa del bandeo, ya te voy a contar".

Pero no contará naturalmente el motivo de su bandeo, y lo que contará en cambio es cómo salió del Ramos, "eran más de las doce", y tomó por Corrientes hasta Cerrito, no a paso de atorrantear que era lo que realmente estaba haciendo porque no se dirigía a ningún lugar preciso, sino apurado, ansioso, impulsado por frenéticas hormigas en el culo, apurado por dejar atrás vaya a saber qué, por encontrarse a la vuelta de la esquina con.

Y que así, caminando apurado, llegó hasta Cerrito, enseguida dio marcha atrás y vuelta a caminar por Corrientes hacia Callao, enjaulado en esas ocho cuadras donde la noche iría a dar (estaba dando) una segunda vuelta de espiral, donde un tiempo rezagado y enfermo lo estaba esperando atascado en esas ocho cuadras, de las cuales no es posible salir, "hacé la prueba", dice Hernández, recorriendo de punta a punta la jaula, sin decidirme por ningún boliche, o entrando a uno y después levantándome a causa de las hormigas en el culo cuando tardaban más de cinco minutos en atenderme, vos sabés lo que es.

El bandeo, quiere decir Hernández, la certidumbre de encierro, de tiempo embotellado y congelado entre los barrotes de esas ocho cuadras; vidrieras, y boliches, y carteles de cine, insoportables de puro conocidos, recorridos qué sé yo cuántas veces, "a ver si en una de esas te encontrás con el barrote flojo, a lo mejor". Y se lo oirá hablar del Broadway, y del Foro, y del Vesubio, y la vidriera de Fausto, y del Ramos, "que se te incrustan en la piel", que te joden con luces, y caras descomunales, y L'art des esquimaux, y tipos, y bocinas, mientras se llega hasta Callao y se vuelve de Callao a Cerrito porque es indispensable escapar de, con Thompson crucificado en su mesa de Los 36, no preguntándole a Elí por qué lo había abandonado, sino diciendo "claro, claro", admitiendo que no había Cristo que pudiera soportarle el esgunfio, todavía esperando en medio de esa niebla sórdida, metido hasta el pescuezo en ese tiempo que, vaya a saber por qué desajuste, "patina dos veces en el mismo sitio antes de seguir adelante, entendés".

Punto en el que el interlocutor suele tomar una vaga actitud de terapeuta para decir que en esos casos especiales... etc... etc., sobre todo con varias ginebras encima, suele ocurrir... etc... etc. A lo que Hernández responderá moviendo repetidas veces la cabeza a un lado y a otro, y diciendo: "no, no, no, querido, eso yo también lo entiendo, pero aquí se trata de otro asunto. Los dos trazos de lápiz, casi en el mismo sitio, entendiste. Una cosa espantosa, yo te voy a contar".

Pero no contará, y el interlocutor se quedará otra vez sin saber bien qué es eso de los dos trazos de lápiz, porque Hernández, después del baldazo de niebla en el Ramos, y de la furiosa caminata por la jaula, se meterá a hablar, "porque esto es importantísimo, ya te vas a dar cuenta", del casual encuentro con una mujer, "con una mina", dice, cuando por razones caballerescas se acuerda de no recordar su nombre, a pesar de que, en alguna versión anterior, ya la ha mencionado más de una vez con nombre y apellido, cosa que seguramente volverá a ocurrir con este nuevo interlocutor dentro de unos minutos.

"Una mina", dice Hernández, "una mina conocida", con la que se encontró frente al Lorca mientras él cumplía su rabioso itinerario Callao-Cerrito, Cerrito-Callao, y con la que después de trabajosos y distraídos "qué tal", y "qué es de tu vida", y "cómo van las cosas", y de unas tropezantes cuadras por Corrientes, había ido a parar al Pipo. Y que allí en el Pipo, entre tallarines con tuco, papeles mugrientos, vino de la casa y un bochinche de la gran puta, Madame X, "una alta, flaca, de aspecto aristocrático", le había empezado a hablar de teatros, de cursos, de no sabía qué revista literaria, de novelas por escribir, de cine de vanguardia y de relación de pareja; a raíz de lo cual Hernández se vino a enterar que Lidia Cámara dice que anda, que sale, en fin que se entiende con Tagliabue. "Fijate vos, Tagliabue", dice Hernández, y el interlocutor debe esforzarse para recordar a un cineasta, y letrista de tangos, y miembro de alguna cooperativa de poetas, al que no se le conoce ninguna película, ni ningún libro, ni ningún tango, pero al que se suele encontrar a cualquier hora por Corrientes con muchos libros y papeles y carpetas bajo el brazo, "medio boludo pero buen tipo, cómo no te vas a acordar. Bueno, pero no interesa".

Porque lo que interesa, volverá a insistir Hernández, lo que en realidad interesa de todo este asunto, no es Lidia Cámara, ni Tagliabue, ni Trovato, ni Silva, sino Thompson, "entendelo bien", el esgunfio terrible de Thompson que "a todo esto", mientras la relación de pareja, y los tallarines, y el quilombo del Pipo, todavía allí clavado en una mesa de Los 36, envuelto en su sobretodo de telgopor, diciendo "claro, claro" y despidiéndolo con una sonrisa de Buda para que Hernández, en la mugrienta mesa del Pipo pudiera escuchar a Lidia Cámara hablando de una tapa y de un segundo número, mirándolo con los ojos brillantes de vino de la casa, y acusando de pronto el contacto de las rodillas por debajo de la mesa.

Aunque el "a todo esto", o sea que Thompson estuviera todavía sentado frente a la misma mesa de Los 36, el interlocutor que lo considera una presunción evidentemente gratuita, puede cuestionarlo y decirle a Hernández por ejemplo que "cómo supone", o "por qué habla en esa forma", en cuyo caso Hernández defenderá su "a todo esto" como un artículo de fe, no aceptará que se lo discuta, y volverá a hablar de tiempo embotellado, y de las dos marcas de lápiz, y de los postes inmóviles desde la ventanilla de un tren corriendo a toda velocidad, "pero cómo no te avivás".

Y entonces de la cena en el Pipo se llega en forma totalmente natural a la encamada con Lidia Cámara; todo a partir de ese casual encuentro de rodillas debajo de la mesa del Pipo, que decidió la supresión súbita del flan con dulce de leche, e influyó notablemente para que ambos se levantaran enseguida y se encaminaran rápido, "como si se nos estuviera escapando el último tren", a su pensión en el segundo piso de la calle Rodríguez Peña.

Encamada acerca de la cual el interlocutor presume que no pudo ser tan gloriosa como Hernández pretende darlo a entender, dado su confeso bandeo, sino más bien desesperada, o frenética, o violenta, particularidades éstas que bien lo pudieron haber hecho confundir a Hernández respecto de las capacidades amatorias tanto de él como de Lidia Cámara, pero que de todas maneras Hernández insistirá en describir morosamente, con nada lujuriosa obscenidad, simplemente con el tono parsimonioso y objetivo con que se podría contar un aburrido partido de primera B, o demostrar que la suma del cuadrado de los catetos es igual al cuadrado de la hipotenusa, sin ahorrarle al interlocutor ningún detalle y sin darle tampoco especial importancia a ninguno, porque así seguramente deben ser contadas las cosas, según parece, para que se llegue a entender bien lo de las dos marcas de lápiz y el tiempo embotellado.

Por lo tanto se escuchará a Hernández hablar con una cara llena de tristeza, y con una voz totalmente inexpresiva, de mutuas chupadas y de ululantes orgasmos de Lidia Cámara, y de inusuales posturas en las que participan sillas, almohadas y una especie de cómoda, y de las muchísimas veces que acabó Lidia Cámara, y de los después de todo simplemente discretos par de polvos, y de cómo, mientras descansaba y fumaba un cigarrillo, miraba hacia la mesa de luz y entonces veía la mano de Lidia Cámara, "una mano fina, de dedos larguísimos", que se apretaba contra un par de puchos que habían quedado por ahí hasta destrozarlos totalmente, y después mezclaba el tabaco con un poco de ceniza, y empujaba todo hacia el borde, y formaba allí, contra el borde de la mesita de luz, una especie de cordillera. Una asquerosa cordillera empujada por aquellos dedos mochos de comerse las uñas mientras decía que la esperanza era lo último que se perdía y que el amor remediaba todos los males, con el desierto del Sahara frente a su mesa de Los 36, y la bufanda, y el esgunfio, y que se fuera a la puta que lo parió, dice Hernández, porque después de eso, de esa esgunfiada cordillera mirándome desde la mesa de luz, no se me volvió a parar más la pija, y entonces me vestí, nos vestimos rápidamente, y bajamos otra vez a Corrientes, yo sin decir una palabra, pensando en la gimnasia respiratoria y en que la vida comienza a los cuarenta, y en su tremendo esgunfio llamándome desde una mesa de Los 36, y en el tiempo que hacía una segunda marca de lápiz justo en la cabecera de mi cama, caminando apurado, despavorido, como escapando de, mixto de nuevo en la sucia trampera del bandeo, sintiendo de nuevo un millón de hormigas, o termitas, o marabuntas prendidas en el culo.

Urticantes, frenéticas hormigas en el culo que lo apremian a dejar a Lidia Cámara junto a la portezuela de un providencial taxi libre, y que después de un inconsistente "te llamo cualquier día" y saludo con la mano, lo empujan irreprimiblemente otra vez a la jaula, otra vez atacado por el más movedizo y feroz de los bandeos, "vos no te imaginás, metido allí, recorriendo otra vez las ocho jaulas, quiero decir las ocho cuadras, de Cerrito a Callao, y de Callao a Cerrito, rajando como para apagar un incendio, totalmente bandeado, y ansioso, y revirado, y esta vez además con una intempestiva calentura, tenés que creerme, una calentura de la gran puta, a pesar de que hacía un ratito nomás con Lidia Cámara, y de golpe una tremenda necesidad de mujer", dice, aunque tal vez debiera entenderse como una tremenda necesidad de, simplemente, necesidad de sumergirse en algo, de recalar en algo que bien podría ser un cuerpo de mujer, necesitando creer que allí, en la tibieza de una piel de mujer, en ese prodigioso tiempo fuera del tiempo, sacudido de eléctricas caricias, y ternura, y ancestrales gemidos y vértigo, y unción, y empecinada, generosa entrega, ha de encontrarse, aunque sea transitoriamente, con eso sólo definido por el segundo gesto de la mano, el cantero con las lechugas y los rabanitos recién regados, la losa con las dos fechas exactas e irrevocables, pero que también podría ser un lago, o el amor por ejemplo.

Volviendo a recorrer entonces los barrotes de la jaula, mientras Thompson sonríe como un Buda y dice "claro, claro", prisionero en su niebla, despidiéndolo con gesto de Primer Lord del Almirantazgo, de capitán que permanece sonriendo junto a su barco que se hunde; y para colmo esa tremenda calentura en medio del (a causa del) bandeo, mirando por lo tanto a las mujeres, a las pocas mujeres que todavía quedan por la calle, "serían las dos y media", con ojos de deseo tal vez, pero seguramente con una tremenda cara de piantado, traspirando a mares a causa de su frenética maratón, y de las ginebras mal recibidas por su hígado bandeado, lobo aullando en medio de la estepa, cazador en trajinado safari por la jungla de Corrientes, distribuyendo los cebos, y aparejando las trampas, y observando las huellas, y olfateando el aire, el cuidado fusil sin el seguro y la mano nerviosa en el gatillo, cuando de pronto, algo que ha mordido su cebo, dos chistidos llamando a sus espaldas, dos clarísimos chistidos dirigidos indudablemente a él desde una mesa del La Paz junto a una de las ventanas de Montevideo.

Entonces el rápido giro sobre los talones con el fusil en posición de tirar, mientras los porteadores abandonan sus fardos en medio de la selva y huyen despavoridos, listo para estamparle cuatro onzas de plomo entre el esternón y la primera costilla a esa pantera negra de Java que ha chistado dos veces desde la ventana del La Paz, decidido a no dejar escapar ese fresco cantero con lechugas y rabanitos recién regados, que finalmente no resultó un cantero, ni una pantera negra de Java, ni una mina, como el bandeo me hizo pensar que era, sino el "piantado del Polaco" que desesperadamente le hacía señas con la mano desde una mesa del La Paz, "imaginate vos la jeta que le puse".

Y por supuesto no hay que hacer demasiado esfuerzo para imaginarse la cara de Hernández, creyendo ser llamado desde una mesa del La Paz por lo menos por Raquel Welch en busca de un pintoresco amante latinoamericano, rufián y bailarín de tangos, y encontrarse de súbito con la cabeza barbuda y gesticulante del polaco Mirkauek, que no es polaco sino descendiente de checos, pero que seguramente es el tipo al que en general menos se desea encontrar en cualquier caso, y con mayor motivo en el caso de un frenético bandeo como el de Hernández.

"Totalmente piantado", dice Hernández, "vos lo conocés", de modo que ni siquiera entró en La Paz, se acercó de mala gana a la ventana con intención de largarlo enseguida, y desde allí, desde la vereda, por decir algo le preguntó qué carajo estaba haciendo, solo, en una mesa del La Paz, frente a una botella de Coca-Cola pero aparentemente con una curda de siglos, a lo que el Polaco no contestó mayormente sino que, sin previo aviso y con la mayor naturalidad le empezó a explicar muy seriamente sus últimas adquisiciones en refinamientos y proezas eróticas lo cual, "vos lo sabés, es una piantadura como cualquier otra". Una mitomanía como cualquier otra, traduce el interlocutor, porque cualquiera sabe, y el interlocutor también por supuesto, que hay testimonios femeninos, resentidos pero fehacientes, de su casi impotencia, "quién lo diría, con esa pinta de galán, no es cierto". "Pero no era eso lo que me reventaba" sino su tonito confidencial y cómplice, como si le estuviera suministrando a Hernández importantísimos secretos de estado o algo así, hablando misteriosamente de sus nuevos descubrimientos, "cosas que francamente daban asco, che", mientras se pasaba una mano por la cara agitada por un millón de tics, y se echaba la porra para atrás, y apoyaba un dedo de la otra mano sobre un charquito de Coca-Cola, y con el dedo estirado empujaba el charquito y dibujaba, allí, sobre la mesa, una especie de rana o de pescado con un cuerno en la frente.

"Un larguísimo cuerno en la frente, entendés", debajo de la niebla, porque no había caso, patinaba y no quería correr el tiempo de Thompson, y allí estaba otra vez sobre esa mesa del La Paz haciendo su segunda marca de lápiz, llamándome, "ya te lo dije, no es cierto", haciéndome señas desde el fondo del pozo, diciéndome muy seriecito que la esperanza es lo último que se pierde, devastado por aquella tonelada de esgunfio, náufrago, y agonizante, y arrugando la frente ante la caída del cenicero, hablando de gimnasia respiratoria a la mañana, diciendo "claro, claro" y sonriendo como un Lord, en vez de prenderse de las primeras solapas que encontrara, de agarrarme a mí por las solapas sin ir más lejos, y putear, y desesperarse, y sacudirlas fuerte a las solapas, y gritar: "me estoy muriendo, carajo, tírenme un salvavidas", eso, no te parece.

Y el Polaco todavía allí, con su voz de pasar datos, y sus tics, y su piantadura, y por lo tanto rajar urgentemente, "qué otra cosa si no", retroceder como un boludo con la vista clavada en la mancha de Coca-Cola que seguía diciendo "claro, claro", perfectamente al tanto de mi bandeo, muy tolerante y comprensiva respecto a mis disculpables hormigas en el culo, retroceder como escapando de esa mancha sobre la mesa, y del Polaco que me dice, "pero che, no te vayas, escuchame", queriendo, necesitando volver a mi recorrido por la jaula, en el momento en que pasa una mujer frente a mí, se mete decidida en La Paz, y se sienta en la mesa, frente al Polaco.

"Un amigo", dijo entonces el Polaco, y la mujer, "una rubia chiquita, con cara de estudiante de psicología", que se llamaba Ruth, le tendió la mano.

Por lo que Hernández se volvió a acercar a la mesa, "simplemente porque la calentura era más fuerte que las ganas de rajar de allí", y siempre desde la vereda, sin poder quitarle la vista a lo que quedaba del pescado cornudo, le dio también la mano a la mujer; e inmediatamente a partir de ese contacto, que no fue insinuante ni prolongado ni nada por el estilo, "te lo juro", sino más bien rápido y de compromiso, supo, sencillamente supo que dentro de un rato estaría en la cama con ella.

Cosa que efectivamente ocurrió cuando el Polaco, de pronto, y con el mismo fervor y el mismo tonito confidencial de unos minutos antes cuando explicaba sus lujuriosos descubrimientos, se largó a hablar de una revolucionaria experiencia teatral, en la cual él participaba por supuesto, y en la que intervenía el subconsciente, la glosolalia, el ácido lisérgico, la yerba, el andar en pelotas, el amor universal y la homosexualidad, todo mezclado con una actitud de protesta contra los degenerados que asesinaron a Marilyn Monroe, "entendés flaco", mientras Ruth, que seguramente ya había escuchado varias veces todo eso, se levantaba y buscaba unas monedas para hablar por teléfono.

De modo que Hernández se olvidó momentáneamente del Polaco, la siguió con la vista, venteó la presa, dio órdenes precisas a los porteadores para que permanecieran en sus puestos, alistó el arma, y se metió por la puerta del La Paz derechamente hasta el teléfono donde Ruth acababa de introducir la primera moneda de diez pesos. El interlocutor no ha de entender muy bien lo que ocurrió después, porque oirá a Hernández hablar de una mano en la cintura, y de palabras dichas rápidamente y en voz baja, "porque el bandeo es así", y del gesto no demasiado asombrado de Ruth, y del teléfono devolviendo la moneda porque el llamado no alcanzó a producirse.

Creerá entender en cambio que Hernández se despidió drásticamente del Polaco diciendo que la iba a acompañar a Ruth, y que huyendo del pescado y acuciado por la tremenda necesidad de, se dirigió por Corrientes, dobló por Rodríguez Peña, y subió otra vez a su pensión del segundo piso, con Ruth arrimada a él y tomándolo del brazo con el gesto de un matrimonio a los veinticinco años de casado, y poniendo una cara de no entender un pito y de estar hablando con un loco cada vez que Hernández insistía en preguntarle si se había fijado bien en eso que el Polaco había dibujado sobre la mesa, y que cómo podía ser que no lo hubiera visto.

"Cómo que no viste nada, pero acordate", volvió a insistir Hernández todavía cuando Ruth se estaba desnudando, y, con la mayor eficacia y prolijidad, iba poniendo toda la ropa bien doblada encima de una silla, "como si se fuera a pegar un bañito antes de irse a dormir", o sea, pensó Hernández, que la cosa pintaba bastante decepcionante o aburrida, y que el gesto de veinticinco años de matrimonio era probable que fuera a repetirse espantosa-

176

mente en la cama dentro de un ratito. Más cuando Ruth le dijo, "querido, acabala con lo del dibujo", como si estuviera hablando con un chico y le estuviera pegando un reto, y se le acostó de espaldas a su lado, con el mismo entusiasmo y la misma expectativa de acomodarse en un sillón y esperar al peluquero leyendo Vosotras.

Pese a lo cual, o tal vez debido a eso, porque las bodas de plata no dejan de ser emocionantes después de todo, trata de explicarse el interlocutor, las cosas no fueron tan lamentables como pintaban al principio, según Hernández, sobre todo cuando Ruth, después de desperezarse y apagar el cigarrillo, empezó, como cumpliendo con una estudiada y conocida ceremonia, una minuciosa, inteligente faena sobre el cuerpo de Hernández, que respondió como era debido y, aunque de una manera totalmente distinta que con Lidia Cámara, dice que volvió a escaparle por unos minutos a su bandeo, y volvió a sumergirse en un paradisíaco cantero con rabanitos y lechugas recién regados junto a la rubita que, a pesar de su pose de mujer experimentada, "era muy dulce", y a pesar de ser estudiante de sociología (no de psicología como calculaba) no hablaba de "relación de pareja", sino que le pasaba la mano por la frente a Hernández, y le decía tiernamente "piantado", y le hablaba de amor.

"Hablaba del amor, así, en general, entendés", pero lo que no dijo, lo que ahora Hernández está seguro que no pudo haber dicho de ninguna manera, fue "la boludez esa de que el amor remedia todos los males". "Pero a mí me daba mucha bronca que, como una estúpida, me lo negara cuando yo se lo había oído tan clarito". "Cómo que no lo dijiste, si lo dijiste recién", le dije, y le dije que no se hiciera la viva porque no estaba hablando con ningún piantado. "Y ella me seguía pasando la mano por el mate, y me decía pobrecito, cuánto debés sufrir, quedate tranquilo y dormí un rato, me parece que tenés un poco de fiebre".

Y a Hernández que se le cerraban los ojos, muerto de cansancio y de sueño, diciendo que estaba lo más bien, y preguntándole a la rubita por qué carajo negaba que había dicho que el amor remedia todos los males si él se lo había escuchado perfectamente, justo antes de caerse el cenicero, bien metidito debajo de la niebla el cenicero, bien en medio de la bufanda, no es cierto, cuando le dije que nos íbamos a ver otro día, otro día con menos esgunfio.

Y la rubita le preguntó quién era Thompson, y Hernández levantó la cabeza y le preguntó a su vez de dónde lo conocía a Thompson, y la rubita le dijo que él lo había nombrado en sueños, y Hernández no le creyó, negó con la cabeza, y volvió a insistir en que lo que pasaba era que no quería confesar que lo había dicho, y dijo "has visto, has visto", y así, diciendo "has visto, has visto", parece que se quedó dormido.

Y contará luego que se despertó sobresaltado, "no había pasado más de media hora, creeme", porque estaba soñando que se caía, que "se venía en banda desde una cornisa altísima", y sintió la almohada empapada y el previsible dolor de cabeza. "No veía un pito", y tuvo que pasar un rato antes de que se acordara que estaba en la pensión de Rodríguez Peña y que se había quedado dormido hablando con una mujer, y otro rato más para acordarse, dificultosamente, que la mujer se llamaba Ruth.

"Empecé a tantear la cama", dice Hernández, "buscando a la rubita", pero la rubita se había ido, por lo que buscó la perilla, encendió la luz, y se encontró con el papel, "una hoja de cuaderno Avon cortada muy prolijita por la mitad". En el papel estaba anotado un número de teléfono, y además decía, "Chau piantado. En la mesa tenés un vaso de agua y dos aspirinas". Lo que faltaba era que me dejara una lista de cosas para comprar en el almacén, dice Hernández, aunque confiesa que le gustó encontrarse con el papel, y el vaso con el platito, y las aspirinas encima de la mesa, y que en ese momento tuvo ganas de volver a ver a la rubita.

Pero además, que se había puesto a pensar otra vez en Thompson, en el esgunfio terrible de Thompson, y en aquella bruta cubierta de telgopor que no lo había dejado arrimarse y preguntarle qué carajo le pasaba, qué carajo estaba haciendo allí, en una mesa de Los 36 mirando un especial de matambre, diciendo boludeces, ubicado como a diez kilómetros de la Tierra, preso en la "zona fantasma", al lado de Luthor y los demás malandras, "vos leés Supermán, no", dice Hernández.

Y todo mientras se tomaba las aspirinas, y se enteraba que eran las cinco de la mañana, y se vestía para volver a salir porque "ya no tenía nada de sueño", y porque se daba cuenta que le estaba haciendo falta un buen café doble después de las aspirinas, y porque seguramente no quería quedarse "despierto como un boludo" mirando el techo; y porque volvía a sentir otra vez la insistente necesidad de, o sea algunas pocas y madrugadoras hormigas en el culo, "así que me metí la carta de la rubita en el bolsillo y bajé otra vez a la calle", dice Hernández.

Y enseguida a la jaula, claro, "a qué otro lugar si no", con el dudoso pretexto de un café doble y de un teléfono para marcar el número de la rubita, con casi todos los boliches cerrados, y las diligentes hormigas madrugadoras despertando muy apuradas a sus diligentísimas compañeras, instándolas a cumplir dignamente su tarea de prenderse en el culo como Dios manda, y los pulmones empastados de tanto cigarrillo, y entonces lo de la gimnasia respiratoria, y entonces Thompson, y el amor remedia todos los males y la rubita y Thompson. Y el sitio donde tomar el café que, además del requisito más bien indispensable de estar abierto a esa hora, debe reunir también otras características no menos importantes, como ser, teléfono que funcione, mozo que no se haga esperar como un hijo de puta, y mesa cerca de la ventana y no demasiado lejos del teléfono. Y por lo tanto, recorrer otra vez a marcha forzada toda la jaula, de punta a punta las ocho cuadras de la jaula, desechando boliches a causa de mozo hijo de puta, estudiando las cosas desde afuera, o metiéndose a investigar estado de teléfono, vale decir otra vez en el mejor, y más exquisito, y más rajador de los bandeos, con el hormiguero completo cumpliendo su patriótica labor, y la desazón, y el apuro, y la tremenda necesidad de, que es el bandeo.

Hasta que después de llegar a Cerrito, y de volver de Cerrito hasta Callao, y de volver de Callao otra vez para el centro, pudo encontrar, medio escondido en una calle transversal, "Libertad o Talcahuano, me parece", el boliche ansiosamente requerido por su bandeo. Y entró, y pidió el café doble, y consiguió monedas, y sacó del bolsillo el papel con el número de la rubita, y abandonando el café recién servido se dirigió al teléfono (no demasiado lejos de la mesa), y levantó el tubo, y puso las monedas, e hizo girar el disco. "Pero no marqué el número de la rubita, fijate vos, sino que así, automáticamente, el de Thompson, por la costumbre, claro." Y que ya que sin querer lo había llamado, intentó comunicarse con Thompson, "con Thompson por favor, es un asunto urgente, por la hora, sabés", dijo, y que entonces una voz de gallego medio cabrero le informaba llena de resentimiento que el señor Ricardo Thompson había fallecido, que se había amasijado, como lo vinimos a saber después, que se había tomado los dos tubitos de Seconal y se había amasijado esa misma noche, porque tuvo que ser a la salida de Los 36, no te parece, dice Hernández, y se mete a hacer unos descabellados cálculos en los que relaciona el esgunfio de Thompson, "los llamados de Thompson", dice, con supuestos horarios, y el pescado con cuerno, y la cordillera, y todas las cosas horribles que habían pasado esa noche donde el tiempo había patinado y había hecho una segunda marca de lápiz encima de la primera, "ahora te das cuenta". Y deja de pronto los cálculos para contar que el café doble se había enfriado y estaba hecho una porquería, por lo que pidió otro café y una ginebra, y los tomó mientras lo puteaba interminablemente a Thompson, y salió del café, y volvió a recorrer los ochocientos barrotes de la jaula, con el tiempo de Thompson todavía en el aire de esa hora, todavía rezagado y flotando en medio de la jaula, "entendés", y "eso que a veces se me apretaba y me dolía en la garganta", y el tiempo embotellado y enfermo en esas ocho cuadras, y los tipos que ya salían para el laburo, y el baldazo de algún gallego que limpiaba el boliche, y esa voz ronca y medio misteriosa, "Clarín, Crónica de la mañana, diario", que siempre tiene algo de jodido, no es cierto, y el papel de la rubita que se me había perdido, y dónde iba a encontrar el número ahora, y los pulmones, y el dolor de cabeza, y doblar otra vez en Cerrito, y el bandeo.

Insai derecho

Pero dejá, pibe, qué me venís a preguntar por qué lo hice. A lo mejor un día, solito, te vas a dar cuenta. Hay cosas fuleras, cosas que no se pueden explicar así nomás. Cosas que vienen de lejos, que te van trabajando adentro, hasta que un buen día, paf, se aparecen ahí, frente a vos, como para probarte, o enterrarte, andá a saber. Además ya está hecho, qué te vas a amargar. Mejor rajá, honestamente te lo digo. Te estoy pidiendo que te rajes, que no te dejes ver por aquí, a ver si me querés entender. Es que no ganás nada con quedarte, y de yapa te comprometés. En serio que te comprometés, no viste los diarios: "insólita actitud antideportiva", "gesto indigno en un profesional", fijate vos. Y la hinchada, otra que gesto indigno, más vale no acordarse. Pero qué te la voy a contar si vos estabas ahí, la oíste bien, no. Como para no oírla estaba el asunto. Al que no oíste fue a don Ignacio. Ayer me llamó por teléfono, sabés. Uh, lo hubieras escuchado. De entrada nomás me putió. "Te anduve buscando para encajarte un tiro", me dijo. Me le reí. No se lo tome a la tremenda, don Ignacio, le digo. Cosas de viejo, vio. De viejo gordo y patadura, qué le va a hacer. Me volvió a putiar y colgó. Pero que el domingo me quería hacer la boleta, ponele la firma. El Cholo me lo vino a contar. Que andaba echando putas por el vestuario, hablando solo y manotiándose el sobaco. Y me podrás creer, pibe, a mí no me importaba. Te lo juro que en ese momento no me importaba. Mirá tenía ganas de volver y encontrarlo, reírmele en la cara, cargarlo, qué sé yo. Estaba como loco, yo. Como en otro mundo. Fue el Cholo el que me sacó del estadio. De prepo, y en cuanto terminó el partido. Me tiró un sobretodo encima de la camiseta, y me metió en su auto. Ves esto, un cascotazo o algo así, justo al subir al auto. Y a mí que me da por reírme, querés creer. Nervios, supongo. Cruzaba las manos sobre el mate, así, sabés, y puro decir gracias, gracias, y saludar a la hinchada. Como en pedo, viste. Viste cuando estás en pedo, y las cosas te patinan, y no te calentás por nada, bueno, así. Pero vos no, vos no estás en curda, no es cierto. Vos te das perfectamente cuenta de lo que te jode, y de lo que no te jode, no es cierto. Buen, entonces decime, qué hacés aquí. De veras, pibe, por qué no te las tomás. Qué querés, hacerme ver que estás conmigo. Pero si ya sé que estás conmigo. Lo que pasa es que no te conviene, cómo te lo tengo que decir. Escuchame, no salís más de la tercera, aunque seas un crack, aunque el sábado te metas cinco goles. No sabés lo que es don Ignacio, vos. Pensá si te llegan a ver en mi casa, nada más que eso. No, del club no van a venir. Quién va a venir del club. Digo, periodistas, fotógrafos, vos sabés cómo son. Nos sacan juntos, y después me contás la que se te arma. Ayer nomás vinieron, ahí tenés. Y querés que te cuente como los recibí. Qué plato, los recibí en piyama, medio en pedo, y regando las plantitas del patio. Ah, y con un funyi viejo que encontré por ahí, bien derechito sobre el mate. Les hubieras visto las jetas. Querían preguntarme, y no sabían por donde arrancar. Y yo, serio, sabés, meta regar las plantitas y esperarlos. Al final me hacen la pregunta, y les digo que sí, que me retiro definitivamente del fútbol. Me arreglo el saco, toso, y les largo: para atender mis negocios particulares. Entonces quieren tomarme una foto, y me piden que me saque el funyi. No, les digo, el sombrero no, por el sol, me hace tanto mal el sol. Así, viejo, gordo y asmático, me puede agarrar una insolación, imaginensé. Y me tiro chanta en una silla baja, resoplando y apretándome la cintura. No Zatti, no nos haga eso, me dice el del Gráfico, y guarda la máquina. Buen pibe, una cara de velorio ponía. Así, como la que tenés vos ahora. Como la que tenías el domingo en la cancha, vos. No me vengas a decir que no, si te juné al salir del túnel. Llorabas, che, o me pareció. Vamos, pibe, que no es para tanto. Me ves cara de amargado a mí, vos. Y entonces. Es que vos no podés entender, sos muy pichón todavía. Mirá, pibe, hay veces que el hombre tiene que hacer su cosa. A lo mejor es una sola vez en toda la vida. Como si de golpe Dios te pasara una pelota, y te batiera: tuya, jugala. Entonces, qué vas a hacer, tenés que jugarla. Si no, no sos un hombre. Si no, no sos vos. Sos una mentira, un preso, qué sé yo. No sé cómo decirte. Como si en un cachito así de tiempo, se te amontonara de repente todo el tiempo. Y entonces, todo lo que vos hiciste, todo lo que vas a hacer, no vale un pito, no interesa. Nada más que ese cachito de tiempo interesa. Nada más que ese cachitito así de tiempo en que vos tenés tu pelota, y estás solo, entendés. Claro, vos pensás que estoy un poco sonado. Para peor lo de la insólita actitud y el gesto indigno. Pero no, no estoy sonado. Sí, ya sé que perdí cosas, no me lo vas a decir a mí. Pucha si perdí. Pero no sé, algún día me vas a entender. Qué querés que te diga, pibe, yo antes era como vos, sabés. Para mí no había más que un cuadro. El cuadro donde uno empezó de abajo y fue subiendo. Ni se me pasaba por la cabeza jugar en otro lado. Y eso que más de una vez me hicieron ver el paco. De River, de Méjico, del Real Madrid, y vos sabés que esto no es grupo. Pero a mí no me interesaba, aunque el club hubiera ligado en forma con la transferencia. Y no, nada, firme en el cuadro. Un año, y otro año. A que no sabés cuántos años. Ah, lo sabés. Sí, pibe, dieciséis años, nueve en primera, qué me decís. Claro que hubo momentos lindos, como si yo no lo supiera. Otra que lindos, gloriosos. Te acordás aquella final con Independiente. Dos a cero perdíamos. Íbamos por la mitad del segundo tiempo. En eso, Devizia que me pasa una pelota sobre el banderín del corner. Primero se me vino Puente. Un jueguito de cintura y lo pasé. Entonces se me aparecen Antorena y Sanguinetti a darme con todo. Nada menos que Antorena y Sanguinetti, tipos con prontuario, te acordás. Cada nene había en aquella época que los zagueros de ahora son pastores evangelistas. La cuestión es que me les voy a los dos, amago un centro con la derecha, y con la zurda le hago un túnel a Martínez. Camino dos metros, se la pongo en los pies a Díaz, y gol. Y sobre el pucho, el empate. Un tiro cruzado de D'Alessandro, y yo la mato con el pecho. Otra vez Sanguinetti a la carrera como para estrolarme. Justo cuando lo tengo al lado, la subo de taquito y se la paso por encima. Ni la vió el rubio, pobre. Me adelanto, la vuelvo a agarrar de cabeza, y bang, a la red. Y a los cuarenta y tres minutos, pibe, la locura. Cuello se la entrega con la mano a Fandiño, y Fandiño, de emboquillada, a mí. Los dos al ladito del área nuestra. Yo camino unos pasos, y se la vuelvo a Fandiño. Y el, lo mismo, un par de gambetas y me la devuelve. Yo la tomo de empeine, le hago la bicicleta no me acuerdo a quién, y otra vez se la vuelvo. Nos recorrimos la cancha de punta a punta. Así, a pasecitos cortos, como dibujando. Él a mí, y yo a él. Llegamos casi a la puerta del arco. Yo amago un tiro esquinado, y de cachetada, otra vez a Fandiño. El gallego la empuja, y gol. Esa tarde, pibe, me trajeron en andas hasta la puerta de casa. Ahí fue cuando empezaron con lo de la Bordadora, te acordás. Y claro que era lindo. Los pibes te miraban como a la estatua de San Martín. Los muchachos del café, puro palmearte y convidarte a la mesa. Hasta los hinchas de otros cuadros, sabés. Eso quién te lo quita. Tipos que te paraban por la calle. Muchachos que te seguían a muerte a todos los partidos. Y de pronto la guita, y la casa nueva. Y vos en la tapa del Gráfico, en colores. Y a la tribuna que le daba por aplaudirme cada jugada, sabés lo que es eso. Y los de las revistas y las radios que te ponían al lado de Cherro y de De la Mata. Y cada gol que era una fiesta nacional. Te acordás, pibe, una vez armaron un muñeco que era una vieja bordando, y lo pasearon por toda Avellaneda. Después aquí en la puerta hicieron como una murga y cantaban aquello de que vino la Bordadora, te acordás. Cuántos años hace. Ocho decís, y sí, más o menos. Yo andaba por los veinticinco. Che, cuánto pesás vos. No, yo ya pesaba más, pero en aquella época no le hacía. Era otro fútbol. Qué tanto correr como un desesperado los noventa minutos. Decime, hace falta, qué va a hacer falta. Pero de golpe, a todos los directores técnicos les dio por ahí. Atletas querían, no jugadores. La cosa parece que venía de Europa. Y bueno, vos sabés, yo me aguanté como dos años de carreritas, y calistenia, y concentraciones. Pero don Ignacio ya me tenía entre ojo. Claro, el quía se muñequiaba la presidencia del club, y desde la comisión directiva empezó con aquello de que había que renovar todo. Primero, la sede, después, las finanzas, y después, estaba cantado, la modalidad de juego, y por supuesto, el equipo. Estilo europeo, decía. Fútbol europeo. Vos sabés cómo los embalurdó a todos con eso, no. Y ese año, en las elecciones, natural, don Ignacio Gómez, presidente. Lo primero que hizo, se trajo a aquel director técnico húngaro, cómo se llamaba, no me acuerdo. Y a mí me quisieron pasar a la reserva. Entonces me rajé. Te parece que lo iba a aguantar. Me apareció aquel contrato en Colombia, y a la semana estaba jugando en Bogotá. Cinco temporadas en Colombia, che. Que iba a hacer capote por allá, cualquiera se lo palpita. Salvo dos o tres uruguayos y un argentino que había, los tipos jugaban un fútbol de la época de Colón. Y conmigo se enloquecieron. Sabés como me llamaban allá. La araña, me decían. Fijate que si yo me quedaba en Colombia, a lo mejor, todavía... pero qué te vas a poner a pensar. Un buen día, después de cinco años, me fueron a buscar, y aquí me tenés. Te lo juro, pibe, que me fueron a buscar, si no, yo no volvía. Vos sabés bien cómo fue la cosa. El húngaro ese resultó un fracaso, y casi nos manda al descenso. Lo pusieron otra vez a Bruno, y don Ignacio se la tuvo que aguantar. Te imaginás la bronca que habrá tragado. Para colmo lo obligan a meterme a mí en el equipo. Y él, claro, tuvo que quedarse en el molde porque, te imaginás, otra campaña desastrosa, y chau presidencia. Y chau acomodo, y chau coima, y chau negocios con el gobierno. Así que el tipo hizo como si todo fuera cosa suya. Hasta lo declaró en los diarios, sabés. Que él

personalmente había decidido mi inclusión para darle más
fuerza a la línea de ataque, así dijo. Te das cuenta qué
ñato, otra que ministro inglés. Así que para la gente, para
los diarios, para todo el mundo, el responsable de mi vuelta era don Ignacio. Hasta a mí me la quisieron hacer tragar,
fijate vos. Y a mí qué corno me importaba. La cuestión
era que me habían ido a buscar, pibe, y entonces volví.
Con treinta y cuatro encima volví. Pero contento, sabés.
Volver a ser otra vez la Bordadora... Y unas ganas de jugar
en la cancha nuestra, y en la bombonera, y en el monu-
mental. Reírme un poco de estos atletas, y enseñarles lo
que es el fútbol. Contento, aunque los diarios, al poquito
de llegar nomás, me entraron a dar tupido. Que estaba
viejo, decían. Que estaba pesado. Que había sido un lamentable error incluirlo a Zatti, último exponente de un
periclitado fútbol de filigranas, así pusieron. Me acuerdo
bien porque leía eso, y pensaba: yo te voy a dar viejo sí,
yo te voy a dar último exponente. Vas a ver cuando agarre
la pelota vos, y estos yeseouen entren a no saber ni dónde
tienen las patas. Esas cosas pensaba cuando me sacudían.
Quién se iba a imaginar, pibe, que me iba a aparecer el viejo
asunto de los meniscos. Fijate si no es mala leche. Una
caída pava en el entrenamiento, me revisan, y no hay
vueltas, los meniscos salidos, tengo que operarme. ¿Es o
no es mala leche? Porque eso nomás fue lo que me mató.
No, la operación no. De qué operación me hablás si quedé
lo más bien de la operación. Quiero decir el descanso, el
mes entero sin moverme, entendés, eso me mató. Yo tengo
tendencia a engordar, siempre la tuve. Y un mes haciendo
sebo, imaginate. Chupando un poco, fumando, comiendo en
casa. Cuando volví al entrenamiento andaba con unos
kilitos de más.

Pero no era para hacer tanto escombro. Si jugué como
siempre, y en la práctica me mandé un gol que mama
mía. Hasta los muchachos me felicitaron. Pero los diarios,
dale con que estaba gordo, dale con que estaba jovato y
que me agitaba al correr. De dónde carajo sacaban esas
cosas los tipos no sé. Me daba una bronca. Pero pensaba en

190

la hinchada, y la bronca se me olvidaba un poco, sabés. Vas a ver cuando Zatti se corte solo hasta el arco, pensaba. Vas a ver cuando el cemento se venga abajo al grito de dale bordadora. A la hinchada sí que no me la van a engrupir con lo de gordo y asmático y último exponente. A lo mejor por eso estaba algo nervioso el domingo. Bueno, no nervioso pero preocupado. Venir a reaparecer justo en una semifinal no es joda. Pero no fueron los nervios, ni la preocupación. Qué se yo lo que fue. La mufa, la mala suerte, andá a saber. De entrada nomás la pierdo boludamente frente a Rodolfi. Después erro un tiro libre a dos metros del área que era como para colgar los botines. Después viene Kelly a marcarme de frente como un estúpido, y me la saca. Y después ya no la veía. Es la verdad, qué te voy a macanear si no veía una pelota. ¿A vos no te pasa que alguna tarde no ves una pelota? Yeta, qué sé yo, pero no la ves. Al principio te parece que es casualidad, que otra jugada y te vas a rehabilitar. Pero después entrás a correrla, y a pifiar, y a descolocarte. Y no la ves, y no la ves. Y qué vas a hacer. Bueno, yo el domingo andaba así. El único centro que me pasaron, me quedé corto en el pique, y la vuelvo a perder. Y ahí empezaron. Dale gordo, comprate una motoneta, gritó uno, y fue como si lo estuvieran esperando. Porque al ratito se largaron todos, o a mí me parecía que eran todos. A dormir la siesta, viejito, me gritaban. Vaya a regar las plantitas, abuelo, me gritaban. Todo eso, y yo allí oyéndolo, sabés, tragándomelo todo, entendés lo que es eso. La hinchada me lo decía, nuestra hinchada. Como un campeonato era, a ver quién decía la cosa más chistosa. En una de esas oigo algo de obeso y de asmático, y me parece que me avivo de algo. Me avivo de que por lo menos eso no lo habían inventado allí. Yo lo había leído eso, en algún diario. Y entonces quería decir que la hinchada, que mi hinchada, también se había dejado engrupir. O no se había dejado engrupir, y entonces todo lo que gritaban era cierto y yo era una especie de bofe. Porque la verdad es que yo andaba cada vez peor. Ya ni me la pasaban, sabés, si parecía un poste. Es cierto que me agitaba un poco pero no era eso. Era que sencillamente no la veía. Y tras que no la veía, los muchachos no me daban juego. Pero a ellos no les digo nada, está bien. Hay días en que un tipo no anda, y no anda. Y entonces, qué vas a hacer, vas a arruinar una jugada pasándosela, para qué, si igual sabés que el tipo la va a perder, de pura mala pata. Pero lo de la tribuna era alevoso. Hasta patadura me gritaron. Patadura, oíste. Fue lo que más me dolió. Me acordaba de cuando me aplaudían cada gambeta, me acordaba del muñeco y de la tapa del Gráfico, y te juro que lloré. Se me hizo como un nudo en la garganta y lloraba de bronca. Y era peor, porque con la bronca y la desesperación por embocar un tiro no veía ni medio. Qué decían en la radio. Está bien, no me digas nada, para qué, ya me imagino. Terminó el primer tiempo, y en el vestuario no hablé con nadie. Me quedé solo, amufado, con la garganta seca, y con aquel patadura golpeándome en los oídos como una locomotora. Cuando volvimos a la cancha, al subir del túnel, algo me pegó aquí con fuerza. Miré, y era una moneda. Me hice el gil, y al pasar te vi a vos prendido al alambre, y llorando, sabés qué pinta tenías. No me viste que te sonreí. Bueno, empieza el segundo tiempo, y al rato, otra vez a chingarla, y otra vez los gritos y las cosas jodidas. Y claro, no me enderecé, por qué me iba a enderezar. Después vino el gol de ellos, y entonces, el apuro por igualar. Y a mí, con el apuro, se me vuelve a escapar una pelota servida, y vuelven los largá viejito, y a casa gordo, y sentate asmático. Para peor la bronca esa que te enturbia la vista y no te deja ver nada. Ojalá que nunca lo pases, pibe, vos no sabés lo que es. Te gritan patadura, y a vos te vienen ganas de matarlos a todos. O si no, de morirte, en serio te lo digo. Porque después ya ni la buscaba más. Ya ni esperaba que me la pasaran, qué sé yo. Estaba ahí parado como un pavo, como una visita, como en otro mundo, decí que no. Si ya era un muerto yo cuando, de golpe, se me apareció el tiro ése de Monestés, vos lo viste. Todavía no sé por qué me la pasó. Se equivocó a lo mejor. O lo salieron a marcar y no le quedó más remedio. O a lo mejor de lástima, quién te dice. Lo que yo vi fue que Monestés se la estaba por entregar al arquero, pero perdió tiempo y quedó tapado. Entonces me vio solo, allí, junto al área chica, y apurado me la pasó. Un tiro corto, a media altura, justo para que yo se la volviera de cabeza. Yo salto apenas y en vez de cabecear, la paro con el pecho, la bajo, y la dejo morir quietita ahí en el pasto. Me acomodo para volvérsela enseguida, y en el momento que se la voy a entregar no sé que me pasa. Como una voz, sabés. Como una voz que me dijera: tuya, jugala. Entonces, claro, sin saber bien por qué, la retengo. Y cuando Monestés levanta el brazo pidiéndola, me hago el que no lo veo. Y en vez de devolvérsela, la amaso un poco, la toco, y empiezo a caminar para adelante. Allá, en la otra punta de la cancha, veía el arco contrario como si fuera un sueño, como si se terminara el mundo allí, una cosa rara. Y yo, casi caminando, con la pelota pegada a los pies. Kelly, que estaba ahí cerca marcándolo a García, me la vino a sacar como si se la sacara a un poste. Me ladeo apenas sin soltar la pelota, le hago un movimiento con el cuerpo, Kelly queda pateando el aire y se pasa de largo. Oí algunos gritos, no muchos, desparramados por la tribuna. Y seguí. Entonces se vino otro, quién era, Ramos decís, sí, me parece que era Ramos. Por atrás se me vino el loco, a toda carrera. Yo la paré, hice la calesita, no sé cómo me lo saqué a Ramos de encima, y me fui con la pelota. Ahí empecé a escuchar gritos, pero gritos en serio, sabés, de toda la tribuna. Dale Bordadora, solo Bordadora, escuché. Lo mismo que antes, cuando me llevaron hasta la puerta de casa. Pero la locura vino cuando lo pasé a Deambrosi. Se me había prendido al lado con ganas de pecharme. Me paré en seco, Deambrosi se descolocó, y yo empecé a trotar solo para el lado del arco. La oíste a la hinchada, enloquecida. Querés que te diga una cosa, nunca la había oído gritar así, en serio, ni cuando la final con Independiente. Arriba Zatti, dale Bordadora, todo el estadio gritaba, parecía que se reventaban las tribunas. Y yo engolosinado o abombado por esos gritos, cuando en eso, Vaghi que se me tira fuerte a los pies. A

ése sí, te juro que no lo ví. Pero, qué sé yo, yo estaba de
una manera especial, como sabiendo todo, como manejando todo. Y así, como en un relámpago, supe, la verdad es
que supe que no me la iban a sacar. Mirá que se me tiró de
planchazo, y yo que casi sin mirar me lo salto limpito por
encima. Apoyo mal al caer pero me quedo con la pelota.
Te juro que no sé cómo lo hice pero salió. La tribuna se
venía abajo. Ya ni sé bien a cuántos pasé. A cuatro, o a
cinco, me parece. A seis, me decís, sí, puede ser. Lo que
me acuerdo bien es que cuando el arquero se me tiró, yo
lo esquivé, y el tipo quedó en el suelo, pagando, y con el
arco descubierto. Bueno, el delirio. Lo tenía ahí, para mí
solo, al arco, sin nadie con tiempo para taparme. La oía a
la hinchada gritando, ya enloquecida del todo con el gol
que se venía. La oía, sabés, pero era como si la tuviera lejos.
Como si no me gritaran a mí sino a otro, cómo te puedo
decir, a un tipo que yo no conocía. Y de golpe me pareció
que todo eso de los gritos y de dale Bordadora y arriba
Zatti, yo me lo estaba acordando, o imaginando. Y que si
paraba un cachito la oreja para escuchar mejor, iba a oír
otra vez clarito: largá obeso, sentate asmático. Todo eso
me zumbaba en el mate cuando me arrimé hasta la entrada
del arco. Me acuerdo que alcancé a mirar a la tribuna, y
que de golpe me subió algo como una tremenda bronca.
Porque la oí, te aseguro que la oí, la palabra patadura
como flotando sobre el cemento, en medio de los gritos.
Amasaba la pelota sobre la línea de gol, miraba, y la bronca me crecía cada vez con más fuerza, se me apretaba en
los dientes. Y en eso sentí, te lo juro que lo volví a sentir,
el golpecito de la moneda aquí, lo mismo que al salir del
túnel. Sí, ya sé que no puede ser pero yo, pibe, lo sentí,
justo cuando jugaba con la pelota sobre la línea. Entonces
no sé que me pasó. Campanié a la tribuna, me reí, y de un
guadañazo tiré la pelota afuera, lejos. Tan lejos que entre
el terremoto que venía de la hinchada alcancé a verla llegar
picando hasta el lateral izquierdo. Lo que no me gritaron.
Pechaban y querían voltear la alambrada para amasijarme.
Todavía me parece estar oyendo el fulero crujir de los

parantes, vos lo oíste. No faltó nada para que atropellaran, y para que en malón se metieran en el campo. Más cuando al verlos así, furiosos, insultando y tirándome de todo, levanté la cabeza, me acomodé, y me mandé un soberano corte de manga, tranquilo, mirándola de frente a la tribuna. Y vos me preguntás por qué lo hice. Dejá, pibe, ahora. Algún día lo vas a entender, qué sé yo, a lo mejor sos muy pichón todavía.

Una cajita adentro de un cuaderno

No sé por qué tienen que venir a hablarme a mí de la mujer esa que le decían la Piru, como si yo supiera más que las demás, o como si yo la hubiera visto alguna vez fuera de *La Química*, o como si yo hubiera tenido con ella quién sabe qué clase de amistad o no sé qué. Por qué no van y le preguntan a la gordita esa que ahora tuvo que irse para *Inyectables*, que una vez le fueron a la casa porque estaba enferma y le vieron aquella página de *El Gráfico* con la foto de la Piru clavada con cuatro chinches en la pared, una odiosa la gordita, Teresa creo que se llama, me empezó a tomar rabia justo desde el primer día que entré a *La Química*, cuando yo no podía con el plegado de las cajitas y con las etiquetas, y las cajitas se me iban amontonando y amontonando en la mesa, yo cada vez más nerviosa con los dieciocho cumplidos hacía una semana, y la primera vez que me empleaba, y con unas ganas bárbaras de llorar o de salir disparando porque nunca en la vida iba a poder mover las manos rápido como las otras que ni se les ocurría mirarme ocupadas como estaban con la cuota y el premio a la producción. Y andaba así, toda inquieta y desconsolada cuando en eso veo que se me acerca una mujer alta, ojos muy negros, cara como de águila, parecida a no me acuerdo cuál bailarina española, y yo convencidísima de que era la capataza o algo por el estilo que venía a pegarme un levante por lo mal que trabajaba, tratando de apurarme todo lo que podía, y era peor porque las cajas se me doblaban para cualquier lado, y las etiquetas se me quedaban pegadas en los dedos o salían tan torcidas que después tenía que perder más tiempo para volver a despegarlas, así que no pude más y antes de que me dijera nada me puse a llorar como una sonsa sobre aquel montón de frascos y cajitas que se hacía cada vez más grande. Entonces la mujer esa que después supe que le decían la Piru y que contaban de ella qué sé yo cuántas cosas raras, se me paró atrás, se agachó sobre el montón de cajitas y de frascos, y con una voz muy tranquila y grave me dijo, "así rubia, fijate", y empezó a mover las manos a una velocidad que era una maravilla, unas manos grandes, fuertes, lindas a pesar de todo porque eran blancas y tenían los dedos muy largos. Unas manos que se pusieron junto a las cajitas amontonadas, y casi sin tocarlas, con unos movimientos justos, rápidos, increíblemente suaves, las fueron dejando a todas plegadas, paraditas, en fila, ya con el frasco adentro y con la cara de pegar las etiquetas mirando para el mismo lado, todo en un momentito y como si no estuviera haciendo ningún esfuerzo. "Te diste cuenta", me dijo, y yo aunque no me había dado cuenta de nada le dije: "Sí, ahora sí", y entonces en un santiamén, sin ensuciarse para nada esas manos grandes y blancas, les pegó las etiquetas a todas, parejas, derechitas, sin un doblez y sin una mancha de goma, y las apiló en el lugar de al lado donde una negrita bastante idiota, que después supe que se llamaba Felisa, las iba acomodando en otra caja de cartón, y era verdaderamente una idiota porque todo el tiempo haciendo lo suyo y ni se le había ocurrido mirar ni darme una mano, ni mirar después cuando la Piru hacía lo que hacía, ni cuando le pasó toda la pila de cajas listas. La Piru se volvió para su sitio y yo apenas si mirarla pude cuando caminaba y le daba un golpecito en la cabeza a una gordita que estaba sentada tres sitios más a mi derecha, que se iba a llamar Teresa, que iba a tener una foto de la Piru clavada en la pared, que me miraba seria y como con rabia, grande la foto, justo en el momento en que ella saltaba para tirar al aro, y abajo decía, "Julia Demarcchi, alma y nervio del equipo de Vélez", porque la Piru era capitana del equipo de básquet, pero apenas si pude mirarla a la Piru porque las cajitas y los frascos se me empezaban a juntar otra vez a la izquierda y yo quería hacer las cosas bien, doblarlas bien, y ponerlos en fila, y pegarles las etiquetas limpias y parejitas, y hacer todo muy rápido como le había visto hacer a esa mujer alta que después supe que le decían la Piru. Y la cuestión es que, no sé cómo, en algún momento de esa misma mañana, las cosas me empezaron a salir bien, y me gustó ver cómo no se me amontonaban las cajitas y los frascos, y al contrario, a veces tenía que esperar a la compañera de la izquierda que terminara de ponerles los sellos y el papelito atado con una gomita antes de pasármelos a mí. Y hasta tuve tiempo para mirar un poco a las otras compañeras de envase, a la negrita que no miraba para ningún lado y que parecía una máquina o un muñeco de cuerda, a la gordita esa que estaba tres lugares a mi derecha que a veces me miraba seria y a veces le decía algo a la que tenía al lado y la otra se reía y las dos me miraban a mí, la antipática esa de la foto, que se la vieron todas la foto, había aparecido en *El Gráfico* que alguien había llevado para mostrar, y la revista se pasaba de sección en sección, y después a la salida muchas fuimos y la compramos, nada más que porque era raro ver a una compañera de *La Química* o sea una de nosotras, fotografiada en la revista como si fuera una artista o algo así. Pero aquella primera mañana en *La Química* mirándola sobre todo a ella, a ésa que le decían la Piru, que tenía la mirada lejana, como pensando en otra cosa, mientras etiquetaba y sellaba y clasificaba y acomodaba en los carritos unas cajas grandes, pesadas seguramente, que después alguien llevaba hasta el escritorito del fondo donde un tipo que después iba a ser el famoso Roberto las anotaba y controlaba. Y hacía todo así, rápidamente, sin esfuerzo, como la había visto hacer cuando había venido a ayudarme, aunque yo la verdad tenía ganas de que me mirara para que viera lo bien que había aprendido y hacía las cosas rápido, y me sobraba el tiempo para mirarla a ella y sonreírle agradecida. Pero esa mañana casi ni me miró, una sola vez, apenas el sitio donde antes estaba el montón de las cajitas y los frascos y al ver que las cosas andaban bastante mejor, bajó los labios y movió un poco la cabeza como admirándose un poco en broma, como diciéndome, "la pucha qué rápido que aprendiste", y después siguió con sus cosas, así yo ni siquiera pude hacerle señas de decirle gracias y lo más que hacía era mirarla a ver si me miraba, viéndole mover con seguridad esas manos grandes y lindas que nunca terminaron de asombrarme, y que alguna vez en un picnic iba a ver agarrar la guitarra que habían traído unos muchachos y largarse a tocar mejor que todos ellos, acompañando a todos los que querían cantar, marcando el compás con unos rasguidos limpios y fuertes, o haciendo unas cosas lindas con las bordonas, que después todos los muchachos le pedían que se las enseñara. Pero eso fue mucho después, cuando yo ya sabía quién era la Piru porque varias compañeras se habían encargado de avisarme, y yo que naturalmente nada tenía que ver con la Piru, y menos quería que las chismosas aquellas anduvieran por ahí diciendo qué sé yó qué disparates me empecé a apartar de ella, o más bien a ignorarla, como en el picnic, que la Piru en un banco con la guitarra, y yo mirándola tocar, viéndola reírse con los muchachos, dejándola de golpe con sus zambas y sus milongas y sus cuecas para irme junto al tocadiscos y bailar con Roberto y con los chicos de depósito que ponían un disco tras otro y poco caso le hacían a la guitarra, a ignorarla quiero decir, a no verla nunca sola y a morirme de risa cuando alguna decía un chiste sobre la forma de ser de la Piru, y a hacer chistes también para que no fueran a creer que una era distinta o quién sabe qué. Me acuerdo aquella vez que estábamos trabajando y vimos cómo la Piru discutía mano a mano con el encargado de compras por unas cajas que habían venido con fallas y hacían perder mucho tiempo, él sonriendo con ese airecito sobrador que tienen los de administración cuando hablan con una de nosotras, diciendo que la falla era insignificante, que no iba a devolver toda la partida y que se fuera arreglando como pudiera hasta que llegara otra, y la Piru que se le ponía de frente y le metía las cajas falladas en las narices y le hablaba del premio a la producción y que él no sabía lo que estaba diciendo y que si no se las cambiaban en seguida ya iba a saber quién era ella, hasta que el otro, todo rodeado de mujeres que lo miraban, fue dejando el airecito ese de canchero y se fue poniendo bastante razonable porque agarró una caja con falla y la miró por todos lados y dijo que sí, que tal vez habría que devolverlas, y que iba a ver si podía mandar un camión esa misma tarde. Ésa fue la primera vez me parece cuando alguien que a lo mejor fui yo dijo, "viste, es como un hombre", e hizo con la mano un gesto medio puerco y difícil de confundir, por lo que todas nos tentamos de risa, y estuvimos haciendo ese gesto cada vez que alguna nombraba a la Piru o la veía apilar las cajas en los carritos, muriéndonos así de risa toda la tarde. O aquella otra vez cuando el paro, que iban a suspender a cinco o seis compañeras y no había nada que hacer, hasta que la Piru, sin hablar mucho, sin discutir con nadie ni quejarse como hacíamos todas, hizo que se formara una comisión que lo fue a ver al jefe de personal, y yo no sé cómo, pero las suspensiones no se aplicaron. Y aquella vez también dijeron que era como un hombre pero lo dijeron de contentas por lo fácil que había resultado todo con la Piru encabezando la comisión y poniendo las cosas en su punto frente al jefe de personal, y hasta me parece que lo dijeron de modo que ella pudo oírlo pero claro sin hacer el gesto aunque seguro con un poquito de mala intención porque alguna se rió, y hubo que hacer fuerza para no tentarse y reírse, hasta que la Piru se fue para el vestuario y entonces todas largaron la carcajada porque alguien hizo el gesto a espaldas de ella justo en el momento que se iba.

Así que yo a no ser ese primer día cuando entré a trabajar y que a la Piru yo no la conocía ni sabía lo que era ella, y después una o dos veces más cuando mucho, yo nunca había hablado sola con la Piru, y no tenía con ella ninguna clase de amistad ni nada que se le pareciera, y menos todavía cuando me di cuenta que las chismosas esas, después de aquella vez que me encontraron sola con ella, empezaron a chimentar cosas de mí como antes chimentaban de la gordita, así que a mí me dio mucha rabia y mucha vergüenza y no le di más corte y al contrario, me moría de risa, y eso lo saben todas muy bien, que cada vez que hablaba de ella o cuando se inventó aquello de que era como un hombre y el gesto como para que nadie se fuera a equivocar, yo me descostillaba de risa y hacía chistes bastante salvajes para que no fueran a pensar de mí lo que antes pensaban de la gordita, aunque para decir verdad lo de la gordita estoy segura de que era cierto, porque desde aquella vez que la Piru me vino a ayudar y me llamó "rubia" así cariñosamente, y después alguna que otra vez que me vio conversando con la Piru, a ella se la llevaron los diablos y me empezó a mirar con un odio que cualquiera se daba cuenta, más con lo de la foto, hermosa la foto, de casi toda la página, con la mano de la Piru, alma y nervio del equipo de Vélez, tocando apenas la pelota, que muchas recortamos de la revista y guardamos y pusimos no en la pared naturalmente sino en un cajón o en un sobre o adentro de un cuaderno, la mía adentro de un cuaderno, doblada por la mitad, junto con las cartas de Enrique, y la flor, y los versos que en otro tiempo cortaba de las revistas, y esos pensamientos tan lindos sobre el amor, y la foto del picnic, yo riéndome como una loca con un muchacho de cada brazo, y la cajita de *La Química* mal doblada con la etiqueta torcida y con una mancha de goma pero que bien podrían ser las lágrimas, y algunas cosas que a veces se me ocurren y me vienen ganas de escribir. Seguro que era cierto lo de la gordita pero más seguro todavía que la Piru no le hacía mucho caso y que era ella en cambio la que la buscaba aunque después quisiera hacerse la indiferente y se veía que estaba rabiosa o despechada, todo porque la Piru tenía por mí una especie de preferencia o qué sé yo, o se creía que yo no me daba cuenta, gorda hipócrita, degenerada, que quién sabe adónde habría ido a parar si la Piru le hubiera dado un poquito así, que una no es como ella, si no, se hubiera divertido en hacerla morir de celos y hasta quién sabe si no hubiera tenido que irse de *La Química* como tuvo que irse de la sección *Envase*, que inventó no sé qué mentira de la salud, o de que quería aprender otras cosas, nada más que para que no la mataran los nervios viendo que la Piru no le hacía ni caso, si es que alguna vez le hizo como dijeron que le hacía. Y yo para completarla, quiero decir para sacarme de encima todas las sospechas estúpidas y las risitas a escondidas desde que la gordita empezó a echar leña al fuego y toda resentida se recluyó en *Inyectables*, y desde aquella vez de la Piru y yo solas en el vestuario, además de reírme de ella que eso era cierto y me reía con ganas, hice como que me gustaba Roberto, o sea que a mí también me gustaba Roberto como le gustaba a todas ese tremendo donjuán del escritorio del fondo, que ya había andado con no sé cuántas de todas las secciones, y las estúpidas se volvían locas por él, un tipo alto, churro eso sí, pero fanfarrón y sucio como él solo, que una vez no sé qué me dijo de los pantalones que me ajustaban un poco, y yo tuve ganas de mandarlo a bañar, más que la Piru andaba por ahí cerca, pero en vez de eso le contesté medio maliciosa de modo que se le hizo el campo orégano, y así casi siempre para que las otras vieran que yo no era como la gordita o qué se habían creído, porque lo del vestuario aquella vez fue una casualidad, o unas ganas de ver qué pasaba, o qué quería de mí esa mujer que le decían la Piru, y además porque una semana antes, no sé cómo, me había quedado sola con ella también en el vestuario, apenas unos segundos, cuando ya había sonado el timbre de entrada y todas habían salido, menos yo que todavía estaba acomodando mi ropa en la percha, y la Piru que terminaba de fumar el cigarrillo, y entonces la Piru se me acercó para hablarme, para decirme qué tal me sentía en el trabajo y si ya había aprendido a doblar las cajitas y a pegar las etiquetas, mientras me miraba de una manera especial con esos ojos negros y raros que tiene, y a mí se me aflojaban las piernas y sentía como un mareo, como cuando se mira la calle desde un edificio muy alto, y no le podía quitar la mirada de los labios que daban una última pitada fuerte al cigarrillo y decían "se nos está haciendo tarde, Estela, vamos", y yo que con una voz que no me conocía le contesto "sí, claro", hasta que nos vamos subiendo juntas por la escalera del vestuario, yo con unas ganas locas de tomarle una mano, y se la tomo, aunque después hice como que me había tropezado en un escalón y me había agarrado de ella para sostenerme, y sin decirle nada salgo corriendo porque ya habían pasado como cuatro minutos desde el primer timbre y de veras se estaba haciendo tarde.

Todo ese día y esa noche, y los días que vinieron después pensando en ese mareo estúpido frente a la Piru, y en esas ganas todavía más estúpidas de tocarle una mano, a lo mejor porque eran grandes y lindas, o porque me habían ayudado a doblar las cajitas o vaya a saber por qué, pero sintiendo adentro al mismo tiempo una rabia, unas ganas de demostrarle que a mí no me importaba nada, que no me hacía ni fu ni fa, y que en cuanto se presentara la ocasión me iba a quedar otra vez sola con ella para que viera y se quitara las ideas que tenía en la cabeza, si es que se había hecho alguna ilusión o no sé qué conmigo, así que por eso vino lo de la segunda vez que fue el lunes de la otra semana, aunque antes hubo una interminable noche de domingo, con muchísimo calor, yo destapándome y empujando las sábanas al suelo porque no las podía soportar sobre el cuerpo, oyendo dar las horas y las medias una tras otra, revolviéndome en la cama sin poder dormir, tocándome al final hasta que me amodorré y me vino el sueño. Y después ese lunes a primera hora, yo de nuevo demorándome en acomodar la ropa en la percha, temblándome un poco las manos, mirando de reojo a la Piru, viéndola terminar con calma su cigarrillo mientras hablaba no sé qué cosa de los aumentos con las que tenía al lado, oyendo de pronto el ruido fuerte y espantosamente prolongado del timbre, sintiéndolo casi como un sacudón o un temblor dentro de mí, oyendo los pasos y las voces de las compañeras que subían apuradas, y yo ocupadísima en que la pollera y la blusa quedaran bien colgadas en la percha, alisándolas varias veces con la mano antes de colgarlas con todo cuidado en el travesaño del guardarropa, dándome vuelta de golpe para mirar a la Piru que se me acercaba sonriendo, diciéndome, "hola Estela", mientras apretaba el cigarrillo contra el piso y me dejaba sitio para subir la escalera. En ese momento fue, justo en ese momento en que yo no entendía nada porque tenía miedo y esperaba o a lo mejor deseaba que la Piru se me mostrara en serio como era, y entonces poder insultarla, o darle un bife, o denunciarla en Personal, y hacerle saber que yo no era lo que se había creído, pero no, ese gesto suyo en cambio de dejarme sitio para subir la escalera, y esa sonrisa segura, aplomada, como si ya supiera que iba a ser yo la que me iba a acercar despacio, sin decir una palabra, mirándole los labios como hipnotizada, con el temblor en las rodillas y el mareo, otra vez las ganas de tomarle una mano, mi cara tan cerca de la de ella que siento su respiración y su olor a cigarrillo, mi boca que se abre como para decirle algo, y su sonrisa, y sus ojos, y sí, el brazo de la Piru rodeándome los hombros, su voz grave llamándome Estela con un tono de sorpresa o de ternura, y yo que casi ni sé dónde estoy cuando oigo los pasos de dos compañeras que bajan corriendo por la escalera, Felisa y Marta que me han visto, que ponen unas horribles caras de idiotas, mirándonos y mirándose entre ellas, queriendo reírse pero viendo bien claro cuando me aparto empujándola y subo corriendo por la escalera sin mirar para atrás.

Después, ese día, me acuerdo, hicimos, hice muchos chistes sobre la Piru, tantas veces aquello de que era como un hombre y el gesto puerco que tanto nos hacía reír, y de decirles que era una barbaridad dejar a una tipa así en una sección con tantas mujeres, a ellas que vieron perfectamente cuando yo le di el empujón, que era como hacerles ver el asco que me daba, y todo lo que me reía con ellas después contándoles cómo la había jorobado a la Piru haciéndole creer que me aflojaba toda cuando se me acercaba, y ella que me había dicho "Estelita querida" poniendo unos ojos de carnero degollado que eran como para sacarle una foto, y alguna que la imitaba, y todas riéndonos como locas de esa pobre tipa que al final de cuentas eso es una enfermedad como cualquier otra, y que a lo mejor se podía curar, pero mientras tanto había que andar con mucho ojo porque éstas no se pierden ninguna oportunidad. Eso dijimos, eso o algo parecido dije yo también esa misma tarde, casi seguro que lo dije después esa misma tarde cuando al rato iban a pasar cosas absurdas, cosas en las que no se puede pensar sin que a una se le dé vuelta el mundo, o se le hunda el piso, y entonces ya no sabe nada de lo que está bien o de lo que está mal, y lo único que tiene son ganas de que por favor la dejen tranquila las chismosas esas, que no le pregunten nada ni vengan a hablarle nunca más de esa mujer que le decían la Piru, porque a lo mejor todavía quiere entender algo, agarrarse de algo, que puede ser una foto por ejemplo, o una cajita mal doblada, o un mareo estúpido en el vestuario, y a veces tiene además unas tremendas ganas de llorar, de quedarse sola y de llorar pensando en las cosas horribles que vinieron a pasar esa tarde, cuando estábamos todas trabajando, casi sin charlar, un poco amodorradas por el calor, pensando cada una en sus asuntos, y quisiera acordarme en qué pensaba, ahora me parece que sería tan importante acordarme en qué pensaba en el momento en que empezó a aparecer ese poco de humo cerca de la entrada de la sección, y enseguida esas llamas altas, quietas, anaranjadas, que casi llegaban hasta el techo y que nadie supo bien cómo habían empezado, ni nadie se preocupó tampoco de averiguarlo, porque el susto fue tremendo y muchas gritaban o lloraban de miedo y todas corríamos como locas para la salida, empujándonos y volteando las sillas, cayéndose algunas, atropellándonos unas con otras para llegar cuanto antes hasta la puerta grande de *Envase*. Y yo no sé cómo pero llegamos, asustadísimas, agitadas, casi sin poder hablar pero agradeciéndole a Dios y tocando madera porque al final no nos había pasado nada. Y estábamos ahí cerca de la puerta todavía cuando oímos que alguien gritaba "aquéllas" y vimos a las cuatro que también gritaban, encerradas entre aquellas llamas largas, espantosas, y la máquina llenadora que seguía moviéndose sola y formaba como una barrera. Las pobres se desgañitaban gritando y tratando de treparse a la máquina que nadie atinaba a parar. Y el Roberto pálido como un papel, con un pañuelo en la boca, yendo de un lado para otro pero sin siquiera acercarse a la máquina, gritando no sé a quién que pararan la corriente, mientras una de las chicas por querer treparse a la máquina se había enredado en las poleas y chillaba como una loca, y gritaba "mamita" y pedía por Dios que la sacaran, que no la dejaran morir allí, y nadie se movía, Roberto como un idiota pidiéndoles que se quedaran tranquilas, aconsejándoles desde lejos que se pusieran un pañuelo mojado en la boca porque el humo podía ser tóxico, y nosotras duras, clavadas en el suelo por el miedo, oyéndolas gritar, viendo cómo el fuego se les acercaba, cuando en eso la Piru que aparece corriendo nadie sabe por dónde, y de un salto se sube a la máquina y tironea de la ropa de la que estaba agarrada en las poleas, hasta que con la ropa hecha trizas la deja en el suelo tambaleándose, después se trepa ella, y a caballo sobre la máquina agarra de la mano a una de las que estaban encerradas gritando, la levanta como si fuera una muñeca y la tira para el otro lado. Las otras dos con las manos en alto, chillando, tratando de agarrar la mano de la Piru, a lo mejor empujándose o peleándose para salir primero, y la Piru que inclinando todo el cuerpo para abajo, agarra a una y después a otra, las arranca de allí casi de un solo tirón, casi haciéndolas volar sobre las cintas y las poleas, con una rapidez increíble, con una fuerza que nadie pensó que pudiera tener, saltando al suelo después, gritando "cuidado" todavía, justo en el momento en que explotaban algunos frascos y toda la parte donde estaba la máquina se llenaba de un humo azul, espeso, tan espeso que cuando quisimos acordarnos la Piru se nos había perdido de vista. Todo el mundo preguntando por ella, y unos decían que seguramente había salido junto con las chicas, y otros que había tenido que salir por la puertita de atrás, y otros que no, que por atrás ya no se podía salir y Dios no lo quisiera pero podría ser que hubiera quedado adentro. Todos con la duda entonces cuando empezaron a llegar las gentes de las otras secciones con apagadores y mangueras y baldes de arena, los muchachos del taller sobre todo, que fueron los que mejor estuvieron y cortaron en seguida la corriente, y se metieron decididos por en medio del humo hasta el mismo sitio donde ellos sabían que tenían que estar las cosas que se incendiaban y que en realidad como después se vino a saber, no eran más que una hilera de tachos con no sé que cosas peligrosas que el Roberto, de estúpido, había hecho acomodar por ahí.

Así que en pocos minutos con los apagadores, y las mangueras y los baldes los muchachos consiguieron terminar con el fuego que por suerte no había alcanzado a las estanterías si no quién sabe lo que hubiera pasado, y entonces el humo poco a poco se fue yendo. Recién ahí, cuando al irse el poco humo se empezó a ver más claro alguien alcanzó a ver a la Piru. Estaba en el suelo, tendida junto a la máquina, con una herida chiquita en la cabeza. La herida no debió ser muy grave porque era de la piel solamente y apenas si tenía un poquito de sangre sobre la ceja y en una mano, seguro al tocarse. Por eso dijeron "un desmayo nomás, por el golpe" y la levantaron entre dos y se la llevaron para la enfermería. En la enfermería no sé qué pasó pero por lo que dijeron no la pudieron hacer volver del desmayo que no fue por el golpe sino por el humo, así que al rato la sacaron de allí y la metieron en el auto del gerente y se la llevaron para el seguro.

Las gentes de las otras secciones se apretaban para verla salir y muchos hablaban del coraje que había tenido y de la fuerza con que había agarrado de la mano a las cuatro chicas. Entonces alguien dijo "como un hombre" y no estoy segura pero me parece que todavía alcancé a oír una risita incontrolada, nerviosa como la que nos venía siempre cuando se hablaba de ella, como la que nos vino después cuando trajeron noticias del hospital y alguien dijo alguna porquería sobre la revisación y las enfermeras, antes de oír hablar de la intoxicación y del humo, apenas un ratito antes de escuchar aquello espantoso, aquello que no podía ser de ninguna manera, sobre esa mujer que le decían la Piru, con la que yo nunca tuve mucho que ver fuera de unas pocas palabras en el vestuario, así que no sé por qué ahora, cuando a veces me encierro a llorar en el vestuario tienen que venir a hablarme a mí, como si yo supiera más que las demás, o como si yo la hubiera visto alguna vez fuera de *La Química*, o como si yo hubiera tenido con ella quién sabe qué clase de amistad o no sé qué.

La carta

A Nela

... tring ... la campanilla del teléfono abriendo con cuidado
la discreta puertita del infierno, iniciando con ese tring-
tring pausado y monocorde la cuenta de lo que será el
último, preciso, gran golpe de furca de Dios, técnicamente
reclamando que alguien (ése que allí, sentado, de espaldas
al teléfono, mira obstinadamente el vidrio de la puerta
cancel) interrumpa ese tring-tring (la cuenta) se levante y
atienda para que escuche de una buena vez en el auricular
entre ridículos graznidos la voz chillona hablando de acci-
dente, diciendo sala de guardia del Zubizarreta, diciendo
al descender del colectivo, no hace veinte minutos, muerta
señor, diciendo en la cartera su nombre y su teléfono, lo
llamamos pensando.

Último definitivo golpe a raíz del cual Elvio Marcelino
Herrero sabe que merece ser condenado, porque minga de
trampas con Dios, piensa. Y piensa, más si de pronto María
con esa carta absurda, y Carmen, Carmen, adónde mete su
soledad ahora, adónde va con esa sucia culpa adentro, con
María escribiendo que lo ama, con ese idiota lenguaje de
fotonovela, pero detrás sus ojos, pero detrás sus noches,
pero detrás su lenta manera de entregarse y morir.
Ay ay ay, lo único razonable para decir ahora cuando ya
totalmente abierta la puertita, ya a la vista el interminable
sitio del gemir y el rechinar de dientes, y cuando Carmen,
buena adorada noviecita suya del alma, pulcro pedacito de

nada, no entiende un pito, nunca va a entender un pito, y
llora, llorará seguramente a su ex futuro, gentil colega en
el Bartolomé Mitre, acompañador infatigable en el 306
hasta Terrada, adonde el beso en la mejilla...

...y el saludito con la mano, y la sonrisa, y vuelta a
la lectura de las pruebas escritas, o del diario comprado
a la mañana, siempre con algo interesante para marcar con
rojo y mostrarles después a los de cuarto.

El pasado entonces, su lindo paraíso de hace apenas
tres meses asomándose impúdico detrás de las carpetas fo-
rradas, y los mapas, y el texto de Cichero y Corbet France
abierto en Akmechet (Crimea) y el programa de cine todavía plegado cuidadosamente junto al paquete de pastillas
de menta y el estuche marrón de los anteojos.

Y estaba bien así, ¿no estaba bien así? Él diciéndose (entonces) a cada rato que estaba bien así, porque qué mejor
para sus ya pasados cuarenta años, y casi veinte de profesor
de geografía, mañoso solterón, hijo único, mimado tanto
tiempo y chico solitario ahora, solitario habitante desde la
muerte de mamá, de la vieja casita de Villa Devoto, de
la cual se decía tan incómoda para un hombre solo, y se
decía tal vez una muchacha medio día, pero dónde una
muchacha de confianza en esta época, eh mamá, y además
no tan incómoda porque en un santiamén se regaban las
macetas, antes de barrer las hojas del patio y de cortar la
carne para el Tony, lo único la tierra a veces en las piezas
tan grandes, y el olor a humedad que tomaba el comedor,
siempre cerrado y a oscuras, si uno se olvidaba de ventilarlo.

Qué mejor entonces si además colega, Carmen, profeso-
ra de matemáticas, gran concepto entre el cuerpo de
profesores, su serena eficacia, su trato tan amable, linda
a su manera ¿por qué no?, con su cabello rubio, recogido
en la nuca, sus casi inconcebibles treinta años, su cuerpo
tímido, su ningún arreglo, sus ojos fatigados y su manera
de ser así, tan tiernamente seria. De modo que alguna vez
pasó, en el 306 parados, los dos un poco incómodos, con
libros, portafolios o paquetes en la mano, se habló de cine,
se dijo de algún sábado, y quedaron —faltaban unas cuadras

apenas para llegar a Terrada— en ir juntos al cine aquel sábado.

¿Y el amor era eso entonces? ¿Eso era? No dejar de esperarse a la salida del colegio, o ir al cine, besarse, repetirse qué bien así tan juntos, y un día presentarle a la señora Olga, su mamá, y otro día quedarse a la hora de la cena, y un año nuevo, justo en el batifondo de las doce y el pum de las botellas, sacar una cajita azul con los anillos, entre aplausos y vivas de esa tan macanuda familia de hermanos y de hermanas casados, todos reunidos junto a la señora Olga.

¿Eso era? Seguir viajando en el 306, a veces con la suerte de ir sentados juntos en el mismo asiento, los portafolios sobre las rodillas, tomados del brazo, hablando del rector, de los exámenes, de la odiosa suplente de francés, de los horarios, recorriendo los pequeños sucesos de ese día, y de pronto (aunque no tan de pronto) bajar en el puente de Avenida San Martín, y sin dejar de hablar de los muchachos, de las notas, de las nuevas planillas, como por una especie de pudor, entrar con estudiada desaprensión en el Hotel Los Lirios.

Y bueno sí, era eso. Él, Marcelino Herrero, sosegado solterón, chico mimado, solitario, nunca con demasiados problemas en el asunto ese del sexo, masturbador en espíritu al fin de cuentas, dijo, se dijo, descubrió que eso era. Eso, el amor, sosegado como él, como él lo quería, sin urgencias, sin filo, con el ritmo emoliente de un arrorró. ¿Y qué otra cosa si no? La compañera que mamá hubiera deseado para él, la compañera que no se hubiera avergonzado de mostrar a mamá, porque mamá hubiera dicho tan fina, hubiera dicho toda una señorita, o hubiera dicho como un capullo sin acabar de abrir, todo lo cual quería decir sin el olor a hembra, a perra en celo, a muslo pavoroso, cosas de las que no se habla, de las que jamás se habló, pero que él sabía, él siempre supo que mamá vigilaba, olfateaba a diez cuadras y apartaba celosamente, seguro para evitarle una muerte vergonzosa y terrible.

Entonces Carmen, la elegida por mamá, la necesaria, la

buena compañera para un futuro sosegado y perfecto, la mujer sin el germen del pecado, sin el sexo imponiéndose como un aullido en medio de la noche, sin urgentes deseos, o con un deseo tan mínimo, tan superficial y prontamente olvidado, que más parecía, más era, una resignada concesión al amor, o a la amistad, o a la ternura, que verdadero deseo.

¿Y acaso no era para él también así? Sí, con sus cuarenta y cuatro años era así, con sus tremendos miedos de chico abandonado era así, con su casa, y las pruebas, y las macetas, y la tierra, y la carne cortada para el Tony, y sus viajes a Chacarita con las flores los domingos, era así. Y era feliz, sería estúpido negarlo ahora sólo porque el viento de abominación desde la campanilla de un teléfono (la campanilla, no el timbre de la puerta) vino y barrió de golpe y para siempre el edénico arrullo del 306 con beso en la mejilla y saludito con la mano; era feliz cuando decía fijate vos Resnais esa secuencia del final qué sutilmente esperanzada y triste al mismo tiempo, no antes ni después sino en ese momento, sentado junto a Carmen en la sala, frente al licor de guindas de la señora Olga, o escuchando la Quinta Sinfonía en la Facultad de Derecho, yendo al Teatro del Lago, o al Teatro Caminito, o en el Hotel Los Lirios, casualmente los jueves siempre, a Carmen temblándole un poco la mano al entrar, a pesar de la conversación no interrumpida, cumpliendo rápidamente el rito, como si fuera para ella un deber, un lógico deber de prometida, como si el médico, o el analista, o la señora Olga le hubieran dicho, alguna vez llegó a pensar, pero se lo quitó de la cabeza enseguida, porque qué podía saber él del amor, del verdadero amor, nunca gustado en serio, bobo solterón, del amor de una mujer aceptada por mamá, por el recuerdo de mamá, el que lógicamente no podía ser otra cosa, o ¿qué pensaba?, que esa dulce, tierna, distante, no pecaminosa entrega, seguramente como mamá debió, como debió haber sido siempre si no fuera por los pocos, los lejanos encuentros con algunas de las otras, que a lo mejor, oh Dios, habían corrompido lo maravilloso y sagra-

218

do de ese acto.

Y hubiera seguido siempre así todo, ¿por qué no siguió siempre así todo?, toda la vida, toda la vida con la dulce, buena, comprensiva, inteligente Carmen, a paso seguro por ese seguro camino claramente trazado para los dos, para que los dos conocieran la dulce paz del santificado amor amén. Pero chau santificado amor, porque llegó el viento y ya nunca más el santificado amor, ya nunca más la dulce Carmen, sólo su espantosa culpa ahora, su terrible, imperdonable culpa, destruyendo, poniendo todo patas para arriba, linda tendida de cama la de Dios, dejándolo meter hasta el pescuezo en el valle de sombra de muerte y creyendo saber que sí, que se metía, que ése era el valle de la abominación, ésta la dulce paz del santificado amor amén, pero no, esperándolo al final con otro valle más negro todavía, el gran golpe de furca de Dios, la puta trampa, haciéndole ver que la abominación era otra, que el pecado era otro, cómo pudo no ver, no darse cuenta.

Claro que hubiera seguido siempre así, si no fuera porque de pronto María, pero no, no, no María, él diciendo que no, que qué María, diciendo quién habló de María, apenas un olor, un cuerpo tibio y un olor y su bárbara alegría de desnudarse casi al abrir la puerta. Entonces no María sino ese estúpido valle de sombra de muerte llamado, vaya a saber por qué, María. No dulce, tierna y comprensiva, o sí a lo mejor, a lo mejor tierna, y dulce, y comprensiva, y dactilógrafa, o vendedora de tienda, o cocinera, o astronauta, o lama tibetano, porque qué carajo importaba qué era, quién era, qué hacía después de las pocas horas que pasaba con él. Apenas alguna vez una pregunta, ¿qué vas a hacer después?, dicha por decir algo mientras fumaba y miraba atentamente el cielorraso (le estaba haciendo falta una buena mano de pintura) y calculaba cuánto le podría salir entre pintura, vidrio de la puerta cancel, algunos estantes más para la biblioteca, arreglo de las cañerías, oír entonces algo de un hermanito, de una hermana casada en Ciudadela, de un viaje hasta Liniers, y de una higuera enorme en el fondo de la casa, ajá, con la mirada puesta en el techo, en donde la pintura realmente a la miseria.

Así que no sabía bien quién era esa mujer ni le importaba, lo cual naturalmente era una fabulosa macana porque de sobra sabía quién era la que tocaba dos veces el timbre temprano a la mañana (el timbre de la puerta y no la campanilla del teléfono, abriendo con cuidado y para siempre la discreta puertita del infierno) María, María Luzuriaga que una mañana tocó ese timbre por primera vez, diciendo que venía recomendada por una amiga de la señora Olga, y él entonces recordó que alguna vez había hablado con la señora Olga de la casa tan grande, y que ella por su cuenta había prometido mandarle una muchacha de confianza. María, María Luzuriaga desde entonces, tocando el timbre a la mañana, María Luzuriaga, no dactilógrafa, ni astronauta, ni lama tibetano, entonces, sino sirvienta, muchacha para la limpieza de la casa, María Luzuriaga, paraguaya, venticuatro años, con sus anchas caderas, sus tetas generosas, su vestido mojado en las axilas al levantar los brazos para limpiar las banderolas, sus ojos asombrados y alegres, su tono cadencioso, su pronta risa, claro que sabía quién era María, sólo que alguna vez María dejó de ser María para convertirse simplemente en el pecado, por lo que no tenía sentido decir María, o Juana, o Edelmira, sino arrepentimiento, culpa ante los ojos severos de mamá, valle de sombra fuera de la gracia de Dios, todo a partir de aquella vez del sol encandilando furiosamente desde los vidrios de la ventana, y del calor pringoso de noviembre, y del olor caliente de su cuerpo al acercarse (él estaba sacando los promedios del año para los boletines) y preguntarle si no sería mejor que entrecerrara un poco los postigos. Desde aquella mañana fue el pecado, fue cosa de la piel, la vergonzosa derrota del espíritu, la pura hembra odiada por mamá, el solo vicio, lo contrario al amor, cuántas, cuántas veces lo dijo, no importándole, no queriendo importarle nada de esa mujer que alegremente, simplemente se le entregaba, repitiendo solamente una hembra, solamente el valle de sombra de muerte, la parte oscura, inconfesada y animal de Marcelino

Herrero, diabólicamente despertada en él con sus anchas caderas, y su olor, y su manera alegre y bárbara de besarlo y decirle sos hermoso, la parte que nada tenía que ver con el amor, porque el amor era Carmen, la dorada noviecita del alma, con la que se podía hablar de Bartock o de Resnais, y acariciar los cabellos, y besar en silencio antes de apagar la luz, y el pecado no existía.

No en cambio María, la derrota y la culpa, a la que había que despreciar, despertadora insaciable de los lobos, de los bajos instintos, proveedora de lujuria y de vicio, al desnudarse casi al abrir la puerta, y a la que había que poseer por lo tanto un poco bestialmente, sin nunca una palabra de ternura, sin siquiera un sos linda, simplemente cayendo sobre ella, tomándola, gozando interminablemente, pero con esa estúpida, rabiosa, sensación de derrota después, no pensar nunca en ella, en lo que ella pensaba o sentía cuando, porque lógicamente tenía que sentir y pensar lo mismo que él, o sea la piel pensando y sintiendo por su cuenta y únicamente eso. O sí, pensar, pensar que aquello que lo alejaba de la dulce paz del santificado amor, por sola debilidad lo hacía, por vicio, el Mr. Hyde que guardaba adentro, oculto a las miradas de mamá y de Carmen, que cobraba vida entre las paredes caldeadas de la casa de Villa Devoto, un Mr. Hyde infatigable y bien dispuesto, erudito en kamasutras, el que no entendía de derrotas y de culpas, bárbaramente alegre en medio del pecado. Esa tremenda, pura y bárbara alegría que ahora Marcelino Herrero desesperadamente quisiera revivir.

Pero ya nunca, porque lo único ahora esa espantosa soledad en que se encuentra, infierno sin la adorada, inmaculada, merengada Carmen, que de pronto ya no, ya nunca más para él, desde el momento en que María de pronto descubrió, en que María sin quererlo abrió de pronto todas las puertas del amor.

A la madrugada fue, esa misma madrugada, él sólo en la casa, recorriéndola con un mate en la mano, sin sueño desde quién sabe cuándo, revisando papeles, caminando, mirando los cachivaches del desván, pensando en desocupar

esa repisa cargada de revistas viejas, hojeándolas de pronto,
distraído (semanarios políticos, rotograbados de La Prensa,
viejos Hogares y Selectas de mamá) tomando alguna para
mirar la foto del príncipe Rainiero y Grace Kelly a los pocos
días de su boda, y viendo caer de entre las hojas un papel,
una carta tal vez, con la letra redonda y segura de María.

Y la leyó naturalmente, cómo no iba a leer esa página
y media de cuaderno guardada u olvidada en el desván,
doblada en dos, caída ahora allí, junto a sus pies, entre una
estufa y una araña de bronce, cómo no iba a tomar y
desdoblar con brusco movimiento, y llevar a la luz ese
papel prolijamente escrito, con encabezamiento, y fe-
cha y firma de María al final, esa absurda cartita dirigida
a Dios, en donde con toda claridad se hablaba de él, se lo
llamaba por su nombre, se le decía algo como mi bien y
mi alegría, y en donde Mr. Hyde no era Mr. Hyde sino un
enamorado tierno, un niño bueno, enamorado y tierno,
por lo que ella debía agradecer infinitamente a Dios, que
le había permitido conocer el verdadero amor, amor sin
mácula decía, con ese estúpido lenguaje de fotonovela, que
era como para tomar a risa, o sonreír, o por lo menos para
mirarla muy adentro a los ojos y decirle, estás loca, en el
pecho una cosa parecida al asombro, o al deseo, o vaya a
saber qué. Y sobre todo unas tremendas ganas de volverla
a ver, de tenerla con él lo antes posible, la feroz impaciencia en esa madrugada para que amaneciera al fin, y llegara
la mañana y María, el sol en los postigos y María, las ocho
en punto y los dos timbres de María en la puerta de calle.

Hay que vivirlas esas horas entonces, hay que beberles
todos los minutos, cuando leyó diez veces lo del amor sin
mácula, sintiendo crecer de a poco en él algo distinto, mejor dicho, sabiéndolo crecido desde siempre, comprendien-
do, sabiendo, luminosamente sabiendo en un instante que
había sido María el amor, que a lo de Carmen, desteñido
e idiota, había que decirle adiós urgentemente, y urgentemente verla ya a María, para decirle yo también María, yo
te quiero María, vas a ser mi mujer, cuerpo sabio de hembra, sabia hembra escribiéndole cartitas a Dios, llamando

amor sin mácula a la supuesta abominación de un supuesto Mr. Hyde, cuya única, verdadera, no redimible abominación fue su ceguera, ahora se da cuenta, fue haber andado a ciegas en medio del amor confundiéndolo con el pecado, y entonces adiós Carmen, adiós viajes en el 306, ya nunca más, no existió nunca Carmen, sólo, sólo María. Sólo, sólo María ahora en la naciente claridad de la pieza, en el descubrimiento prodigioso, increíble que lo hace caminar exaltado, ir de aquí para allá, cuchichear y moverse como un chico, y en el impulso súbito de ir a buscar la bata de María para sentir su olor, para sentirse amaneciendo y nuevo en el olor a fruta, a hembra, a sudor y a verano de María.

Hasta el fin de los días reviviendo siempre esa mañana, la tendida de cama de Dios, la puta trampa esa mañana, recordando las palabras no dichas, las verdaderas voces del amor calladas, disfrazadas de feroces caricias y gemidos, aquella forma lenta, alucinada de recorrerlo y de besarlo para empezar el rito nuevamente, recordando su estúpido desprecio, mirando amanecer, viendo crecer la luz en la ventana ahora, recordando su sensación de culpa, recordando su imperdonable no saber, no interesarle para nada saber el cuarto, los domingos, la juventud, las noches de María, y la urgencia por pedirle perdón, por decirle un futuro de prodigio, ya para siempre vos y yo María, ya para siempre de tu voz, y de tu piel, y de tu amor, viendo crecer la luz en la ventana, oyendo los gorriones, las voces familiares de la calle, esperando a María ahora ya con la vista clavada en el reloj, la cartita en la mano, y esa recién nacida, y fría, y ancestral y quemante lucidez, olvidando la abominación cometida, la ceguera, no fue ceguera, sólo miedo al prepotente viento de la vida, apenas un traspié, un vacilar después de todo perdonable, pensando que no hubo abominación, que todavía está a tiempo, esperando los timbres de María en la puerta de calle, oyéndolos de pronto y levantándose de un salto, corriendo a abrir, ya el gesto, los ojos, el abrazo, los muslos de María, pero volviéndose, dejando de correr y volviéndose porque se ha dado cuenta que no, que no es el timbre de la calle sino la campanilla del teléfono que ahora está llamando, ese tring-tring pausado y monocorde del teléfono, que insistente-mente continúa llamando.

La llegada

El 25 de enero de 1868, el Landskrona, de bandera sueca, que había partido de Malmö a mediados de 1867, después de una penosa y accidentada travesía por aguas del Báltico, del Mar del Norte, del Atlántico y del Índico, durante la cual cruzó tres veces la línea del ecuador, fondeó en el puerto de Buenos Aires. Era una tarde calurosa y húmeda, y unos pocos gorriones, abombados por el calor, se arrimaban a los charcos para refrescarse. Un perro negro, dormido junto a una estiba de bolsas, se despertó con el bufido de los remolcadores; sin levantar la cabeza, echó una mirada indiferente al bulto que se acercaba por el río, y siguió durmiendo. Bajo el solazo de la siesta los muelles estaban desiertos. Sólo un grupito de changadores, guarecidos bajo la sombra de un tinglado de paja, observó con aburrimiento la maniobra de atraque. Uno de ellos, un español de gorra con visera y bigotazos, hizo una broma sobre el aspecto lamentable del barco.

El Landskrona, un viejísimo carguero de la Norrköping, que hacía al parecer su último viaje de ultramar, y que traía entre otras cosas un cargamento de yute desde Bombay, había hecho su última escala en Lourenço Marques. No se sabe si por capricho del capitán, un hombre joven, alto y macilento que se suicidó poco después en Estocolmo, o por simple cuestión de malas finanzas, no se había detenido en Ciudad del Cabo. La tripulación, agotada y sedienta (llevaba casi cuarenta días de irregular navegación), después de las precisas maniobras de amarre, no demoró más de media hora en volcarse íntegra en los bodegones de Paseo de Julio.

La operación de ocupar, en tácito y rebañesco orden, los bodegones más cercanos al puerto era casi un ritual repetido sin mayores variaciones en todo sitio donde se atracaba. En bamboleante y silencioso tropel abandonaron el barco. Los que encabezaban el montón se metían, sin alboroto, en el primer boliche que encontraban. Los seguían con calmoso tranco los que venían atrás. Cuando el local quedaba repleto, cuando no quedaba ni silla desocupada ni lugar junto al mostrador, alguien hacía punta, y seguía caminando por la misma calle y por la misma vereda hasta el bodegón siguiente. Allí se metían en manada los que venían atrás. Cuando éste también se llenaba se pasaba al tercero, y así sucesivamente. Como ocurre frecuentemente, la mayoría de los hombres no conocía de las ciudades donde habían hecho escala más que sus tres o cuatro bodegones a pocos metros del atracadero.

La tripulación del Landskrona era algo surtida en cuanto a nacionalidades. Conchababa al principio en Malmö y en Helsingor, predominaban en ella suecos, daneses y alemanes. Pero había también ingleses, polacos, unos pocos portugueses, dos italianos y hasta media docena de senegaleses que en algún momento habían embarcado en Dakar. Hay que reconocer sin embargo que, por lo menos en los puertos, la conducta de todos era pareja.

El primer bodegón que ocuparon, propiedad de un genovés de apellido Tossetto, se llamaba El Tirreno, pero ellos nunca lo supieron. El segundo, casi pegado a El Tirreno, se llamaba El Pireo, y su dueño era un griego medio malandrín, contrabandista y aspirante a macró, cuyo nombre —falso— era Anselmo. El tercero, también de un griego, llevaba el ostentoso nombre de Magna Grecia.

Pues bien, al segundo boliche, El Pireo, por simples razones de ubicación en la silenciosa horda, fueron a recalar los dos marineros alemanes que son motivo de esta historia. La historia, como muchas historias, como casi todas las

228

historias contadas por los hombres, es apenas fragmento de otra historia mucho más larga, complicada y de a ratos oscura. Sólo que ésta —la de unos pocos hechos cometidos con indolencia y borrachera por dos marineros alemanes, uno oriundo de Cuxhaven, en la Baja Sajonia, y otro al parecer bávaro— aunque olvidada por muchos, perdura ostensiblemente en sus consecuencias hasta hoy, de sutil manera alteró (sigue alterando) la Historia de aquella parte del continente.

Del primero, el de Cuxhaven, se sabe que era un gigantón rubio, de celeste mirada infantil y trompada demoledora. Se sabe también que se las daba de tenor y que, borracho, solía cargosear a todo el mundo con melosos e interminables lieders. Del otro, que era morocho, retacón, con un desagradable tic en la boca, y que llevaba tatuados en un brazo el escudo de Baviera, un pelícano, una mujer desnuda y un dragón. Ambos, cada cual a su modo, tuvieron, como se verá, participación decisiva en la historia que estamos contando.

Sentados frente a una roñosa mesita de El Pireo, sin siquiera molestarse en cambiar las coronas que traían arrugadas en el bolsillo por pesos fuertes, los dos alemanes empezaron a beber, en copas grandes, aguardiente de caña. Al principio en silencio, y como saboreando despacio la caña, la caldeada sombra del boliche, la esperada felicidad. Después, poco a poco, el alcohol fue provocando una euforia algo bochinchera. Más o menos lo mismo hacía el resto de los hombres del Landskrona que ocupaba El Pireo. A la tardecita comieron pescado frito y salchichón que acompañaron también con aguardiente. Bien entrada la noche llegaron algunas mujeres. Incitados por ellas los dos alemanes bebieron más aguardiente, y una o varias veces visitaron las mugrientas piecitas al fondo del salón.

A partir de aquí los hechos se tornan irremediablemente confusos. En el transcurso de esa noche, o de la siguiente, hubo una trifulca con hombres de un barco inglés y con gente del lugar, en la que el de Cuxhaven participó con alegría y eficacia. Hubo también una fugaz visita al barco en busca de las últimas coronas. Hubo más aguardiente, y más visitas a la pieza del fondo, y canciones dulzonas y nostálgicas en labios del gigante rubio, y desconsolado llanto en el pecho de una prostituta, y desafíos a levantar una mesa con los dientes, y desmoronados sueños con la cabeza apoyada en los brazos, y evocaciones de gansos asados y de una mujer de trenzas rubias en una casa con tejas en Emden, y declaraciones de eterna amistad y convite de copas al griego y a un criollo de bigote canoso y sombrero aludo parado junto al mostrador, y tal vez otra pelea, y otra larga y chupada reconciliación.

Lo seguro es que, a los dos o tres días de haber entrado en El Pireo, ya fuera por la trifulca, por las habilidades de las mujeres o del patrón, por los incontables manoteos al bolsillo, o por descuido, no le quedaba a ninguno de los dos alemanes una sola moneda para seguir la farra. Debían además —según el griego— varias vueltas de copas a todos los presentes.

Eran como las seis. Habían quedado casi solos en el boliche. Un mulato, de chambergo alto y decentemente trajeado, bebía silencioso una ginebra en una mesa cercana al mostrador.

Los alemanes, enterados de la situación, pidieron como primera medida más aguardiente. Conversaron un rato, seguramente de sonseras, de cosas de mamados, y de pronto, el alemán retacón, el del tic en la boca, levantó el índice con gesto solemne y propuso algo que el grandote aceptó con entusiasmo. Entonces los dos, dificultosamente, se levantaron, y con paso tambaleante se dirigieron al mostrador. En un alemán áspero, confuso y gesticulante, mechado con palabras en inglés, en español y en papiamento, hablaron brevemente con el griego. Se trataba, como se supo después, de una simple y rápida operación de búsqueda de fondos. Como el Landskrona partía esa misma noche, a fin de eliminar cualquier sospecha de fuga, uno de los alemanes, el grandote que era el que estaba más borracho, se quedaría ahí como prenda. El otro se correría hasta el barco, fondeado a pocas cuadras, y traería lo que el griego entendió como más dinero. El griego aceptó.

El de Cuxhaven se quedó pues despatarrado en una silla a la espera de su compinche, canturreando y bebiendo. El moreno de chambergo alto lo miró con aire aburrido, y después siguió en lo suyo, frente a su copita de ginebra, silencioso y compuesto.

No habían pasado quince minutos cuando llegó el alemán chico. Traía en la mano un bulto del tamaño de una valija mediana que sin decir una palabra depositó sobre el mostrador. El grandote lo saludó alborozado y lo llamó para brindar. Bobamente contento, desde el rincón donde se encontraba, señaló el bulto con la mano ocupada por una copa, y masculló un precio en coronas, que el griego, aún antes de convertir mentalmente a pesos, redujo con voz firme a la mitad, sin siquiera echar una ojeada al interior del bulto.

Rezongó alguna cosa el de Cuxhaven, después se encogió de hombros, tal vez convencido de su incapacidad para discutir de negocios con un griego, apoyó la mano en el hombro de su compinche, y siguió cantando y chupando.

Recién entonces el griego se decidió a echar sobre el bulto una ojeada calculadamente despreciativa. Vio que la cosa tenía un envoltorio de cuero negro, abrochado con botones de metal. Sin curiosidad y como con gesto de asco, desprendió algunos botones y vio de qué se trataba. Desilusionado lo volvió a cerrar, y llevó hasta la mesa de los alemanes una botella de aguardiente y unos pesos de vuelto.

Los alemanes recibieron con exclamaciones el aguardiente, y ni siquiera contaron los pesos que quedaron ahí, desparramados sobre la mesa.

Faltaban todavía dos o tres horas antes de regresar al Landskrona a tiempo para iniciar las maniobras de partida. El primer puerto sería Nueva York, con dudosa escala en Río o en Recife, y los alemanes decidieron aprovechar como Dios manda el tiempo que les restaba.

Cuando la botella iba más o menos por la mitad, el grandote, con tranco inseguro, se fue hasta el mostrador. A

231

duras penas abrió el estuche, y sacó de allí un instrumento parecido a un acordeón o una concertina. Se pasó con dificultad una correa sobre los hombros, y de pie, afirmándose en el mostrador para no caerse, se largó a tocar chambonamente algo que quería ser una especie de valzer o mazurquita de su tierra.

Evidentemente se aburrió en seguida, o estaba demasiado borracho, o su conocimiento musical se limitaba a esa sola piecita, porque muy pronto interrumpió la ejecución, dejó el instrumento desnudo sobre el mostrador (la operación de meterlo en el estuche era demasiado complicada para su borrachera) y amagando unos pasos de baile se volvió para su mesa.

Todo no hubiera pasado de esa inofensiva demostración de borracho si no fuera que en ese momento entra a tallar el tercer personaje de esta historia; según cómo se lo mire, el más importante. El morocho del chambergo alto y de la ginebra que, inmóvil y silencioso en su mesita cerca del mostrador, seguía con atención, pero con estudiada indiferencia de porteño, todo lo que estaba ocurriendo en el boliche.

Hoy se sabe que era un guitarrero de cierta fama en los alrededores, y que, como muchos morochos, llevaba el apellido patricio de los que habían sido los dueños de sus abuelos o de sus padres. Tal vez fuera ése el recóndito motivo de ese aire compuesto, entre cajetilla y compadre, que mostraba el moreno.

No es correcto hablar de lo que se ignora, y las hipótesis en este punto pueden ser numerosas. Mejor dejar planteada la cuestión como una pregunta, y que cada quien la conteste de acuerdo a su saber y experiencia. Quiero significar que sería pretencioso querer conocer hoy a fondo qué extraña inquietud se apoderó del moreno en ese momento, qué ángel o demonio le cuchicheó al oído misteriosas palabras, qué mandato antiguo obedeció, porque, al ver el instrumento abandonado sobre el mostrador, se levantó, como atraído irresistiblemente por él, para mirarlo de cerca.

Con cierta timidez, con respeto, como en presencia de

un desconocido pero presentido ídolo, el negro, olvidando por un momento toda su compostura, lo miró con ojos asombrados y angurrientos. Después pasó con suavidad sus dedos largos y uñudos de guitarrero por las incrustaciones de nácar de las cajas, por la botonera, por las varillas metálicas del fuelle, y dirigió en voz baja al griego unas pocas palabras rápidas y apremiantes. El griego, tal vez copado por la figura un tanto doctoral del negro, o por su fama de pendenciero, no discutió. Tomó los pesos que el negro ya tenía en la mano, y con un gesto del mentón le dio a entender que el instrumento era suyo.

El negro lo metió en el estuche que abotonó con cuidado, pagó su copa, saludó en general, y con el bulto agarrado por su manija de cuero, atravesó la puerta de El Pireo, y se perdió entre las callecitas de Monserrat.

Los alemanes siguieron chupando. Es fama de que se gastaron hasta el último de los pesos que habían quedado tirados sobre la mesa, y hay quien hace de esto una cuestión fundamental y casi teológica. Como si hubiese sido necesario esa especie de holocausto bárbaro y bolichero para solemnizar como era debido una oscura ceremonia de iniciación. Como si nebulosamente ellos hubieran tomado conciencia de que algo nuevo y misterioso acababa de ocurrir allí, entre las paredes mugrientas de El Pireo, esa noche de enero de 1868. Cuando en el reloj colgado encima de una hilera de botellas de anís se hicieron las diez, se fueron abrazados, apoyándose el uno en el otro, hacia la oscuridad del muelle.

Respecto al destino del instrumento y de su nuevo dueño, hay versiones bien conocidas. Se dice que a principios del 69, casi al final de la guerra del Paraguay, el moreno fue llamado a las filas, que hasta allá cargó con el instrumento, y que en mateados fogones junto al Pilcomayo solía entretener a sus compañeros de la división Buenos Aires con estilos, habaneras y mazurcas que ya ejecutaba el hombre con cierta habilidad.

Es preferible no abusar de las suposiciones. Mejor es dejarlos como los dejamos, perdiéndose de a poco, como sombras, entre las callecitas en sombra de Monserrat. Tal vez imaginarlo al negro encerrándose esa misma noche en la piecita de la calle Balcarce donde vivía solo, y allí, en el silencio ahondado por ladridos lejanos y la sirena de un barco, empezar su trato largo, paciente y dificultoso con el primer bandoneón que llegaba al Río de la Plata.

Nota: Mauricio Ciechanower, buen conocedor del tango y sus orígenes me ha objetado la confección del cuento. Alega que el afincamiento (no la aparición) del bandoneón en Buenos Aires es un hecho tan fatal y misterioso por sí mismo que no necesita el adorno de la ficción. Que así como la pampa desde milenios estaba reclamando el caballo, Buenos Aires desde su nacimiento estaba reclamando el bandoneón. Las circunstancias en que esas ancestrales angurrias del país aparecieron (se corporizaron) son secundarias e intrascendentes. Cualquier hecho las podía haber originado: algunos yeguarizos que matreriaron de los campamentos de Mendoza o de Solís, el prolijo equipaje de algún inmigrante alemán, o las chupandinas andanzas de un par de marineros. Buenos Aires estaba lista para el bandoneón, así como la pampa estaba lista para el caballo. ¿A qué inventar explicaciones a estos misterios?

Es cierto. Sólo que a mí también me gusta imaginarme las primeras andanzas del primer caballo español cimarroneando entre pajonales a unas pocas leguas de Santa María de los Buenos Aires, su primera espantada, su primer relincho en libertad, su primer olfatear la vecindad de una yegua, su primera noche bajo la Cruz del Sur.

Este libro se termino de imprimir el
20 de agosto de 1980, en los talleres de
Merley, S. A., Wagner 321 - México 14, D. F.
El tiro fue de 3,000 ejemplares

Serie Literatura